CORAÇÃO APERTADO

tradução Paulo Neves

COSACNAIFY

CORAÇÃO APERTADO

Marie NDiaye

Quando foi que começou? **01**

Às vezes tenho a impressão, no início, de que estão me olhando atravessado. É realmente comigo o problema?

Quando me atrevo a falar dessa mudança na frente do Ange, à mesa do jantar, ele me responde, depois de uma ligeira hesitação de pudor ou de embaraço, que notou a mesma coisa em relação a ele. Ele me pergunta, me fitando diretamente, se na minha opinião é nele que seus alunos têm algo a reprovar ou se, através dele, é a mim que visam, sabendo que sou sua mulher.

Essa pergunta me desconcerta. Que foi que eu fiz, afinal, e a quem?

Os olhos do Ange se enchem de inquietação em relação a mim. Ele gostaria que eu dissesse que quem é visado pelos olhares ferozes dos alunos é ele e somente ele, e que é para ele também que estão voltados os olhares dos meus próprios alunos postos em mim.

Mas afinal o que fez o Ange, e a quem? Ele não é um professor estimado, um homem discreto e digno, sob todos os pontos de vista?

Terminamos nossa refeição em silêncio, cada um consciente dos temores que agitam o espírito do outro, mas sem que nenhum dos dois ousasse falar disso abertamente, pois nos habituamos à paz, à harmonia, à imediata compreensão de tudo o que nos cerca, e assim nosso próprio medo, de certo modo, nos dá repugnância, feito uma incongruência.

02 Ninguém sabe

As mães de família pressionam o filho ruborizado contra a barriga no momento em que chego à escola. A triste perturbação dos meus alunos me aperta o coração. Em que espécie de baixeza tiveram de acreditar, penso, para nem sequer levantar os olhos para mim, sendo que nos entendíamos tão bem?

Pergunto-me, confusa: Que foi que lhes contaram?

Eu costumava achar que as más reputações nunca são de todo injustificadas, e que, se as reações à fama suspeita podem ser desproporcionais, estúpidas, maldosas, aquilo que as provoca raramente é contestável.

Nunca temos certeza, pensava eu, do que somos acusados. É o que eu pensava. Agora devo admitir que errei, estou consciente da minha presunção, da minha tolice, e fico queimando as pestanas: simplesmente não consigo enxergar as razões de termos sido banidos da escola, eu e o Ange.

Não consigo, é impossível. Deus sabe o quanto tento entender, Deus sabe o quanto o Ange tenta entender, virando e revirando na cama, à noite, em vez de gozar o sono legítimo e necessário à nossa tarefa de professores pacientes, fiéis, incansáveis. Percebo que o Ange não encontra, assim como eu, um motivo compreensível; porém nunca falamos dessa questão, com medo de que, com as palavras, ela assuma feições ameaçadoras.

Nós nos sentimos inocentes, mas temos vergonha.

03 Todos esses anos

Trabalhamos há quinze anos nessa escola. Gostamos do cheiro dos corredores quando, de manhã, ainda sozinhos, abrimos a nossa classe, toda em ordem; quando a lousa limpa, o piso brilhante, a espera modesta dos objetos, tão pacientes e perseverantes, aquela tranquila constância nos aparece de forma repentina, por assim dizer, lembrando-nos amistosamente quem somos.

Trabalhamos lá há quinze anos, primeiro éramos simples colegas, depois marido e mulher, quer dizer, o Ange é o meu marido, e eu, Nadia, sou a mulher dele.

As nossas classes são contíguas, e naturalmente fomos nos aproximando, sem precipitação, mas sem simular uma vontade de retardar o que teria acontecido de qualquer maneira. Nós dois amamos a escola com uma paixão que só pode ser compreendida por um pequeno número de nossos pares. Essa paixão, penso, não seria por demais orgulhosa sob a aparência de devoção? Não merece ser punida, impedida, e por fim reduzida à expressão de mero apego ao trabalho?

Penso, sem convicção, que talvez aí resida a causa da antipatia brutal que inspiramos, o Ange e eu, a nossos alunos, a seus pais, à diretora, a nossos vizinhos. Faltou-nos humildade. Querendo agir bem, acabamos nos cegando.

Mas será que isso é um erro tão grande?

É preciso aguentar **04**

Sem prestar atenção, passo por um homenzinho que anda devagar na beira da calçada.

– Nadia! – ele chama com a voz fraca.

É o Ange, meu marido. Segura a pasta de professor debaixo do braço, cuidadosamente pressionada contra a barriga. Caminhamos juntos até o nosso prédio, na Rue Esprit-des-Lois, e percebo que preciso reduzir a marcha para não me distanciar do Ange. Não conversamos. Não nos atrevemos mais a perguntar um ao outro se o dia foi bom, sabemos muito bem que não pode ter sido bom. Assim, não dizemos nada e avançamos de cabeça baixa, os olhos no chão, para não ver nada ao redor que possa nos machucar ou constranger, pois qualquer constrangimento, ao qual sabemos que só responderemos com um doloroso silêncio, está ainda mais difícil de ouvir a dois do que sozinho.

Está frio. Vai logo, eu gostaria de dizer ao Ange. No entanto, não digo nada. Ele deixou o casaco aberto apesar do frio. Os botões do alto da camisa também não estão fechados. O Ange, o meu marido, não costuma ser negligente, nem na apresentação, nem nos atos. Mesmo assim não digo nada, com medo de chamar a atenção.

Ao longo dessas semanas, em que o comportamento das pessoas à nossa volta mudou tão intensamente que passou da benevolência respeitosa a um misto de execração e desprezo, tive uma certa compreensão das circunstâncias necessárias à manifestação desse ou daquele aspecto desse comportamento. Assim, na rua, parece-me que nada vai nos acontecer enquanto ficarmos em silêncio. É verdade que olhares hostis se dirigem a nós, sem dissimulação, como se fôssemos cães sarnentos e tão feios que só podem ser olhados com aversão. Mas nada mais acontece. Somos malvistos e julgados, feito cães vadios.

Viro a cabeça e murmuro para o Ange:

– Depressa, está muito frio.

Ele arqueja. Sua testa está suada, apesar do frio. Ele comprime a pasta contra o corpo, limita-se a fazer uma careta, sem acelerar o passo.

– Está com medo de que arranquem de você? – digo, apontando a pasta com o queixo.

Um rapaz grandalhão que vinha ao nosso encontro ouve o som da minha voz. Seu rosto é tão agradável, tão perfeitamente simpático, que a prudência é a última coisa a passar pela minha cabeça. Chego a esboçar um vago sorriso, evitando apenas fitá-lo nos olhos. O Ange é agora a única criatura que posso olhar bem de frente, embora isso aconteça cada vez menos, por causa do embaraço que nos oprime, um diante do outro, diante de nossos olhos amedrontados, o pavor de um se espelha nos olhos do outro, nos deixa inaptos para consolar, impedidos de dar e incapazes de receber consolo. A meus próprios alunos olho de través, dirijo-me a eles mirando-lhes a orelha ou o pescoço.

O jovem se detém ao passar por mim. Põe-se a esfregar as mãos nas coxas e diz, num latido:

– Que foi? Qual é?

– Nada, não – respondo.

O frio penetra sob a minha gola. Sinto o frio descer pelas costas, sinto as pálpebras se enrugarem. Uma repentina vontade de urinar me contrai o baixo-ventre. Ele diz ainda:

– Você olhou para mim? Sorriu para mim? Com que direito você sorri para mim, sua imunda?

Consigo ler em seus belos olhos amendoados uma apreensão que me surpreende. Ela não me tranquiliza. Ao contrário, faz aumentar o meu medo.

– Não sei – digo. – Desculpe, desculpe. Realmente não sei.

– Ah, é, sua desgraçada, não sabe? – ele diz.

Dá meio passo na minha direção. Seus lábios estão azuis de frio e raiva. Deles escapa um vapor forte, e posso sentir o bafo morno no meu rosto. Ele inclina a cabeça para trás, depois avança bruscamente e cospe na minha testa. Uso uma franja, e a cusparada molha o meu cabelo. Não foi nada, penso, só o cabelo um pouco molhado, não foi nada.

Aperto com força as pernas uma contra a outra, mantendo o olhar na altura do peito do rapaz, e vejo esse peito moldado num pulôver vermelho levantar-se e abaixar-se, agitado por um medo só um pouco menos violento que o meu. Do que ele tem medo?, pergunto-me, do que ele tem medo? O peito recua devagar, depois se afasta e sai do meu campo de visão.

Ouço atrás de mim os passos do Ange, meu marido, que retomam sua marcha pesada. Então, penso, o Ange parou. Esperou que terminasse a altercação, cujas causas eu desconheço mas cujos efeitos sinto na minha testa gelada, com aquele rapaz de pulôver vermelho, tricotado da maneira mais simples, como eu fazia outrora para o meu filho, para cobrir o peito delgado do meu filho com uma lã vermelha amorosa e quente. O Ange fez bem, penso, em manter-se afastado. Para que afrontar a raiva e o medo dos jovens de ombros largos, de mãos brutais?

Continuo o meu caminho sem me virar, em consideração a nossa vergonha comum. Está frio. Lembro que o Ange não abotoou o casaco, nem os botões no alto da camisa, apesar do frio.

A rua onde moramos é tranquila e habitada sobretudo por professores aposentados, aos quais nos acostumamos, o Ange e eu, a considerar com certa arrogância, pois nossa tarefa nos engrandece, e o fato de podermos nos resignar a perseguir amavelmente uma existência desprovida dessa tarefa é algo que nos surpreende e nos parece suspeito.

– Coitados de vocês, coitados – um vizinho diz em voz baixa quando chego à altura da sua janela, no térreo do edifício.

Ele tinha sussurrado as mesmas palavras de manhã, quando o Ange e eu saímos para trabalhar. Paro e digo:

– O que foi?

Digo ainda:

– Como é que se atreve a falar assim conosco?

A simpatia estudada e pegajosa desse sujeito por quem não temos apreço me irrita. No entanto permaneço ali, apesar do frio, desamparada, e lanço na face do vizinho um olhar severo. O Ange me alcançou. Ele respira ruidosamente. Digo:

– Ele não quer me explicar por que diz ter pena de nós, de manhã e agora, é irritante.

– Ah, pouco importa – diz o Ange, quase sem fôlego.

E, como o velho o observa com uma piedade tão cultivada com tanta complacência que o levou a lacrimejar, o Ange ergue os ombros e aperta os lábios, grave.

– Ah, coitados de vocês – repete o outro, sua sensibilidade como que ainda mais atiçada pelo esforço do Ange para tentar abafá-la.

Sem me despedir, abro a porta do edifício e subo os dois lances de escada até o nosso andar. Posso ouvir, bem atrás de mim, a respiração difícil e ofegante do Ange, e penso que deveria tê-lo esperado e ajudado a subir carregando sua pasta e firmando-lhe o braço, mas o medo de descobrir o que de súbito enfraquece um homem sólido como o Ange em qualquer circunstância me impede de ajudá-lo.

Penso: o Ange não precisa de ninguém. Está frio e ele não se preocupa em fechar o casaco nem a camisa, porque tem um físico insuperável.

Vou de um lado para outro em nosso apartamentinho tão bem-arrumado, fingindo estar ocupada, de modo que, quando o Ange finalmente entra, não levanto os olhos para ele. Consigo apenas ouvir o quanto é rápida sua respiração, produzindo um assobio semelhante ao que pontua o sono de quem ronca. Ele desaba numa poltrona. A pasta desliza pelo tapete. Afasta os braços, inclina de leve a cabeça em direção ao encosto.

– Mas afinal o que é que há? – digo, assustada, compreendendo obscuramente do que se trata, ou qual é a natureza dessa desgraça que nos atinge, mas tentando de um modo ou de outro, através de perguntas e gestos (repito: – O que é que há? – e levo devagar as mãos ao rosto), adiar o instante em que não poderei mais fingir não saber, não ter compreendido.

Um buraco sangrento, mais ou menos na altura do fígado, rasgou a camisa do Ange.

– Meu amor – digo –, meu amor!

Não tenho o costume, por causa do meu caráter reservado e taciturno, de chamar o Ange assim. Mas digo outra vez:

– Meu amor, meu amor – pressionando e machucando meu rosto, querendo me aproximar e incapaz de mexer as pernas, conseguindo apenas repetir o que geralmente não digo: – Ange, ah, meu amor!

05 Como não fiquei sabendo?

– Vocês precisam vir – digo.

E elas chegam imediatamente, pragmáticas, eficientes, ambas corpulentas e altas como o Ange, mas animadas por uma vivacidade cuja constante renovação parece se alimentar do balanço das compridas saias indianas tilintantes que vestem desde a adolescência, indiferentes aos modismos. Os rostos são parecidos, e muitas vezes confundo os nomes delas.

Elas se ajoelham junto do pai, inquietas e tensas, mas sem manifestar nenhuma espécie de surpresa ou estupor, como se, penso, perplexa, estivessem numa situação prevista, pensada, quase estudada. Penso que, sem dúvida nenhuma, elas se prepararam para viver este momento. Mas como isso é possível, no quadro da minha própria ignorância absoluta, da minha própria incompreensão?

Murmuro que Ange se recusa a ser levado para o hospital – por isso as chamei.

– Não é razoável – digo, com um leve dar de ombros, confusa.

– Ao contrário, é muito razoável – diz a que deve se chamar Gladys.

– É melhor ele não ir para o hospital – diz a outra, talvez Priscilla.

Ela me lança um olhar de espanto, ligeiramente indignado.

– Afinal – diz ela – serão só aborrecimentos no hospital.

– Que aborrecimentos? – pergunto maquinalmente.

Na verdade isso não me interessa agora.

– O que devemos fazer? – pergunto rapidamente.

As duas filhas do Ange, atentas, eficientes, mostram-se solícitas junto à poltrona onde ele repousa em silêncio, vigilante, escutando e olhando sem nem sequer fingir estar muito debilitado para dar sua opinião. Ele se abstém de dá-la por outras razões.

Mantenho-me a alguns passos, e, embora pareça evidente que é necessário participar dos cuidados que Gladys e Priscilla dispensam ao Ange, não me mexo. Os dedos das minhas mãos se entrelaçam na altura da barriga. Contento-me em sorrir para o Ange sempre que nossos olhares se encontram. Ele me responde com um sorriso crispado, sofrido.

Posso sentir sua vergonha tão profundamente quanto a minha, como um mesmo fluxo que nos arrasta, a ele e a mim, e nos abandona por alguns segundos para em seguida nos arrastar de novo, mas sem permitir que nos toquemos, que nos aproximemos. Ouço sob meus pés os barulhinhos familiares dos vizinhos.

– Está na hora do jantar – digo.

– Traga-nos água morna, compressas e álcool – diz Gladys.

– Nossa, acho que não temos mais compressas – digo.

Lágrimas escorrem dos meus olhos.

– Vá correndo buscar na farmácia – diz Priscilla.

– Posso pedir à vizinha – digo.

– Não dá mais tempo – diz Gladys ou Priscilla – de pedir nada a quem quer que seja. Vá comprar, depressa.

Torno a vestir o casaco e saio no frio, agora escuro. Vou a passos rápidos até a farmácia, cambaleando, murmurando incoerências. Posso ouvir os sinos familiares, as alegres badaladas das sete da noite que, ainda pouco tempo atrás, anunciavam simplesmente, afetuosamente, a hora em que parávamos de preparar a aula do dia seguinte e bebíamos em pequenos goles um primeiro copo de vinho (e o Ange dizia então: – Não é o momento mais delicioso? – com uma faceirice que eu compreendia e amava, pois ambos sabíamos que nossa jornada de trabalho era feita apenas de momentos deliciosos dos quais seria muito difícil eleger o melhor), e eis que soam os sinos amigos e titubeio na calçada gelada, os olhos no chão, murmurando sem conseguir me dominar: O que está acontecendo conosco, o que está acontecendo conosco? Sinto-me tão estranha a mim mesma que não sei dizer que imagens de nós dois são reais, o Ange e eu saboreando nosso aperitivo cotidiano na paz de uma consciência inocente, ou o Ange e eu separados esta noite pelo desastre e pela confusão, pois é pouco provável que uma mesma realidade envolva essas duas situações.

Paro para escutar os sinos, recuperar o fôlego. A rua está deserta, varrida pelo vento norte.

O vento uiva, encobre as badaladas dos sinos, e na certa eles pararam de soar, embora eu tenha a impressão de ainda ouvir.

Retomo meus passos apressados. Sinto no rosto gelado a armação dos óculos, fria e cortante. Viro a esquina e pego a avenida da prefeitura, e, embora ali também não haja ninguém, mantenho os olhos baixos por hábito, um hábito muito rapidamente adquirido. Meus óculos escorregam. Com um dedo os reponho sobre o nariz, sentindo o contato frio da armação metálica, as lentes embaçadas raspando em meus cílios molhados de lágrimas.

Piruetas de uma farmacêutica **06**

– Por favor, uma caixa grande de gaze para compressas – digo, como se não fosse certeza que aceitariam meu dinheiro.

Mostro as notas, abrindo bem a carteira, inclinando-a em direção à atendente.

– Fique tranquila – diz ela com voz terna.

Olho para a atendente e vejo que a conheço. Sou a única cliente, e no calor dos aromas, perfume de balas de mel, de creme hidratante, a agradável fragrância do saber e da precisão, permito-me baixar um pouco a guarda. Olho bem para ela, como outrora. Seu filho, que foi meu aluno alguns anos atrás, era um menino ou uma menina? *Inúmeros rostos graciosos e atentos, abundância de perfeição infantil que se funde em minha memória num único rosto abstrato e doce, de tons cinzentos.*

E essa mãe de aluno, mostrou-se amável ou difícil? Seus olhos escuros julgam os meus. A melancolia, um compadecimento por mim os deixam ainda mais negros.

– Sei o que aconteceu, e não aprovo – ela diz.

Não se mexe, como se nesse momento lhe parecesse mais útil falar comigo do que me atender. Na rua o vento sopra em rajadas, inaudíveis dali onde estou, apoiada no balcão da farmácia, entrevendo atrás da vitrine folhas mortas e pedaços de papel esvoaçando numa mesma direção. O Ange e as filhas dele me esperam, e as duas, que só conheci já adultas, devem estar tentando em vão estancar o sangue que escorre do abdômen do pai, espantadas e talvez inquietas por eu não ter voltado ainda com as compressas.

Mas ela não se mexe, alta, poderosa, solene. A simpatia, a necessidade de convencer, de se desculpar, a imobilizam diante de mim, numa mistura de aflição e alívio. Ela esperava me ver, penso, embaraçada, mas ao mesmo tempo tinha medo de me ver.

– Fiquei sabendo do que fizeram a ele – ela diz. – Ah, não concordo mesmo com isso. O que será de nós se até os professores, os bons professores, como a senhora e o seu marido...

Sua voz se altera, turvada pela raiva e pela compaixão. Ela parou de me olhar e observa, com uma leve inquietação, a porta envidraçada através da qual se vê a avenida desolada que um bonde muito novo, iluminado e quase vazio atravessa a intervalos regulares, com um breve chiado. Esforçando-me para falar com tranquilidade, digo:

– Minhas enteadas preferem não levar o pai para o hospital, de modo que preciso de uma caixa grande de gaze para compressas.

– Não, com certeza, é melhor ele não ir para o hospital – diz ela, fazendo uma careta, assustada. – Se for, não sei em que estado a senhora voltará a vê-lo, se é que voltará a vê-lo; dirão que ele morreu ao chegar lá e que tiveram de incinerá-lo rapidamente, a senhora saberá que não é verdade, mas o que poderá fazer, o quê? O hospital não. Lá ele não será bem tratado.

– Agora preciso voltar para cuidar do meu marido – digo.

Sinto de novo as lágrimas chegando à beira dos olhos.

– Será que pode me dar as compressas?

– Claro, eu dou sim – diz ela –, pois não aprovo nada disso. Eu não deveria atendê-la, mas atendo para manifestar minha discordância e para mostrar que não esqueço quem a senhora é realmente.

Ela enfia a mão sob o balcão e coloca na minha frente uma caixa de gaze para compressas. Como há uma série de caixas idênticas enfileiradas atrás dela, penso que essa caixa em particular estava preparada para a eventualidade da minha visita. Mas por que ela teria adivinhado essa visita, essa súplica?

Afasto-me depressa, tanto para retornar sem demora ao Ange quanto para me proibir de fazer a essa mulher as perguntas que fazem arder meu rosto, perguntas que não quero me ouvir fazer e que no entanto, eu sei, devem ser feitas. Só um pouco mais de névoa e atordoamento, penso, de desconhecimento e conjecturas, e então serei capaz de suportar saber, aos poucos, o que nos reprovam, as razões desse ódio sem pista, tão inteiro e tão sincero. Para que se apressar em saber, se as razões certamente não dependem de nada em nós que possamos modificar – para que se precipitar rumo aos protestos inúteis e à consciência da nossa própria fragilidade?

Mas, no instante em que ponho a mão na maçaneta, o bonde passa diante da farmácia, silencioso e rápido, tendo a bordo a diretora da nossa escola, sozinha no primeiro banco, com o rosto voltado para a janela, rosto calmo, austero e muito branco que a iluminação forte do bonde esculpe, paralisa. É uma expressão de surpresa horrorizada, de aversão e de terror que aparece de repente nos traços desse rosto tão fixo e tão branco, quando seus olhos cruzam com os meus através dos dois anteparos de vidro. A diretora fica me olhando até o bonde dobrar a esquina, sem apagar do rosto essa expressão de assombro que nunca notei antes, em nenhuma circunstância.

O vento uiva ao longo das vitrines escuras. Uma forte pancada de chuva cai de repente, açoitando a porta da farmácia; solto a maçaneta e me viro para a farmacêutica, ainda agitada pelo efeito que a visão do meu rosto provocou na diretora – ou foi outra coisa que não o meu rosto? Minha presença neste lugar, neste momento? Uma expressão de ameaça, de fúria, de revolta que eu teria exibido sem me dar conta?

Lanço então a pergunta que evitei fazer:

– O que foi que fizeram ao meu marido?

A farmacêutica leva a mão à boca devagar. Por um momento, ao ver tremer os traços do seu rosto, imagino que ela vai se transformar – como a diretora de rosto de mármore, excessivo, grandiloquente e espectral – numa alegoria da repulsa. Mas ela se limita a tossir levemente. Bom autocontrole, penso, pois ela se preparava para gritar ou ao menos gemer, surpresa de ver novamente meu rosto quando eu já lhe dera as costas e estava pronta para sair. Ela não esperava, penso, ter de ainda prolongar o esforço de me olhar nos olhos, tendo já relaxado a concentração, a vigilância de si mesma.

– O que foi que fizeram ao meu marido? – repito, suplicante.

– A senhora não sabe? – ela pergunta. – Quer mesmo saber?

– Não quero, mas imagino que deva querer – digo.

– É – ela diz –, eu compreendo.

Viscosa compaixão também aí derramada, como do bolso furado, do coração purulento. Seu olhar, de certo modo trazido de volta ao caminho correto, o da misericórdia, me envolvendo com seu calor, sua suavidade, sua bondade satisfeita.

Ela abre a boca mas não diz nada, hesitante, confusa.

Eu a reconheço. Fez parte do conselho da escola há alguns anos, mãe questionadora, das que põem as mãos na cintura e raramente estão contentes. Eu a reconheço, pois uma excursão que organizei provocou sua indignação, isso porque o museu visitado continha várias fotografias de carnes misturadas, coxas brancas e frias, pés com veias azuis apoiados em nádegas brancas, geladas. *E agora o rosto transtornado, como se, tendo me amado, ela não devesse me rever nunca mais, sem poder fazer nada.* Essa intimidade, esses sentimentos expostos me confundem.

– É, então acho que devo contar – ela diz.

– Não dá mais tempo – digo, apertando com todas as minhas forças o pacote contendo a caixa de compressas.

No entanto, mesmo querendo ir embora, não vou, retida contra minha vontade pela exaltação do seu olhar úmido, por sua lentidão e suas reticências afetadas, nada mais pode impedi-la, agora, de me contar o que deve ser contado, o que devo me obrigar a querer ouvir, nada, nem mesmo se o rosto esbranquiçado, alucinado da diretora se colar de repente à vidraça, nem mesmo se fregueses entrarem e a virem falando comigo, voltada para um rosto, o meu, que só pode inspirar silêncio. Num repentino desvario, penso em Gladys e Priscilla tentando com dificuldade estancar o sangue, imagino que o Ange, inquieto por mim, pois demoro tanto a voltar, tenta neste momento reunir as poucas forças que lhe restam.

Nada mais pode impedir a farmacêutica, porém, de fazer o seu relato.

– Não é culpa de ninguém – ela diz, ofegante –, mas a culpa também é de todo mundo. Minha filha me contou. Ela não fez nada, apenas viu; não ficou chocada, pois essas ideias maldosas também a convenceram, agora convencem até crianças inocentes, apesar dos meus esforços para... para fazê-la compreender que não se deve... que não é correto. Meu Deus, como é difícil fazer entender que isso não é correto... Não é mesmo, senhora?

– Mas, especificamente nesse caso, o que não é correto? O que é correto? – digo. – Continuo sem saber do que está falando – digo após um tempo, ligeiramente aturdida de ouvir me chamarem de senhora.

Há quanto tempo não me chamam assim? Termos de respeito proscritos: sou chamada diretamente pelo meu nome ou por um "Ei!", bem informal.

– Tudo o que faz vocês sofrerem – diz ela –, é como se fossem culpados e ninguém tivesse o direito de puni-los, então cada um se vinga a seu modo.

Ela fala depressa, com medo de que alguém entre, preocupada agora com a possibilidade não de ser surpreendida enquanto fala comigo, mas de não conseguir terminar a história. Ela não diz a verdade, penso. Não sabe a verdade. A filha contou alguma coisa que a mãe não sabe.

– Não é verdade – digo sem querer, com os ouvidos zumbindo.

Surpresa, levemente ultrajada, ela diz:

– É, sim, é verdade.

Aperto com tanta força o pacote de compressas que o papel rasga entre meus dedos. Uma súbita cólera, uma raiva, quase ódio, faz tremer meu queixo.

– Quando a gente não sabe, é melhor ficar calado – digo, furiosa. – O que a senhora está me contando não faz nenhum sentido, o que me interessa essa história, hein? Não é possível que esteja falando do meu marido. Não é possível, simplesmente não é possível!

Ela se empertiga para trás e, com uma expressão neutra, pergunta:

– Por quê?

– Por quê? – repito, perdida. *Porque não se faz um homem compassivo e respeitoso, um homem completamente inocente sofrer tamanho horror. É uma questão de bom senso e razão suficiente para eu me recusar a ouvir essas imundícies, não?*

Não digo nada. Ergo os ombros. O vento que não para de uivar me entorpece. Ela diz ainda com doçura, com ligeira imparcialidade:

– Então a senhora acha que, se esses fatos chegaram a acontecer, eles se referem necessariamente a outro, e não ao seu marido?

– Acho – respondo.

Minha voz é fraca. Ela me olha com atenção, com curiosidade.

– Acho sim – repito.

– Mas – ela começa (há um resto de saliva esbranquiçada nos seus lábios úmidos, e enxugo os meus brutalmente, sentindo agora a aspereza do seu hálito, lembrando-me de seu rosto batalhador, exaltado, durante as reuniões do conselho da escola, pensando nessa mulher que não se cansava de fazer intervenções e reclamações e que agora tem dó de mim, quer me ajudar, o que me deixa assustada) –, mas – ela continua – por que outro homem que não o seu marido, um senhor de certa idade e pouco capaz de se defender, mereceria que lhe fizessem o que a senhora não quer acreditar que fizeram ao seu marido? Nenhum homem desta cidade merece isso, mas o seu marido muito menos que qualquer outro!

Ela está agitada. Balança a cabeça e quer pegar minha mão. Muda de ideia e retira as mãos rapidamente. Diz ainda:

– É isso que a senhora precisa entender, por favor, entenda, é que... a senhora e o seu marido não têm nada de especial. Não é a vocês, especificamente a vocês, que essa ignomínia ataca; aliás, quem é que conhece vocês, não é mesmo? Fora algumas pessoas que, como eu... Mas não, não é a vocês, é... como dizer?... é ao caráter intocável do que vocês são... o rigor e a pureza de vocês, o aspecto e os hábitos que vocês têm, ah, como posso dizer?...

– Somos iguais à senhora – digo.

– É o que a senhora pensa – ela diz –, mas, meu Deus, a senhora não entende e não sei como... Vocês são tão diferentes, tão profundamente... desproporcionais, mas ou ignoram esse fato, ou, não sei, não querem entender, embora, repito, não sejam exatamente vocês em si, e... e a aversão e a hostilidade que inspiram a alguns, não a mim, claro, não a mim, vocês não conseguem sentir em relação a si mesmos, pelo menos não ainda, e... Desculpe, é tão difícil... Vocês trazem estampado no rosto o que as pessoas não suportam ver... em nenhum rosto... e é uma coisa repugnante mesmo, não para mim, não ainda, mas... isso talvez acabe acontecendo, pois como resistir aos argumentos, à surda influência da atmosfera?... É muito difícil, e minha própria filha, uma criança que gostava tanto da professora, que tinha tanto carinho por ela, pois bem, ela voltou para casa dizendo tanto desatino em relação à senhora e ao seu marido que não a reconheci, uma menina tão tímida, tão gentil, então saí sem dizer nada, eu tremia, saí de casa, achei que ela estava possuída por uma espécie de demônio, saí para escapar, mas não, não era isso, não havia nada de sobrenatural, era apenas a repulsa cheia de ressentimento que todos passaram a sentir por pessoas como a senhora e o seu marido, e a coisa se propaga, é duro, é, é muito duro resistir a isso...

– Está querendo dizer – arrisco – que é uma espécie de moda?

– Não – ela diz –, é um furor!

E começa a rir, um riso feroz e nervoso que lhe arreganha os lábios, descobre a gengiva e que reconheço, com um pequeno arrepio de desprazer, como o que acolheu meus protestos de boa-fé na reunião do conselho da escola durante a qual essa mulher falou mal e riu de mim com seus belos dentes sadios de farmacêutica.

Meu Deus, penso maquinalmente, e agora essa, o apoio, a amizade da minha inimiga! Será que ela se lembra do que houve?

– Então acha que é moda e vai passar? – ela diz. – Não, a senhora não está sabendo avaliar o que está acontecendo. Está na hora de... enfim, de tomar consciência.

Uma lufada de ar úmido me atinge as costas. O ruído do bonde, então imperceptível, decresce distintamente no rumor do vento.

Ela passa a mão febril sobre o balcão, como para apagar qualquer vestígio de relacionamento entre nós. O homem torna a fechar a porta atrás de si e o barulho do vento cessa.

Encolho ligeiramente a cabeça nos ombros. Minha nuca começa a arder. *Então ele ergue o machado ainda molhado do sangue do outro, o desafortunado professor, e com um golpe o abate sobre a cabeça de...*

Ela diz:

– Boa noite, senhor.

Faz um gesto discreto, três dedos agitados com presteza em minha direção: *Vá embora!* Seu olhar, embora adoçado pela cordialidade comercial, está inquieto.

Eu me afasto devagar. Depois, de olhos baixos, saio rapidamente para a rua, ouvindo brotar da minha garganta um grunhido que me surpreende e me envergonha. *Ele não tinha machado, não derramou o sangue de ninguém, não mirou a cabeça de quem quer que fosse.*

07 Não, não precisamos de amigos, obrigada

Posso ouvir através da porta o fru-fru tilintante das compridas saias indianas delas.

Quanto tempo passou desde que saí do apartamento? Sou incapaz de avaliar. Apressei-me ao longo do caminho de volta, não sem cruzar ainda uma vez o bonde número 8 que passava no sentido contrário, tendo a bordo, sempre ou de novo, a diretora cujo rosto esbranquiçado me pareceu voltado deliberadamente para as costas do condutor, como se ela se obrigasse, por vontade ou por medo, a não olhar de jeito nenhum para a janela. Mas na verdade não percebi nesse rosto nada que pudesse particularmente me intimidar, durante os poucos segundos em que o bonde silencioso roçou em mim (eu estava a ponto de atravessar os trilhos, me joguei para trás de um salto), iluminando-me cruamente com a luz branca dentro dele, tão viva, tão forte que projeta, de cada lado do carro, um brilho lunar.

Tenho o coração quase feliz. *Meu coração absurdo e alegre! Nada me aconteceu de nefasto, nenhum machado me fendeu a testa, nenhum punho me afundou o peito, nenhuma injúria partiu de...*

Cai uma chuva glacial. A avenida está deserta, pontilhada de clarões lívidos. No entanto, tenho o coração quase feliz. *Desta vez, nenhum desconhecido tentou me fazer mal.*

Elas me acolhem com seu ar grave, fechado, quando abro a porta. Observo que uma delas tem as pálpebras avermelhadas, embora seja em geral uma mulher indiferente e pouco acessível.

– Trouxe as compressas – digo com a voz alterada.

– Ah, só agora, as compressas – diz Gladys.

– Não sabemos mais o que fazer – diz Priscilla.

Sigo as duas até nosso quarto. Todo o meu ser se recusa a entrar, no entanto forço minhas pernas a se moverem e vou atrás de Gladys, entro no pequeno quarto onde o Ange e eu dormimos toda noite e onde, acho, ninguém a não ser nós jamais entrou desde que moramos no apartamento. Só uma lâmpada está acesa, do meu lado da cama.

Ele grasna:

– Aí está vossa dama.

– O que ele faz aí? – digo com um sobressalto de repulsa.

Priscilla se volta e percebe minha irritação. Ela diz:

– Ele subiu, queria ser útil.

– Eu trouxe pão e presunto – diz o velho.

– Vocês não deviam ter deixado ele entrar na nossa casa – digo, exasperada. – Meu Deus, esse... esse vizinho insuportável!

Ele continua:

– E trouxe também um pouco de vinho, do vinho bom da minha terra, para mostrar que não hesito, eu, em dividir com vocês o pão, o vinho, o presunto, está vendo? E sou o único, digo bem, o único neste prédio a ter esse tipo de sentimento em relação a vocês, e isso não só, como poderiam pensar, em virtude da vossa profissão, que também tive a felicidade de exercer durante...

– Por favor, por favor – digo –, não quero ouvir mais, o senhor tem que ir embora agora mesmo. Não posso admitir a presença desse senhor aqui – digo a Priscilla. – Ainda não descemos tão fundo que...

– Perdão – diz ele –, na verdade vocês desceram mais fundo do que ninguém jamais desceu, mas essa não é a questão, pois, considerando tudo, não é no duvidoso prazer do sacrifício que encontro meu...

– Afinal ele é um homem bom, já não se encontram muitos assim – diz Priscilla, o olhar pungente, chocado.

– Eu imploro, vá embora – digo. – Por favor, Pris, faça ele ir embora. É tão, mas tão humilhante – digo.

– Ah, cala a boca, que coisa! – berra Gladys. – Olha o meu pai: ele está morrendo!

Tampo os ouvidos com as mãos na mesma hora. Como ela pode falar assim, diante do vizinho?

– Compreendi que devia apoiá-los contra tudo e contra todos – ele diz – quando uma voz que piava com insistência em minha cabeça, como um passarinho aflito, me convenceu de que estavam condenados, lembrando-me de que nós, professores devotados, ocupados única e exclusivamente com nosso ofício, não estamos de jeito nenhum preparados para enfrentar situações como essa. Tamanha desolação – ele diz com a voz chorosa, satisfeita, monocórdia – poderia muito bem ter atingido a minha própria vida, e sei que minha sorte se deve apenas ao fato de não ter me casado com uma mulher como...

– Ora, mas as coisas não estão assim tão mal como o senhor imagina – digo.

– Parem! – Gladys suplica. – Estão torturando meu pobre pai!

– Então é melhor ele ir embora – digo.

O velho está sentado junto à cama, numa cadeira baixa, os joelhos magros quase à altura do queixo trêmulo, ao mesmo tempo receoso e ávido. Vejo-o agarrar as duas bordas do assento e contrair-se um pouco, decidido a não sair dali. Ele me lança um olhar irritado, provocativo. *Vou embora quando quiser. Não é você que decide. Vou cumprir meu dever até o fim.* Veste roupas miseráveis, sujas, rasgadas. Tem uma longa barba grisalha de pelos encaracolados em camadas.

Ele nunca foi professor, penso de repente. Está mentindo para se aproximar de nós.

– Em que escola o senhor dava aula? – pergunto.

– Mas isso não tem importância nenhuma! – diz Priscilla.

– No Colégio Voltaire da Avenue Louis-Binot – ele diz, esforçando-se para parecer digno. – Lecionei história e geografia.

– Quem era o diretor? – digo, inutilmente, pois ignoro.

– Na época era... não sei mais... A senhora Bernard? – ele diz.

– Ah, é possível – respondo, desanimada.

Murmuro de novo, apoiando as palmas das mãos uma contra a outra na altura do peito:

– Enfim, é possível.

Elas permanecem de pé, uma de cada lado da cama, rígidas, tensas, imobilizadas pela incompreensão e reprovação. *Essas duas mulheres nunca me amaram. Teriam preferido que papai tivesse ficado com mamãe, ainda que elas mesmas se permitam mudar de homem todo ano – mas que me importa isso agora?*

Aproximo-me da cama, os ouvidos zumbindo. *Que me importa tudo, tudo, tudo?*

O cheiro ruim, adocicado, do sangue inunda minhas narinas.

O Ange, com um ar bem mais vivo do que as filhas fazem supor, levanta os olhos para mim e compreende em seguida, percebo, que eu sei o que lhe fizeram, e de novo a vergonha nos envolve, essa velha vergonha que conhecemos tão bem, vergonha de ter que admitir que fomos discriminados da maneira mais vulgar, mesmo que ignoremos o motivo.

Ele baixa os olhos em seguida. O rosto amarelo, úmido. Ele transpira descontroladamente. Pego com doçura sua mão pousada sobre o lençol manchado de sangue.

– Meu querido – digo bem baixinho.

Ele aperta meus dedos entre os dele. Sua respiração é difícil, ofegante, no entanto ele se esforça, percebo, para ser discreto, como sempre foi.

Digo num sopro:

– Meu querido.

Depois me viro para o velho, que de tanto esticar a cabeça para escutar roça os lençóis com sua barba asquerosa.

– Volte para sua casa – digo –, eu lhe darei dinheiro se for embora agora.

– Não preciso de dinheiro – ele diz, com ar ofendido.

– Ora, deixa, tudo bem – murmura o Ange.

– Doei muitos bens na minha vida – diz o velho.

– Como alguém pode ser grosseiro com gente boa? – diz Gladys.

– Tudo isso é insuportável – digo.

Caio de joelhos junto à cama. Afundo meu rosto afogueado no colchão, apertando a mão do Ange contra minha testa, meu cabelo.

– Está vendo, está vendo, meu querido – digo o mais baixo que posso, com a voz enfraquecida, sem ânimo –, somos pessoas respeitosas, e é um fato, sim, que não soubemos deixar de sentir respeito nem pelos ultrajes que nos fizeram, sim, uma espécie de respeito inconfessado e frouxo, até pelos que nos ofendiam tínhamos essa espécie de respeito, pois, havendo uma lei geral ou a aparência de uma lei geral, nós a respeitamos, sim, e se essa aparência de lei nos contraria, se ela nos ataca e nos desagrada, pensamos que a lei não foi feita para satisfazer necessária e absolutamente todo mundo, que a lei, que sua própria aparência, não foi feita para nos contentar, a nós em particular, e que, por outro lado, há um grande número de leis que nos convêm e nos beneficiam. E não é isso que você mesmo pensava, meu querido, meu pobre querido, quando caminhava atrás de mim tentando esconder o ferimento atrás da pasta, não é um pouco isso o que você pensava: afinal, ninguém supõe que queiram me agradar quando me tratam rigorosamente como mereço, e há casos, certamente, em que devo aceitar ser tratado como não mereço, em nome de um bem comum do qual não tenho consciência? Sim, é isso, é um pouco assim que você pensava, por arrogância, e não é correto, não é correto de jeito nenhum...

– Vocês têm que me respeitar como respeitam todo mundo – diz o outro, triunfante.

Ele se assoa ruidosamente num lenço de papel, que em seguida amassa e atira no chão, empurrando-o com o pé para debaixo da cama.

– Posso fumar? – ele pergunta, novamente com uma humildade calculada.

– Eu trago um cinzeiro – diz Priscilla.

– Não temos cinzeiro – murmuro –, nós não fumamos. Meu Deus do céu! Não tem cabimento fumar aqui.

Levanto a cabeça. Tenho a ponta do nariz esfolada pela armação dos óculos, que não tirei ao afundar o rosto no colchão.

– E vocês, por que estão sendo tão simpáticas com esse sujeito? – digo às duas filhas do Ange.

– Deixa, deixa – Ange sussurra, com uma impaciência desesperada.

Ele retira suas mãos das minhas secamente e vira-se para o outro lado.

– Quero dormir – geme.

– Preciso ver o... o ferimento – digo.

Sinto que meus óculos estão tortos, minha pele está avermelhada e quente, meu cabelo despenteado. Gladys, apesar da ansiedade, deixa escapar um sorrisinho rápido. *Que sorriso maldoso, saído da maldade de sua alma, até agora dissimulada, que crueldade nesse corpo, no entanto são as filhas amorosas e amadas dele, duas filhas más por quem ele daria a vida se fosse preciso, toda a sua vida.*

Priscilla, que tinha sumido, volta ao quarto e põe no chão, entre as pernas do velho, com uma deferência toda especial, a tampa de um pote de geleia.

– Servirá de cinzeiro – ela diz.

Ele beija sua mão. Tem os olhos molhados.

E se foram elas, me pergunto de repente, que tramaram para introduzir o vizinho na nossa casa, que significado isso teria, que conclusão eu deveria tirar?

Não me vem nenhuma resposta, qualquer que seja. Sinto-me tomada de confusão, de covardia, de indecisão. Estendo a mão para baixar o lençol que cobre o Ange até o peito, mas ele o puxa de volta para cima, com um grunhido, e o prende nas duas mãos fechadas sob o queixo.

– Deixa eu ver – digo suavemente.

– Ele não quer mais que toquem nele – contesta Gladys –, diz que ainda tem o direito de exigir isso, que não toquem no seu ferimento, que nem sequer o examinem.

Ela balança a cabeça, impotente e triste, mas ao mesmo tempo distante, estranhamente passiva.

– Então precisamos chamar o médico – digo com firmeza.

Ange vira-se de barriga para cima com uma contração de dor. Seu rosto está irreconhecível, magro de tanto sofrimento e por causa de uma espécie de exasperação contínua que nunca presenciei em sua relação comigo, que nunca teria imaginado ver, tamanha a paciência que sempre demonstrou, uma indulgência que beirava às vezes a fraqueza.

– Não! – ele grita com a voz rouca. – Não e não! Entendeu?

E dá um longo gemido que faz tremer meu corpo todo. Junto com a dor, ouço raiva e confusão.

– O que devemos fazer? – pergunto, numa súplica. – Por favor, Ange, o que devemos fazer?

Ele muda de posição, fica de costas para nós. Continua agarrado ao lençol como se tivesse medo que eu o abaixasse à força. Depois fecha os olhos, com as pálpebras crispadas, meio que se lamuriando.

– E vocês, hein, que só ficam olhando? É, o que vocês propõem? – pergunto às duas filhas do Ange.

Priscilla se ajoelha junto do velho. Joga para trás o cabelo comprido e o sujeito os acaricia com uma mão furtiva, mas sem exatamente querer dissimular o gesto. Não consigo conter um riso perplexo.

– Mas olha só! Que novidade! – digo.

– Não faz mal – diz Gladys, apressada.

Tomada de uma súbita vertigem, sento na beira da cama, bem junto do Ange, cujo calor trêmulo sinto na altura dos rins. *Ele está com febre, talvez por isso esteja se comportando assim comigo.*

Tiro os óculos. Cubro meus olhos com as mãos e fico alguns minutos assim, numa postura de reflexão, mas na verdade incapaz de fazer fluir meus pensamentos de um modo lógico e útil. Um fluxo de palavras inadequadas atravessa minha mente. Sinto-me distraída, deslocada, e ao mesmo tempo profundamente arrasada. Quanto mais tento juntar minhas ideias, mais elas me escapam, e quando por fim retenho algumas, elas se mostram sem interesse nem consequência, de modo que resolvo deixá-las vagar livremente e mergulho de novo na minha incompreensível ausência.

Atrás de mim, o Ange não faz mais o menor som. Isso me alivia, como uma trégua. *Consolo abjeto, pois, aqui, quem sofre mais, quem tem necessidade de descansar do seu tormento?*

Abaixo as mãos e torno a colocar os óculos tortos. Meu olhar cruza com o do velho. Ele parece inquieto ou finge inquietação. Ajoelhada junto dele, Priscilla volta os olhos cheios de esperança para seu rosto repugnante.

– Não sei – ele diz –, não sei, mas acho que...

– O quê? – Gladys suplica.

– Tenho a impressão de que ele procura, o pai de vocês, esse homem que admiro embora nunca tenha me honrado com um bom-dia, e me refiro a um bom-dia sincero e amistoso, tenho a impressão de que ele procura agir, compreendam, como se nada tivesse acontecido...

– E...?

Por que Gladys parece esperar um esclarecimento definitivo da parte desse sujeito que implicitamente sempre consideramos, o Ange e eu, uma perfeita nulidade?

Tento lembrar se uma vez ou outra manifestamos claramente nosso desdém. *Maneira estudada, cruel, intencional, de fingir não vê-lo na janela do térreo, embora passando rente a ele, de fingir um sobressalto ao ouvir sua saudação e depois responder com um descontentamento fingido um pouco depois, para em seguida apressar o passo a fim de não escutar o que ele pudesse querer acrescentar – mas isso é maldoso? É muito incomum? O único de todo o prédio que não convidamos para um brinde em homenagem ao nascimento da minha neta – mas temos que simpatizar com todo mundo?*

Não, não, nunca houve nada de notável nele. Toda a sua pessoa nos inspira só aborrecimento e repulsa.

Ele não diz mais nada. Priscilla, paciente, brinca com os penduricalhos da saia. Ele estende às vezes um dedo em direção a seus cabelos sedosos, toca-os sem timidez nem provocação, e ela sorri obsequiosa e quase, me parece, como se se sentisse homenageada pelo gesto. Quanto a Gladys, ela anda de um lado para o outro no quarto sem desviar o olhar do velho.

Ele pigarreia com modéstia.

– O pai de vocês sempre me considerou um medíocre – ele diz –, ou melhor, teria me julgado o mais desprezível dos homens se lhe ocorresse perguntar a si mesmo o que pensava de mim, mas nunca concedeu um segundo de seus pensamentos a mim, era como se eu não existisse para ele.

– Como isso é possível? – pergunta Gladys.

O constrangimento, a dor, a perplexidade fazem surgir manchas vermelhas no seu rosto. Ela me olha com uma espécie de ódio, como que me acusando de ter influenciado seu pai e feito dele um homem tão arrogante. Eu dou de ombros. O Ange está dormindo. A ignorância do que é dito a seu respeito, a inocência do seu leve ronco mostram bem, penso, o que há de mesquinho e deplorável nas palavras do velho.

– O que está querendo dizer? – pergunto, no auge da ansiedade.

– Não seja tão orgulhosa – diz Gladys.

Ela está assustada e segura o rosto com as mãos. Compreendo então seu medo de que esse homem, cujas palavras as duas aspiram com tanta avidez, se cale.

– O que está querendo dizer? – repito, irritada.

Mas ele não presta a menor atenção em mim. Sem olhar para o meu lado, dirige-se às duas filhas do Ange, essas duas mulheres corpulentas como o pai, dotadas de cabeleiras suntuosas, duas mães de família, além disso, que criam juntas seus numerosos filhos, depois de ter deixado pelo caminho inúmeros maridos que não as satisfaziam.

– Agora, seu pai ficaria muito surpreso – ele diz – de saber que o conheço tanto quanto é possível conhecer alguém.

– Não, ele não ficaria surpreso, de jeito nenhum – diz Priscilla.

– Ele ficou mesmo contente de vê-lo entrar no quarto há pouco – diz Gladys.

– Mais uma novidade! – digo, numa chacota venenosa. – A propósito – continuo –, como vão as crianças?

– Em todo caso – prossegue o velho, conciliador, satisfeito –, ele não suspeita que passei todos esses anos a observá-lo, inspirado não só pela afeição incondicional, não é mesmo?, mas pela admiração quase apaixonada, eu diria, que sinto por seus trabalhos...

– É – digo com menos dureza –, seus trabalhos.

– Que trabalhos? – pergunta Priscilla.

– O Ange sempre se interessou por...

– Diversos artigos – o velho me interrompe – que seu pai publicou em excelentes revistas dedicadas à educação e aos novos métodos de ensino na escola primária; esses artigos, que li e conservei com cuidado, me provaram que seu pai era não só um homem inteligente e culto, mas um verdadeiro pensador de sua profissão, e como essa profissão eu mesmo a...

– Mentiroso – digo. – Impostor.

– Não tem o direito de falar assim! – grita Gladys.

– Ela maneja a injúria mas nada sabe do funcionamento da prova – ele diz com uma voz suave, inabalável, de eclesiástico.

– Sei o bastante – digo – para nada querer saber do senhor. Peço que saia da minha casa.

Imediatamente ele pega as duas beiradas do assento e se agarra ali. Cruzo seu olhar frio e negro, sorrateiro, não inteiramente desprovido, porém, de um certo desejo implorante de pacificação que de repente me põe furiosa. Eu me levanto de um salto, fazendo estremecer o colchão onde o Ange dorme um sono difícil. Estou a ponto de pegar o velho pelo colarinho, derrubá-lo da cadeira se for preciso, mas a aversão que sempre sentimos por seu corpo magro e mole, estranhamente gorduroso em algumas partes e seco em outras, corpo ocioso que parece a encarnação da sua duplicidade obsequiosa e quase da sua ambivalência sexual (pois, apesar da barba, possui um estranho aspecto de mulher), essa aversão que tínhamos, o Ange e eu, um vago prazer de experimentar juntos, me faz baixar os braços.

Permaneço diante dele, contraída de cólera, esperando apenas que, caso ele tenha percebido meu recuo, não tome isso por medo. *Essa intolerável desocupação da aposentadoria, esse longo e triste afastamento oficial do que constitui, para o Ange e para mim, praticamente o único interesse da vida, nosso trabalho, eis também o que nos provoca repulsa e o que nos faz detestá-lo de um jeito tão voraz: um banido, eis o que ele é, e ele tem consciência disso e mendiga nossa amizade e nossa simpatia. É uma coisa que não se pode querer. Sem trabalho, a vida não tem sentido.*

Ele funga. Priscilla oferece um lenço de papel. Ele se assoa rapidamente, atira de novo o papel amassado debaixo da cama, num gesto simples e ligeiro. Com o polegar e o indicador, enxuga as narinas.

– Eu pressentia – ele diz – que seu pai cometeria o erro que está cometendo, pois gosto dele e o admiro, como já disse, mas sei também que ele tem um defeito que, apesar de tudo, devo admitir, não pode ser excluído das razões pelas quais seu pai é o homem notável que conhecemos.

– O Ange não é orgulhoso. É estúpido – digo. – Ah, mas não quero discutir com o senhor.

– Então fique quieta – diz Gladys, exasperada – e deixe-o falar.

– Vocês estão no meu quarto – digo. – Por que eu teria de aceitá-lo e me calar?

– A situação mudou – diz Priscilla.

– Queremos apenas ajudá-los – diz o velho. – Por que isso seria humilhante? Nada é humilhante, se não quiserem que seja.

– Não está acontecendo nada assim tão grave. Vamos enfrentar – digo.

Sinto um súbito rubor tomar o meu rosto. Torno a sentarme suavemente contra as costas do Ange. Acima do lençol seu cabelo grisalho está eriçado de um modo que ele nunca permite que ninguém veja, nem mesmo eu, sua mulher, pois, sendo sempre o primeiro a levantar, apressa-se toda manhã a alisá-lo com uma loção capilar. E agora percebo, entre as mechas hirsutas, o couro cabeludo salpicado de manchas escuras. Inclinome sobre ele para domar o cabelo com a mão, num toque o mais leve possível. Mas ele logo estremece no sono e põe-se a pronunciar palavras desconexas. Então, temendo que ele forme frases compreensíveis e revele, sei lá, o que não deve ser revelado numa reunião como aquela, retiro minha mão. O Ange se acalma na mesma hora.

O outro, falsamente humilde, discursa:

– E esse orgulho, como eu dizia antes, não é condenável em si e nunca o condenei, mesmo, eu diria quase sobretudo, quando esse orgulho assinava como que a sentença de morte que os preconceitos de seu pai haviam pronunciado contra a minha miserável pessoa, pois, como lhes disse, eu simplesmente não existia aos olhos dele. Mesmo assim, vejam bem, eu não sentia rancor. Por que agora tudo me indica que esse maldito orgulho leva seu pai a negar que aconteceu alguma coisa com ele? Ah, eu percebo, eu sinto. Ele quer tapar a ferida, quer que ela desapareça de forma milagrosa e rápida e que não se fale mais em ferida nenhuma. Quer voltar a trabalhar e que não digam nada. Mas, vejam bem, esse estado de espírito é o pior neste momento, e estou aqui, vim aqui para tentar convencer seu pai de que ele não deve, de jeito nenhum, esquecer sua ferida, estão me entendendo? Que ele não deve esquecê-la sob nenhum pretexto, nem mesmo o pretexto do trabalho ou do amor-próprio ou do que quer que seja. Porque, vejam, se ele recair no erro, se quiser continuar fingindo que a situação não está seriamente comprometida, aí então é que tudo vai piorar, piorar mesmo.

Ponho-me a escarnecer num frenesi teimoso.

– Se a situação dele está comprometida, o que o senhor tem a ver com isso, o senhor?

– Senhor Noget – ele diz, inclinando-se imperceptivelmente. – Richard Victor Noget.

– Não lhe perguntei nada – digo –, muito menos o seu nome. E já nem me lembro mais dele.

– É um nome famoso – diz Priscilla num murmúrio.

– Se meu pai estivesse acordado, se ouvisse esse nome, ficaria perturbado – diz Gladys.

– Não conheço esse nome e não quero nem saber – digo.

Ele me lança um olhar magoado no qual transparece, porém, para a minha viva irritação, uma desagradável ironia. Busco uma resposta implacável. Mas, quando os termos mais mordazes me vêm aos lábios, lágrimas brotam dos meus olhos e escorrem até a boca.

– Estou tão cansada – digo. – Amanhã... preciso voltar à escola. Por favor, me deixem descansar.

– Não a aconselho a voltar à escola – ele diz, obsequioso.

– Não estou nem um pouco interessada nos seus conselhos – digo, procurando conter meus soluços nervosos, lamentáveis.

– Estamos indo, voltaremos amanhã – diz Priscilla.

Ela se levanta devagar, como que a contragosto. Sinto nas duas filhas do Ange um irremediável ressentimento em relação a mim, que só faz atiçar, pois esse rancor ficara adormecido com os anos, minha recusa de reconhecer no vizinho qualquer honestidade, autoridade ou parentesco intelectual conosco.

Ele também se levanta, com a mesma reticência que ela. *Como se os três imaginassem que em sua ausência o Ange despencará brutalmente, como se imaginassem que sua seriedade, seu exagero dramático dos acontecimentos é que o retêm à beira do abismo no fundo do qual, por minha imprevidência e desleixo, eu o jogarei assim que virarem as costas, ou como se temessem que eu cometa um ato indecente ou perigoso, como lutar com o Ange para que me deixe ver seu ferimento...*

Acompanho os três até a porta do apartamento.

O velho é tão baixinho, débil e curvado que vejo, bem no alto da cabeça, as estrias de algumas parcas mechas sebosas.

Será que ele vive na miséria?, eu me pergunto, perpassada por um incômodo fugaz, pois se for assim sua pobreza corre o risco de me impressionar, ainda que contra a minha vontade.

– Foi lá mesmo, na escola, que fizeram isso a ele... – diz o velho, parando na porta e virando-se para mim cheio de inquietação.

– Não se preocupe comigo – digo secamente.

– Não se trata da senhora. De certo modo é um princípio geral – diz ele. – A senhora não deveria voltar lá.

– Nunca abandonarei meus alunos – respondo.

– Acha mesmo que seus alunos não têm nada a ver com isso? Acha realmente que pelo menos em espírito ou em intenção ou, como direi?, em desejo eles não participaram? Que não prepararam, às claras ou em segredo, tamanha manifestação de... ah, nem sei... de força, digamos?

– Meus alunos não são assim – digo, chocada. – Eles mudaram, sim, provavelmente à força de ouvir as palavras sujas de seus pais, mas estão mais confusos do que rancorosos. Lamento desmenti-lo – continuo – mas, se fosse realmente um professor aposentado, compreenderia minha posição e seria evidente para o senhor que não posso fazer outra coisa senão retomar meu lugar na sala de aula amanhã de manhã. O senhor compreenderia isso – digo – se soubesse o que é ensinar.

– Desculpe a Nadia – diz Gladys. – Nossa, você nos envergonha.

Ela leva a mão à boca e morde a ponta do polegar, com o rosto muito vermelho.

– Nosso pai não falaria assim – diz Priscilla. – Ele é muito mais culto que Nadia e reconheceria o seu nome.

– Seu pai nunca ousou... – ele começa, meio pensativo.

Com a mão apoiada na porta aberta, espero que eles saiam, cansada de ter paciência.

Não rever mais nenhum deles. Que nos deixem em paz, que nos deixem até mesmo, se for preciso, morrer em paz.

Priscilla respira fundo. Em seus olhos claros, indecisos, posso ver passar agora a sombra ligeira de uma benevolência. Meu esgotamento é tão grande e é tão penosa a minha solidão que sinto fraquejar minha vontade de enfrentar, de resistir.

– Falando francamente – diz Priscilla –, viemos para ajudar a cuidar do meu pai, mas também para recomendar que vá embora o mais breve possível, com papai, se ele puder, ou senão sozinha, na esperança de que ele vá ao seu encontro quando se restabelecer.

– Seria o mais sensato – diz Noget.

– Na verdade, você não tem escolha – diz Gladys, num tom conciliador.

Dou uma risadinha, uma espécie de ganido amargo. Fico em silêncio.

– Poderia ir, por exemplo, para a casa do seu filho – diz Gladys, prudente.

Dou risada outra vez. A fúria me faz sentir um calor insuportável na cabeça. Priscilla então pega minha mão, aperta contra o peito, apesar do meu recuo.

– Deve fazer isso por todos nós – ela diz com fervor.

– Se decidir, apesar dessas advertências, se decidir mesmo assim não ir embora – diz ele –, seria um erro, permita-me repetir, mas, enfim, se persistir nesse erro, pode contar que... estarei aqui, perto de vocês, quaisquer que sejam as condições e as circunstâncias.

– Você não tem um filho? – pergunta Gladys.

– Se ficar, o tornado acabará por nos arrastar também – diz Priscilla com a voz lúgubre e fraca.

– Estarei sempre perto de vocês – diz Noget.

Com os lábios cerrados, não falo, cheia de raiva e de algo que se assemelha, apesar de tudo, a uma dolorosa vontade de me entregar, de cair nos braços de Priscilla, pedindo que se ocupe de tudo. Mas que o velho se permita, ele, se aproveitando da minha fraqueza, propor o abrigo da sua casa (pois não está murmurando que poderia nos abrigar se fosse preciso?), é algo que não posso suportar. Ele me olha e seus olhos não são mais nem frios nem irônicos, mas cheios de uma esperança que considero aviltante para o Ange e para mim.

– O tornado? – digo numa voz sibilante, com a boca quase fechada, às filhas do Ange. – Meu Deus, não tem problema. Vocês não são como nós. Em que medida – pergunto – o que nos atinge poderia atingir vocês? O que faz que nos insultem e nos agridam é algo que vocês não têm, não é verdade?

– E o que é então? – pergunta Gladys num tom de desafio.

Hesito e depois respondo:

– Não posso dizer. Não sei como chamar nem como descrever isso. E mesmo que soubesse – acrescento – não diria, pois seria ceder de maneira ignóbil.

– A senhora não cede – ele diz – mas seria preciso, às vezes, nem que fosse um pouquinho...

– Vou tapar os ouvidos – digo. – Olha só, não estou ouvindo mais, nada, nunca mais!

Eles o esfaquearam sem motivo **08**

Ange ainda está dormindo quando retorno ao nosso quarto. O apartamento mergulhado na escuridão – a única luz acesa é a da pequena luminária da mesa de cabeceira. Adivinho, na sala, na cozinha, a forma dos móveis, tão familiares, e no entanto é como se eu entrasse numa casa desconhecida onde tivesse acontecido uma tragédia causada por um passo em falso meu.

Sinto uma estranheza em relação a minha própria casa, que conservo tão bem e com tanto amor. Preparo-me para acender as luzes quando um medo me detém. *E se cada móvel, cada objeto se revelasse diferente do que escolhi e conheci, se neles eu descobrisse o sorriso desagradável de criaturas dotadas de uma vida insuspeitada e misteriosamente incompatível com a minha, a nossa? Como posso estar certa de que não é isso?*

O vento volta a gemer. As janelas tremem ligeiramente. Resolvo fechar as cortinas, mas logo torno a abri-las. *Se acontecer alguma coisa, que os vizinhos da frente, pelo menos, possam ver e testemunhar que eu não provoquei nada voluntariamente.*

A rua inteira, porém, está às escuras, não há luz acesa em nenhuma janela. De quando em quando, faróis de carro iluminam, num clarão pálido e prateado, a chuva fina que só se percebe nesse halo.

É normal, eu me pergunto, tamanho silêncio no prédio às nove da noite? E o silêncio normalmente inclui essa espera cheia de inquietação, como se – penso quase furiosa – o próprio silêncio armasse uma traição?

Essas duas, nossa, como são traiçoeiras! Vieram só para isso, para nos pressionar a ceder.

Falo baixo, mas o som da minha própria voz me assusta.

Percebo um pequeno ruído, de alguma coisa esfregada na porta de entrada. Corro, tranco a porta (como não fiz isso? – pergunto-me, trêmula, estupefata), depois encosto todo o corpo na porta, as mãos espalmadas, o ouvido colado. Primeiro não ouço nada – um batimento surdo, distante – a não ser as pulsações do meu coração agitado, depois, enfim, a voz dele, adocicada, insistente, amistosa, mas de uma amizade pegajosa, afetada. Será que ele ficou aí, imóvel junto à porta, desde que saiu há pouco? Ou subiu de novo sem fazer barulho, para espiar?

– Deixa eu entrar – ele diz. – Tenho muita coisa para te ensinar.

– O senhor ouviu. Preciso descansar.

Procuro manter a voz num tom firme e neutro.

– É melhor voltar para a sua casa – digo. – O que lhe adianta ficar aí no frio, hein?

O medo deixa minhas mãos úmidas. Uma vertigem me faz fechar os olhos. Tenho medo de cair, escorregar contra a porta, e que ele tente então, não sei como, entrar em nossa casa.

Empurrando a porta aos poucos, para afastar a massa do meu corpo inerte, depois finalmente introduzindo-se na casa, triunfante e sinistro, caminhando em direção ao quarto, estendendo-se na cama junto do Ange, e talvez ainda, a pretexto de fazer um curativo, afastando as beiradas do ferimento, infectando-o com as mãos sujas e ao mesmo tempo bajulando, com frases complicadas, o que ele julga ser a vaidade do Ange... Nossa, é preciso evitar a todo custo ceder agora.

– Abra, nem que seja só por um instante, e eu direi o que você precisa saber, depois irei embora tranquilamente. Sou – ele diz (*melífluo, quase terno*) – um ex-professor como vocês sabem, e essa qualidade deveria ser suficiente para que não você tenha a menor prevenção contra mim quando digo que só quero te proteger. Vamos, abra – diz ele com mais firmeza.

– Não... Por favor, senhor...

– Senhor Noget – ele diz.

– Por favor, senhor Noget, nos veremos amanhã – digo, cedendo involuntariamente à doçura insinuante da sua voz, à qual ele dá agora uma cadência quase musical.

– Posso voltar amanhã? A senhora abrirá?

– Escute...

– Então volto amanhã – ele diz. – Estou contente que tenha me chamado pelo meu nome. Pronuncie esse nome diante do seu marido, e verá que ele vai ficar muito, muito comovido.

E em seguida, de novo, o silêncio, esse silêncio pesado, compacto, sem o menor estalido de louça, o menor ruído de televisão, nem mesmo, como observo, o arrastar dos passos do senhor Noget descendo a escada para voltar à sua casa. É como se, de repente, eu tivesse ficado surda.

Ou então ele está aí, atrás da porta, querendo ilustrar literalmente sua promessa de estar sempre presente daqui por diante, e nada nem ninguém o fará ir embora nunca, e estaremos condenados a viver com ele nessa promiscuidade odiosa, como uma ferida com a qual acabamos tendo que nos acostumar.

Recuo até a sala às escuras. Sinto-me espiada, e o meu andar é rígido. Com um movimento seco, torno a fechar as cortinas.

Estou suando. Acho que notei que a chuva, agora mais forte, bate nas vidraças – e vejo esse bater da chuva mas não escuto, associo mentalmente a um ruído familiar mas não consigo discernir que ruído é esse, como se o apartamento tivesse de repente um perfeito isolamento acústico. Continuo sem me atrever a acender as luzes e também não me atrevo a focalizar o pensamento assustador, mas vago, que aflora em minha consciência e quer me fazer admitir que não tenho a menor ideia do que aconteceria, do que eu veria, se deixasse a luz clarear a sala onde meus móveis, meus móveis bonitos e valiosos, ocultam, provavelmente para me enganar, desconhecidos inquietantes e agressivos. Penso que o vizinho pode ter sido enviado com o único objetivo de desviar minha atenção daquilo que na realidade se trama aqui mesmo, na minha sala, da qual eu não desconfiaria facilmente.

Permaneço imóvel, petrificada. De ouvidos à espreita, apesar da impressão de estar cercada de algodão, julgo adivinhar o sopro de uma respiração. Será a minha? Não, é outra e vem de mais longe. Cruzo os braços com firmeza para impedir que minhas mãos subam até o rosto, aumentando assim o medo. Recuo devagar até o quarto. Ouço então nitidamente o Ange respirar – foi ele que ouvi? Ele e eu ao mesmo tempo?

No quarto, fecho a porta e passo o trinco. Depois, exausta, sento na cama suavemente a fim de não acordar o Ange. Mas será que não é melhor ele acordar, afinal? Será normal, será bom dormir desse jeito? Sinto, no fundo de mim, que ainda não tenho vontade de acordá-lo, por medo de não reconhecê-lo, de que ele me fale de um modo estranho, por medo também de que me veja nesse estado de quase terror em que me lançaram as ambiguidades da minha sala. Aos poucos, recuperando a calma, desconfio de minhas próprias conjecturas. Levante-se, volte para a sala, acenda todas as luzes – penso – e constate que nada mudou.

Mas não me levanto. A sombra pesada me envolve. Até a presença do Ange parece carregada de ameaça, de perigos indecifráveis. Enquanto ele dorme, a ameaça está em repouso. Assim, evitando olhar para ele, para o marido com quem vivo em tão grande comunhão, não me levanto. Mantenho os olhos fixos no trinco da porta. Certamente eu sentiria um enorme pavor se visse o trinco se mexer e depois ceder, sob a pressão de um forte empurrão na porta vindo da sala, mas estou tão convencida de que isso vai acontecer que fico aflita de ver que nada acontece. Que saiba ao menos – penso – contra quem ou contra o que lutar. Mas eu saberia isso se a porta fosse brutalmente arrombada? Conseguiria compreender o que se apresentaria aos meus olhos? E o que exatamente se apresentaria? Essas perguntas me atormentam.

No pátio interno para onde dá a única janela do quarto, o vento se engolfa num bramido contínuo. Inclino-me sobre a cama para espiar pela vidraça. Vejo lá embaixo, com a cabeça descoberta sob a chuva, Noget ocupado em pôr o lixo na caçamba. No instante em que baixo os olhos na sua direção, ele levanta os dele e nossos olhares se encontram. Ele esboça um vago sorriso, passando a língua nos lábios repetidamente. Agora, mais nenhum sinal de humildade, de sua repugnante vontade de conciliação a qualquer preço – mas a expressão livremente exposta de uma intenção precisa, confiante. *Terei você, pode estar certa. Terei você e seremos... amigos?*

Afasto-me imediatamente da janela, com o coração cheio de ódio, vingativo. Qual será a sequência do seu plano em relação ao Ange e a mim? E que papel, eu me pergunto, desempenham nesse plano as filhas do Ange? E o próprio Ange, no seu sono talvez fingido? Não, não é possível que o Ange, ferido como está, simule alguma coisa, isso não condiz com o seu caráter.

Mas esse caráter, o que foi feito dele, nessa situação estranha, tão profundamente contrária a ele, por sua brutalidade? Não sei, penso, desanimada. Não sei.

Vem-me então um desejo que eu tentaria rechaçar se não tivesse visto, um momento antes, o olhar voraz de Noget, que eu tentaria repelir se não tivesse aflorado em mim o pensamento de que o Ange finge dormir – mas não, penso, ele dorme, o sono exausto de um pobre bicho atormentado que, entre duas provações, mergulha numa semi-inconsciência. Não contrario esse desejo nem fico constrangida com ele, ao menos não o bastante para manter meus dedos imóveis e meu corpo rígido sobre o colchão.

Ajoelho em cima da cama, com uma das mãos pego a pequena luminária da mesa de cabeceira e com a outra tiro o lençol que cobre o Ange até o queixo. O que vejo me arranca um gemido de horror.

O Ange não desperta. A luminária treme na minha mão. A correntinha que serve de interruptor tilinta contra a base. *Meu Deus meu Deus meu Deus.* Tento controlar a mão mas não consigo, e a correntinha tilinta ao ritmo dos meus tremores. *Meu Deus, ó Deus todo-poderoso.* Quero puxar de volta o lençol, mas meus dedos, crispados sobre o tecido manchado de sangue, esfregando-o e amarrotando-o, não se decidem. *Você queria ver. Então veja, veja.*

O Ange começa a mexer a cabeça de um lado para o outro sobre o travesseiro, como que terrivelmente incomodado pelo ruído da correntinha sobre a base da luminária. *Veja, veja então se me ama, e não esqueça jamais o que viu.*

Murmuro:

– Ah, meu querido, coitado.

Eu desejaria que neste instante o Ange abrisse os olhos para me mostrar, com seu olhar tranquilo, desenganado, que o ferimento não importa nem um pouco, que é o corpo dele, com certeza, que ele perfura, mas de maneira inteiramente provisória e porque ele, ele, consentiu e aceitou. Mas os olhos do Ange continuam fechados, as pálpebras fortemente cerradas. Ele só mexe a cabeça sobre o travesseiro úmido de suor avermelhado (sangue no cabelo?) e julgo perceber, no seu sofrimento, no seu sono obstinado, um rancor tenaz contra mim.

O Ange nunca manifestou nada que indicasse que eu pudesse ter agido de modo a lhe causar qualquer ressentimento. Sempre vivemos, desde que nos casamos, não na paixão, na exaltação, mas na concórdia, e nosso entendimento tem algo da amizade indestrutível tal como a vemos descrita nos livros, pois nem o Ange nem eu nunca tivemos amigos dos quais não acabássemos por nos separar. Assim, a animosidade silenciosa, ultrajada, que emana do corpo contraído do Ange é incompreensível para mim. Atribuo a causa imediatamente às suas filhas. Não sei o que elas fizeram, o que disseram. Lembro de ter percebido nos filhos delas, nas raras vezes em que os encontrei, uma estranha fixidez do olhar e algo de muito frio, de sardônico e desavergonhado nos seus rostinhos pálidos – eis como são os filhos dessas duas mulheres. Mas o Ange não tem a maior afeição por essas crianças? Não sei o que as duas podem ter feito na minha ausência, na minha casa, junto do Ange e dentro dele.

A lealdade do Ange foi desnaturada. *Em vez de cuidarem dele, elas aumentaram a gravidade do seu mal ao remexer na ferida, abrindo-a irremediavelmente, para depois introduzir nesse mal* o *veneno da suspeita contra mim – mas por que tudo isso?*

O ferimento, na altura do apêndice, não sangra mais. Mas ninguém parece ter limpado. Uma crosta de sangue amarronzada formou-se ao redor da enorme cratera produzida por um instrumento que não me atrevo a imaginar, ao mesmo tempo largo e pontiagudo, tipo uma tesoura de jardineiro ou um buril com o qual alguém teve tempo de cavoucar a carne do Ange depois de tê-lo enterrado profundamente.

O Ange ainda está de camisa xadrez. Constato com raiva que suas filhas nem sequer cortaram ou arrancaram o pedaço de camisa que a arma rasgou, e agora o tecido colou no sangue coagulado. As filhas do Ange não fizeram nada, não estancaram o sangue, não desinfetaram o ferimento nem tentaram aproximar as bordas do corte.

De que odiosa maneira elas ocuparam seu tempo, essas filhinhas queridas do papai?

Um líquido espesso, amarelado, escorre lentamente da carne machucada, no fundo da chaga. Essa supuração parece cheirar mal, no entanto é improvável que a ferida já esteja apodrecendo.

O Ange ergue bruscamente o braço. O gesto é tão brutal, tão inesperado que sua mão atinge a luminária em minhas mãos e esta cai no chão. A lâmpada se apaga.

– Proibi que olhassem isso – grita o Ange com a voz abafada.

Ele arranca o lençol dos meus dedos apertados, torna a cobrir-se com raiva.

– Quantas vezes vou precisar repetir? – diz o Ange com a mesma voz cavernosa e abafada, que uma aflição dilacerante agora perfura.

E essa voz nova, na escuridão, me assusta.

– Ange, sou eu – digo.

– Me deixa em paz. Quero ficar sozinho – ele diz.

– Ange, você está sofrendo?

– Me deixa em paz, todo mundo.

Volto a ficar de pé, desajeitada, trêmula de pesar, de ansiedade. Tateio em busca da luminária e a recoloco em cima da mesa de cabeceira. Vou até a porta do quarto, colo meu ouvido no batente para ouvir o que neste momento talvez esteja acontecendo na sala. Depois volto a me sentar na cama, o mais longe possível do Ange, para não lhe causar a menor contrariedade, mas não decidida a abandoná-lo, embora ele tenha exigido isso de um jeito colérico, queixoso, que nunca foi seu, de um jeito amnésico, egoísta, ingrato, penso, que parece omitir voluntariamente que tenho alguma ligação com ele.

Será que não devo, porém, obrigá-lo a se despir (pois ele veste ainda, sob o lençol, calça, cinto e meias), lavar-lhe a ferida, pôr um curativo, fazê-lo tomar dois comprimidos de analgésico? Como lutar com o próprio marido diminuído e depois, terminada a luta, restabelecer nosso respeito? Como enfrentar circunstâncias tão vis e tão patéticas?

E sobretudo como imaginar atravessar as trevas da sala para ir até o banheiro onde estão os medicamentos, e uma segunda vez para voltar ao quarto, atravessar no outro sentido a sala repleta de murmúrios, de arquejos que não sei de onde vêm nem o que significam, mas a propósito dos quais a primeira imagem que me ocorre é a do senhor Noget fornicando e dando um jeito de ser ouvido tanto pelo Ange quanto por mim, sobretudo pelo Ange, petrificado em sua miséria, imóvel no seu leito de dor e desgosto – e o que ele quer de nós, o que quer nos tirar que ainda temos, o que quer nos fazer compreender?

Levanto, vou de novo escutar na porta do quarto e verificar se o trinco está bem fechado – e de novo esses rangidos e lamúrias vindos da sala. Na minha testa e no meu pescoço escorre um suor impregnado do forte odor do medo. O que será isso? A tempestade, o vento forte? Mas lembro que há pouco, na sala, não cheguei a ouvir barulho de rajadas.

– Senhor Noget? – sussurro, com os lábios colados ao batente.

Depois, mais alto:

– Senhor Noget, o senhor está aí?

Não, é impossível que ele tenha entrado, penso em seguida, pois passei a corrente de segurança. É impossível – e então? É como se agora, sabendo ser impossível que Noget tenha entrado no apartamento, e tendo de admitir que esses ruídos e chiados provêm assim do impossível, é como se eu não fosse mais obrigada a pensar neles nem a me atormentar com eles, mantendo apenas uma distância prudente entre mim e essas coisas.

Exausta, deito na cama, sem tocar no Ange. Posso ver no escuro seus olhos agora muito abertos, fixos no teto, imóveis e atentos como parece estar seu corpo silencioso, rígido, sofrido. Não me atrevo a falar. E que tristeza, penso, que tristeza em meu próprio medo e em minha própria reticência. Pois tenho o hábito de contar tudo o que me passa na cabeça ao Ange, o único ser no mundo cuja opinião nunca temi, o único que nunca me aborreceu, em nenhum momento da nossa vida em comum, com críticas ou censuras ao apego que sinto por meu trabalho, o único, enfim, que nunca cedeu ao mau gosto de contrapor meu filho, por exemplo, e minha escola, me acusando de me interessar mais pela escola que por meu filho. E eis que esta noite evito até estender a mão para tocar de leve a testa do Ange – por que me tornei de repente sua inimiga?

09 O alimento nos consola, grave erro de nossa parte

Levanto de um salto, assim que a manhã cinzenta clareia o quarto com uma luminosidade tristonha. Olho para o Ange, circunspecta. Ele não está mais dormindo (será que dormiu?), contempla a parede com um olhar inexpressivo. Um impulso de amor e simpatia me lança para ele. Seguro sua cabeça entre as mãos, ignorando seu movimento de recuo, beijo seus lábios, nos quais sinto um estranho odor de sangue e de putrefação. Ele me repele suavemente e se enrola no lençol de tal maneira que, se voltar a dormir, não poderei, sem despertá-lo, baixar o lençol para me ocupar do ferimento.

O que há então que não devo ver de jeito nenhum? E por que ele imagina que quero ver? Ele não me conhece? Não sabe que sempre quis saber o mínimo possível do que me assusta?

Digo com esforço:

– Ange, você compreende, como eu, que precisa ser medicado.

– Não é mais necessário – ele diz com voz átona.

– O que você quer dizer? – pergunto, profundamente aflita.

– Que não é mais necessário, só isso. Não há nada a acrescentar – diz.

Sinto crescer em sua voz o nervosismo, aquela irritabilidade que me surpreende. Digo precipitadamente:

– Você imagina que compreendeu alguma coisa que ainda me escapa, e acho que está é querendo me preservar, por isso se mostra tão duro e enigmático. Mas saiba que não há nada que eu não possa ficar sabendo, e é possível também, Ange, meu amor, que eu já saiba de tudo, que você não precise me preservar de nada.

Será mesmo?

– Tudo isso é conversa mole – diz o Ange, num tom de infinita melancolia.

Diz ainda:

– Cuidado com o que diz. Você fala demais.

Depois fecha os olhos, grosseiro, para encerrar a conversa. Ele não pronunciou a última frase como um conselho, mas como uma ameaça.

Estou atordoada. Não consigo deixar de sacudir o Ange pelo ombro, embora sua testa logo se contraia de dor. Pela primeira vez sinto uma espécie de irritação e, vendo a careta que ele faz, penso simplesmente: Será que não estou sofrendo, eu também, por ser tratada dessa maneira injusta?

Lanço com acidez:

– Se falo demais, é dizendo o quê? Pois parece que sou a única aqui a não saber o que importa! Ah, mas não vou perder tempo pedindo perdão pelo que posso ter feito de errado – digo, mas minha cólera já cede e, vendo o rosto encovado do Ange, as pálpebras cinzentas, me pergunto angustiada de que maneira ajudá-lo mesmo que ele não queira.

Batidas ressoam na porta de entrada.

– O vizinho – murmura o Ange.

– Dessa vez não vou deixá-lo entrar – digo.

Ange, perturbado, se agita.

– Não, não, faça ele entrar, por favor! – ele cochicha com inquietação e novamente com uma ponta de impaciência. As pálpebras se entreabrem sobre olhos velados, irritados, completamente desprovidos de afeto.

Agora as batidas fazem a porta tremer. Saio do quarto, atravesso a sala, retiro a corrente de segurança e abro a porta.

– O presunto que eu trouxe ontem – ele diz de um modo melífluo –, vocês comeram?

– Não – digo.

– Não faz mal, aqui está um novo, recém-fatiado. E olha – diz com alegre solicitude –, também trouxe pão, um pão quentinho, que eu mesmo assei, e geleia de ameixa, que também, desculpe insistir, fiz em casa, e manteiga igualmente, não sei se têm, tudo isso para a senhora e o seu marido, e vocês me dariam um grande prazer se decidissem aceitar... aliás, ficou combinado...

– Meu marido me pediu que não mandasse o senhor embora – digo.

Procuro dar ao meu rosto a expressão de cansaço e má vontade que me parece a única capaz de repelir a intimidade detestável que ele se esforça por introduzir na menor de suas entonações. O cheiro de pão fresquinho, porém, me deixa frágil e quase agradecida. Estou com tanta fome que meus lábios tremem. Afasto-me para que ele possa entrar. Ao passar por mim, percebo em seu rápido olhar, voltado para o meu rosto um pouco acima do dele, a mistura em doses iguais de triunfo e sujeição.

Ele veste uma velha jaqueta de veludo malcheirosa sobre uma camiseta da Columbia University. Vai direto para a cozinha. *Aqui ele está em casa, ele pensa ou sabe que não vão mais mandá-lo embora, que conquistou seu lugar.* Coloca as provisões em cima da mesa, convida-me a sentar com um gesto largo sem ironia, depois procura a cafeteira, abre o armário onde estão as xícaras, tira o café da lata, tudo com a precisão e a graça de quem, sabendo exatamente o que deve fazer, adapta cada movimento à finalidade buscada.

– Preciso ir logo mais para a escola – digo.

– Tudo bem, tudo bem, não tem problema – ele diz.

Mas será possível que ele esteja aí, preparando o café como o Ange fazia, que esteja aí, à vontade, complacente e vitorioso, essa criatura que mal suportávamos ver mesmo que por alguns segundos a cada dia?

– O senhor sabe – digo –, não precisamos de empregada.

– E de um amigo, não precisam de um amigo? – ele pergunta com a voz ligeira mas séria, sem se virar.

Então digo, irritada com o seu descaramento:

– O Ange e eu nunca sentimos falta de amigos. Pode acreditar. E, para ser sincera, amigos nos incomodam, se quer saber.

Arranco um pedaço do miolo do pão. Um ligeiro vapor sobe do lugar de onde tirei a migalha. Ponho o pedaço de pão na boca e o gosto é tão delicioso, tão reconfortante que sinto pontadas de dor no maxilar, nas bochechas, no canto dos olhos. No entanto, penso, foi ele quem fez esse pão. Ele se senta diante de mim, corta uma fatia de pão, passa uma espessa camada da manteiga que trouxe, uma manteiga bem amarela, coberta de minúsculas gotas, depois põe por cima a geleia de ameixa.

– Tome, permita que eu te ofereça – diz ele, estendendo a fatia de pão com uma deferência exagerada.

Inclina-se para me servir uma grande xícara de café. Observo com desprazer suas mãos feias e flácidas, as unhas sujas. Tem o rosto coberto de pelos cinzentos. E, quando não está atento, seus olhos são tão frios que me dão um arrepio.

No entanto foi ele que fez o pão.

Põe-se de pé e diz:

– Agora vamos cuidar do nosso ferido.

– Ele não quer que se aproximem – digo.

O velho dá um sorrisinho confiante. Prepara uma nova fatia de pão com manteiga e geleia, coloca numa bandeja ao lado do café destinado ao Ange. Sai da cozinha com a bandeja, e eu o escuto sussurrar:

– Lembre que desaconselhei que voltasse à escola, não é verdade?

Como mais uma fatia do presunto de Bayonne, saboroso e perfumado, que ele também trouxe. Toda essa comida é boa e infinitamente consoladora, mas, oferecida por ele, me deixa na boca um gosto amargo.

Depois me preparo para ir para o trabalho, exatamente como faço toda manhã. Passo várias vezes pela sala, cantarolando, tentando contornar a impressão, que não me abandona, de que aquele cômodo está cheio de alguma coisa que não estava ali antes, alguma coisa essencialmente hostil. Mas não quero me deter nessa impressão sufocante, que sei que é exata. Mais tarde veremos – penso, preocupada em não me atrasar. Não consigo, porém, deixar de esticar o ouvido até o quarto, de onde vem um cochicho.

Ele não quer que eu escute. Mas que tipo de ação vergonhosa os dois preparam contra mim?

Tomo uma ducha, visto um pulôver e uma calça pretos (pois sou uma mulher corpulenta), penteio o cabelo, que uso curto e tingido de ruivo, tento endireitar meus óculos tortos.

Empurro suavemente a porta do quarto. O Ange continua deitado, envolvido no lençol, mas Noget pôs dois travesseiros sob seus ombros, de modo que o peito do Ange está ligeiramente erguido e a cabeça para trás, com o pescoço um pouco torcido. Noget, sentado na cama, sustenta sua cabeça e com a outra mão leva a fatia de pão aos seus lábios. O Ange me olha. O terror, o embaraço, a incerteza obscurecem seus olhos. Vejo isso e imediatamente afasto essa imagem do meu espírito.

– Ah, vou chegar atrasada na escola – digo. – Então está comendo, meu querido?

– Esses alimentos são excelentes para o que ele tem – diz Noget. – Nunca deixei de assar meu próprio pão. Mesmo na época em que dava aula, eu me levantava uma hora mais cedo para preparar a massa, pois amava minha profissão como vocês a amam, mas amava e respeitava ainda mais o pão, esse alimento sagrado.

Ele me provoca, quer ver se vou novamente duvidar do seu passado de professor. Ah, no fundo, que importa o que ele realmente fez e o que gostaria de ter feito?

Pergunto:

– Olhou... o ferimento?

Como estou impaciente para ir embora! Já não suporto o quarto confinado, um pouco nauseabundo (esse cheiro de podridão que não sai, penso).

– Chegaremos lá – ele diz. – Não se preocupe. Não deixarei seu marido fingir que está tudo bem.

– Está tudo bem – digo, afoita, orgulhosa.

– Desaprovo totalmente sua volta à escola – ele diz, severo.

– Não só o meu lugar é lá – respondo –, como também devo avisar à diretora que o Ange se ausentará por algum tempo, para que encontrem rapidamente um substituto e assim ninguém, sobretudo as crianças, sofra com...

– Não vá! – implora o Ange, num grunhido.

Mas balanço a cabeça, tomada de vertigem à simples ideia de ficar no apartamento, de passar o dia entre a sala repleta de almas desconhecidas, hostis, e o quarto sombrio, malcheiroso.

Digo mais que depressa:

– Até a noite!

E vejo ainda o medo e a vergonha, que ignoro deliberadamente, obscurecerem o olhar do Ange no instante em que Noget aproxima a xícara de café da sua boca. Ouço o leve ruído da porcelana contra seus dentes, como se ele os tivesse mantido cerrados e Noget quisesse forçá-lo a beber. Ele fez um café muito bom, penso. Não sou eu, a mulher dele, que deveria ajudar o Ange a comer e beber? E ajudá-lo a ir ao banheiro? Por que ele aceita a ajuda do vizinho e não a minha? Aliás, será que a aceita mesmo?, penso ainda, no auge do mal-estar. Pois tudo demonstra que o Ange só aceita essa solicitude por obrigação.

Ele não previu que o outro chegaria a esse ponto, que faria mesmo, para tirar vantagem, o papel de mamãezinha para ele.

Será que acabou? 10

Pela primeira vez depois de meses, meus alunos me esperam em fila no pátio e não dispersos como se acostumaram a fazer desde que o Ange e eu deixamos de ser queridos, a ponto de ter se tornado natural passarmos quinze minutos toda manhã tentando reuni-los, enquanto nossos colegas, não querendo se envolver, já estavam na classe começando a aula.

Nesta manhã, sob o céu nublado, todas as crianças estão comportadas, atentas, quase silenciosas. Aproximo-me da diretora. Ela vigia a escola da entrada da sua sala, no pátio coberto, e me vê avançar sem contrair um único músculo no seu rosto branco e duro. Alguma coisa em relação a mim a tranquiliza, penso, aliviada. Tenho os braços cruzados sobre o casaco bem fechado, pois ainda faz muito frio.

Está muito frio!

– Meu marido estará ausente por algum tempo – digo.

– É? Por quê? – pergunta a diretora.

– A senhora não sabe? – digo.

– Não, não sei – responde a diretora.

E pelo relato da farmacêutica sei que está mentindo, no entanto sua resposta me reconforta de um jeito estranho, como se a diretora quisesse me dizer, nem que fosse com uma mentira, que não é minha adversária.

– Não posso falar disso agora – digo, balançando a cabeça. – Mas tudo vai correr bem, e me disponho, se possível, a levar os alunos do meu marido para a minha classe.

– Ah, não sei – diz a diretora.

Seu olhar fica distante, pensativo. O queixo se contrai, cobrindo-se de pequenas rugas.

– Não sei se as crianças vão concordar – diz ela com esforço.

– Mas desde quando – pergunto –, desde quando se pede a opinião dos alunos a esse respeito?

Seu rosto branco fica meio corado. Ela agita a mão no ar na minha frente e a ponta dos seus dedos roça o meu rosto. Depois, com ar surpreso, pergunta:

– Deixou seu marido sozinho? Ele não precisa da senhora?

– Meu lugar é aqui – digo.

Então ela queria, esperava secretamente que nós dois desaparecêssemos? Nós, os melhores professores dessa escola?

– Não leve tão a sério a sua função – ela diz, seca.

– Amo a minha profissão e a exerço de maneira conscienciosa – digo.

– Sei, mas no seu caso isso é quase uma virtude – diz a diretora. – E a virtude, como você sabe, deve ser...

Ela ri, mordaz, ameaçadora, quase rosnando.

Toca o sinal e a diretora recompõe sua expressão, a objetividade benevolente substitui o escárnio agressivo. Não quero reter dessa mudança senão a benevolência.

Vou em busca dos meus alunos, o coração leve como não tenho há muito tempo.

O dia está cinza e frio, o ar opaco carregado de uma pesada bruma que vem do rio, mas tenho enfim a impressão de que podemos esperar prudentemente, o Ange e eu, um rumo melhor para a nossa vida.

O que o Ange sofreu ontem, penso, devemos considerar como o apogeu de nossos tormentos? Sim, com certeza, com certeza.

Parece que esta manhã as crianças põem em mim um olhar claro e direto, e, quando me atrevo a devolver esse olhar, não desviam os olhos nem demonstram que estão contrariadas, que mereço ser punida ou execrada. Comportam-se comigo quase como antes – apenas mais tímidas, mais retraídas, como se eu fosse uma professora nova e elas não estivessem muito seguras da ponderação de minhas reações, como se tivessem esquecido, em suma, aquela que fui e que, acredito, elas amaram com toda a confiança. Essa surda apreensão que sinto pesar na atmosfera da minha classe me entristece. Eis que agora, penso, preciso trabalhar para voltar a ser o que eu era. Os alunos do Ange foram mandados de volta para casa. *Ele ficará satisfeito, detesta ser substituído.*

Na hora do recreio, me aproximo do pequeno grupo de colegas reunidos no pátio. Paro a três metros de onde estão, de olhos baixos, fingindo conferir a limpeza dos meus sapatos; depois, percebendo uma emanação favorável, uma vibração cordial vinda do círculo que se abre imperceptivelmente para me dar lugar, me introduzo entre dois dos meus colegas, em silêncio.

A conversa logo se interrompe. Após um instante de embaraço, um deles, muito entristecido, me pergunta num murmúrio:

– Como está o Ange?

– Está bem – respondo com um sorriso jovial.

– Que acidente terrível – diz outro.

– Que acidente? – pergunto. – Não houve nenhum acidente.

– É melhor considerar as coisas assim: um acidente – ele diz, num tom de descontentamento.

Sinto dissiparem-se as ondas vagamente amistosas que o grupo emanava quando me aproximei, tenho mesmo a impressão de que o círculo agora se fecha para me expulsar. Então, com voz suave, retomo:

– Acidente ou não, muito em breve o Ange estará de volta.

Mas o Ange está morrendo neste momento. Não? Ange, meu querido! O que estará fazendo o vizinho sobre o corpo do Ange?

– Deixei-o aos cuidados de um tal de senhor Noget – digo, sem poder conter um riso de troça.

– Noget?

– Noget, o escritor?

O espanto cético do grupo me perturba. *O que significa esse nome, Noget? Já ouvi esse nome alguma vez?*

– Acho que é, sim – digo sem segurança.

– Acha ou sabe? É mesmo esse Noget? – pergunta uma das mulheres, com uma impaciência exaltada.

Os olhares de todos eles estão postos no meu rosto. Parece que sua espera cheia de fervor produz no ar brumoso um ruído estridente, um apito ameaçador cuja interrupção depende da minha resposta. Esboço um sorriso, ajeito os óculos no alto do nariz.

– É ele mesmo – digo, mascarando minha confusão.

Pois como se explica que eles o conheçam e eu não, que a simples menção de seu nome os impressione enquanto para mim ele é desconhecido?

Segue-se um silêncio pensativo, ou melhor, respeitoso. Não tento mais evitar o contato visual e ninguém manifesta aborrecimento ou irritação ao cruzar o olhar com o meu.

– É estranho – diz alguém, devagar.

– Enfim – diz outro –, seu marido está em boas mãos, mãos admiráveis.

É quase como se, em sua voz, ele lamentasse não ser o Ange. Ah, mas desde quando não suscitamos inveja, nós que sempre nos banhamos nessa água cálida e benfazeja, o desejo dos outros pela nossa vida, pela nossa tranquilidade? De novo sou tomada de uma alegria e uma confiança desmedidas. Não vejo a hora de voltar ao apartamento para dizer ao Ange o que descobri hoje: que a perseguição contra nós acabou. Que acabou também a repulsa que inspirávamos, a fúria inocente, primitiva, que alguns sentiam só de nos ver. Chego até a me perguntar, no meu otimismo, se não exageramos a gravidade do que aconteceu e me pergunto mesmo se não exageramos a realidade de tudo isso. *Queriam realmente acabar conosco? Que ilusão, talvez! Que sinistra ilusão talvez nós mesmos tenhamos criado!*

Torno a entrar alegre em minha classe, soprando pequenas nuvens de vapor.

– Estão se comportando muito bem, crianças – repito várias vezes no período da tarde.

Acontece que, no instante em que pronuncio pela terceira vez essa frase, uma menina explode em soluços. Pergunto-me então se empreguei a palavra exata: meus alunos estão bem-comportados ou paralisados pela náusea? Não costumam ser apáticos, como se alguém os tivesse feito engolir uma boa dose de tranquilizantes.

Eu me aproximo da menina que chora e noto que ela se curva para tentar escapar aos meus tapinhas nas costas, mas, resignada, não se atreve a pedir que não toque nela. Essa atitude me deprime por um momento

Será que vai começar tudo de novo?

Passo a mão em suas costas estreitas, seus ombros trêmulos, sentindo as batidas nervosas do seu coração de passarinho assustado.

– Calma – murmuro –, calma, ninguém vai te fazer mal.

– A senhora vai ver – ela diz –, a senhora vai ver.

Então funga e se sacode levemente. Uma afeição cheia de piedade e desespero parece inundar seus olhos de lágrimas quando ela os põe em mim. Mas decido que nada sombrio deve influir, hoje, em minha nova maneira de considerar a situação.

Bato as mãos uma contra a outra e anuncio animada aos meus alunos que podem sair para brincar no pátio até a hora de ir embora.

Não consigo deixar de acrescentar:

– Isso é porque se comportaram muito bem hoje!

Nenhum deles grita de alegria, de excitação, de gratidão, como teriam feito alguns meses antes. Hesitam um pouco antes de se levantarem, como se não estivessem inteiramente certos de ser uma boa ideia nem de que devam me obedecer; depois alguns saem da classe com uma espécie de prudência embaraçada, e os outros, meio desajeitados, acompanham.

Vejo um menino lançar um olhar furtivo para minha cadeira, para minha mesa. Tento descobrir o que ele olha. O rosto do menino enrubesce antes de ficar muito pálido. *Meu Deus, o que ele viu? O que todos estão vendo que não vejo, o que estão sabendo que não sei? Onde eu estava esse tempo todo, quando era preciso ver e saber?*

E observo que todos evitam passar muito perto do tablado onde fica minha mesa; e como não podem, no entanto, deixar de contornar o tablado para chegar à porta, penso de repente que essa é talvez a razão de não terem pressa de sair para brincar. *Há alguma coisa, entre os meus pertences, que os assusta mais que tudo*. Como são estranhas essas crianças! E como será demorado e delicado fazê-las recuperar um comportamento natural comigo, fazê-las esquecer que fui depreciada e até odiada, ou que talvez tenha acreditado firmemente nisso (que éramos depreciados e odiados) para transformar a visão que nossos alunos têm de nós. Assim a culpa é toda nossa – a responsabilidade dessa monstruosa incompreensão cabe a nós dois, ao meu querido Ange e a mim.

Fomos orgulhosos, orgulhosos demais da qualidade do nosso trabalho, fomos arrogantes e desdenhosos mesmo, e, quando nos manifestaram sinais de desagrado, absurdamente amplificamos a importância e o perigo desses sinais, ainda que por orgulho.

Mas por que, me pergunto, o ferimento infligido ao Ange? Isso não é real? *Será que o Ange provocou um ataque e depois agravou seu ferimento voluntariamente? Ou não houve ataque nenhum e foi o Ange que... Será que não houve absolutamente nada? Terá sido um acidente que lançou o Ange, acostumado ao controle absoluto da sua existência, na perdição?*

Demoro a arrumar minha classe (*tão cuidadosamente como se não devesse voltar nunca mais*).

Toca o sinal, visto meu casaco (*sentindo algo de insólito, de indefinível, mas imediatamente apagando isso do meu campo de percepção*), pego minha grossa pasta de foles e saio para o pátio, o casaco fechado até o pescoço por causa do frio, exibindo um sorriso firme.

As lentes embaçadas dos meus óculos me obrigam a considerar tudo com uma distância nuviosa. É por isso que não percebo logo o quanto estou isolada?, o quanto é vasto o espaço vazio ao meu redor, como se, penso bem mais tarde, eu segurasse não uma pasta, mas uma granada pronta a explodir? Não percebo nada ou quase nada, e estou tão decidida a não deixar escapar meu bom humor, minha vontade de mudar radicalmente de ponto de vista (*pois nossa interpretação especiosa da realidade nos causou tanto mal, tanto sofrimento inútil!*) que esta noite seriam necessárias mudanças bem mais manifestas para me desviar do meu auspicioso trajeto.

Estou ligeiramente sufocada, como quando uma densa neblina oprime a cidade. Sinto então o peso da minha carne excessivamente abundante, embora contida em roupas elásticas e escuras, essa massa surpreendente do meu corpo que se desenvolveu ao longo dos anos sob o meu olhar vagamente divertido, espantado, condescendente. Não se trata bem de mim e sim de um vizinho que eu amo, mas por cujo destino teria de assumir uma responsabilidade incômoda, enfadonha, obscuramente aviltante – oh, meu corpo, que insólito! – penso com um pouco de presunção.

Mas esta noite estou sufocada. Caminho pela Cours do Chapeau-Rouge. Também aqui é a neblina que me afasta do resto dos passantes? Será real o que percebo, que os outros procuram se manter afastados da minha pessoa arquejante?

O bonde passa bem ao meu lado, mudo e praticamente invisível na atmosfera esbranquiçada. O tilintar da sua campainha parece tragado pelo ar subitamente quase palpável. Resta apenas um som esguio, estrangulado. *E evito olhar dentro dele, temendo encontrar ali rostos petrificados, pobres criaturas cujos olhos exprimiriam não sei que incompreensão assombrada ao me ver.*

O problema seria o meu casaco?, penso de repente. Torno a pensar nos meus alunos, no desvio que tentaram fazer ao se aproximarem do tablado onde estavam minha pasta e meu casaco. Um mal-estar difuso me aperta o coração. Continue andando, penso, continue como se não fosse nada. O casaco me parece pesado nos ombros. *Continue andando com um sorriso nos lábios.*

Chego enfim à Rue Esprit-des-Lois, deserta. Ponho a pasta na calçada. Depois, com gestos calmos e lentos, sem abandonar o sorriso que mostrarei aos vizinhos, talvez escondidos a me espiar atrás da janela, que agora está tudo bem, tiro o casaco. Estendo-o diante de mim, com os braços esticados.

O choque é tão grande que titubeio. Sinto decair os cantos da boca. Meu queixo começa a tremer. Sim, sim, sim – penso –, controle-se.

Dobro cuidadosamente o casaco com as mãos trêmulas. Conservo sangue-frio suficiente para envolver no tecido os pedaços de carne que estão ali pendurados. Faço com eles um grande embrulho, torno a pegar a pasta e caminho até a entrada do prédio. Seguro o casaco bem apertado embaixo do braço, embora faça muito frio, ainda mais frio que antes.

Todo mundo gosta de carne **11**

É ele, com seu rosto magro, os olhos brilhantes e inquisidores, que me abre a porta do nosso próprio apartamento. Abre os braços. Jogo o casaco nele.

– Há pedaços do meu marido aí dentro – digo.

Meus joelhos dobram. Caio pesadamente atravessada no vão da porta. Sem dúvida fico muito tempo assim prostrada, semi-inconsciente (pois percebo diversos sons vindos da cozinha ou do quarto, arrastar de pés calçados de pantufas, assobio da chaleira, ruído de talheres), incapaz de me mexer ou de falar, mas de certo modo resignada, aceitando minha impotência com leveza ou indiferença, como acontece nos sonhos. Como é maçante!, penso com calma, sem saber o que se passa no meu próprio espírito para que ele faça essa queixa. Meu quadril direito, apoiado no chão, dói muito. Quero me levantar, mas parece que minha vontade se separou do meu cérebro, que se ocupa tranquilo em distinguir os ruídos diversos que vêm do prédio ou do apartamento, enquanto minha alma sangra e geme.

Três alfinetes de fralda, ou eram presilhas de cabelo?, em que estavam presas fatias de carne, isto é, pequenos pedaços de uma carne rosada e fibrosa que parecia ser de porco, mas cujo tamanho e aspecto me fizeram pensar em carne humana e, portanto, em pedaços da carne do Ange, pois vi esta manhã, sim, confesse que viu, que de fato cortaram seu flanco, retalharam por dentro, mas pode ser apenas a carne de um animal qualquer e pode ser também uma brincadeira maldosa, e então por que perder a alegria...

– Eu avisei, não devia ter ido – ele diz num tom de repreensão.

Barba de um cinza sujo, faces salpicadas de marcas cinquentenárias de acne, olhar vivo, excitado, nenhuma simpatia.

– Tente se levantar – ele diz –, não tenho força para carregá-la.

Sou tão gorda, tão pesada. Como você é mole, me dizia meu filho outrora, enterrando a testa na carne flácida do meu braço. Ah, meu filho, por que não está aqui, forte e decidido, junto de nós, que não temos mais idade para compreender o que nunca aprendemos?!

– Como está o Ange? – murmuro.

Ele hesita.

– Tão bem quanto possível – diz.

– Quero vê-lo.

Falo com ele num tom de desafio, teimoso, como se ele tivesse manifestado a intenção de impedir que eu fosse até o quarto.

– Levante-se primeiro – ele diz.

Viro-me com cautela, fico de quatro, resfolegando, sem me preocupar com a presença do senhor Noget. *O famoso Noget! Que piada!*

Levanto, apoiando-me na parede.

– Cadê o meu casaco?

– Joguei lá embaixo, na caçamba de lixo – diz Noget. – Mostrei ao Ange, depois joguei lá.

– Não devia ter mostrado a ele – digo. – Não é necessário que ele suporte também esse tipo de estupidez. Foi uma brincadeira maldosa de moleques.

Ele fica em silêncio. Posso ouvir sua respiração ligeiramente ofegante. Depois suaviza o olhar, e percebo até que ponto, nele, tudo é representado.

– Foi muito grave o que fizeram ontem ao Ange – ele diz.

– Como sabe que fizeram alguma coisa? Como sabe que não foi ele mesmo quem fez? Estou querendo dizer (insisto de um jeito agressivo) se não foi ele que agravou uma contusão que lhe causaram sem querer, a fim de provocar a ruína completa do seu corpo, a fim de ter um motivo para se aposentar?

E, se não aconteceu de jeito nenhum o que a farmacêutica me contou, por que dar mais crédito às palavras dela do que a outras igualmente plausíveis? A farmacêutica não viu nada, e ninguém me disse ter visto diretamente o que houve.

– A senhora se engana – diz ele com ar aborrecido. – Não quer entender de onde vem o mal.

– Ninguém me explica – digo, ácida.

Mas não quero saber, não quero saber exatamente o que houve.

Ele passa os dedos na barba, no cabelo meio comprido. Com uma reserva delicada, como para não correr o risco de me machucar, diz:

– Vocês dois, é preciso reconhecer, têm em relação à vida uma atitude que... não convém, que em alguns aspectos é inadmissível, eu diria até, perdoe-me, obscena; certamente isso não deveria absolutamente justificar que os ataquem, e não os atacariam se fosse apenas isso, mas há também, a senhora sabe, a senhora desconfia... o rosto de vocês, a expressão do rosto de vocês...

– O que é que tem o meu rosto? – digo, sentindo-me corar.

Ele desvia os olhos por um instante. É a primeira vez que o vejo sinceramente constrangido.

– Ah, entendi – digo rapidamente.

E, também pela primeira vez, me sinto incomodada com meu embaraço e quero pôr fim a ele. Desamarroto minhas roupas, ajusto os óculos no nariz. O fecho do sutiã se soltou. Meus seios se agitam sob o pulôver ao menor movimento.

– Ainda não vi o meu marido – digo.

– Seu casaco... aquilo fez um mal tremendo a ele – diz o velho, fingindo estar preocupado.

Ele mal disfarça seu contentamento, sua excitação viciosa. É dele que vem o mal. Foi a ele que confiei a pessoa que mais prezo. Por causa de que fraqueza?

Endurecida numa cólera fria, enfio as mãos debaixo do pulôver e prendo de novo o sutiã, encarando secamente seu olhar um pouco velado, confuso.

– A propósito, meus colegas parecem saber quem é o senhor – digo, com escárnio.

– É mesmo? – ele diz.

Tenho a impressão de que ele fica contente, lisonjeado, mas não surpreso. *Como alguém habituado a ser reconhecido, distinguido*. De cabeça erguida, passo diante dele para ir até o nosso quarto. Entro, fecho a porta atrás de mim e passo o trinco. O quarto está iluminado apenas por uma das luminárias de cabeceira.

– Não tranque – Ange sussurra.

Ergue-se sobre um cotovelo, com uma expressão de dor. O mau cheiro me sufoca.

– Ele vai pensar que você desconfia.

– E daí? – digo. – Claro que desconfio desse desconhecido. Não se lembra de como o detestávamos?

– Não, eu não o detestava, de jeito nenhum – diz o Ange com irritação e impaciência.

Torna a cair no travesseiro, ofegante, exausto. Eu também respiro com dificuldade. O odor de necrose é insuportável. Abro a janela e o ar gelado invade o quarto.

– Por favor – Ange suspira. – Está muito frio. Eu... não consigo suportar esse frio.

Começa a chorar baixinho. Fecho a janela, depois venho me ajoelhar junto dele. Faço um esforço tão grande, tão doloroso para não chorar também, que me sinto quase distraída, absorta, longe dali.

O rosto do Ange está lustroso, encovado. Puxo delicadamente o lençol para descobri-lo até os quadris, espiando às escondidas, consciente de que me aproveito da sua fraqueza. A chaga está preta. O sangue seco forma uma crosta cheia de saliências e reentrâncias. Nas beiradas da ferida estagna um líquido verde-acinzentado. É daí, dessa purulência, que vem o cheiro fétido.

– O que te fizeram? – murmura Ange. – Seu casaco...

Ele lança um olhar assustado em direção à porta.

– Por favor, não o contrarie – ele diz.

– Ange, meu querido, não se atormente com essa história do casaco.

Falo no seu ouvido, num tom caloroso, ao mesmo tempo que acaricio sua testa úmida, compreendendo que ele não se dá conta de nada, nem da carícia, nem da minha espiada no seu ferimento. Está inteiramente concentrado no grave problema que é, para ele, a porta trancada.

O Ange, com seu jeito modesto, não tinha medo de nada nem de ninguém. E eis que agora treme como uma criança que apanhou. Nossos alunos, meu Deus, será que têm medo de nós?

– Fizeram uma brincadeira terrível comigo – respondo –, estou zangada e vou tentar achar o culpado, pode acreditar.

– Não é uma farsa – Ange susurra. – Você sabe. É um crime. Tudo acabou. Foi nossa culpa, não devemos esquecer.

– Não é o que você pensava – digo. – Foi ele que pôs isso na sua cabeça.

– Arrancaram pedaços da minha carne!

O Ange fala tão baixo que às vezes não consigo ouvir. Seus olhos giram em todos os sentidos, cheios de pânico.

– Ele me explicou a que ponto nos enganamos – diz. – Ele tem razão, mas é tarde demais para sermos diferentes. Não posso mais sair. Mesmo aqui tudo pode acontecer. Enfim, é uma coisa justa e boa. Eu só queria não sofrer tanto.

– Deixa eu mandar chamar o doutor Charre – suplico, sentindo o medo me dominar.

– De jeito nenhum.

Ange se inflama num súbito acesso de raiva contra mim.

– Parece que você ainda não entendeu, fala como teria falado há seis meses. Doutor Charre... esse então muito menos. Nenhuma das pessoas que conhecemos... deve entrar aqui. Quer que eu morra mais depressa? Eu gostaria de não sofrer, mas morrer, ainda não estou pronto para isso.

– E a Gladys? A Priscilla?

– Elas não devem vir mais! – exclama o Ange, tomado de um terror inominável.

Estou secretamente satisfeita? Digo, perturbada apesar de tudo, pois sei que o Ange adorava as filhas:

– Suas próprias filhas?

– Elas acham que estão agindo da melhor maneira, para o meu bem, mas... o que me fazem... é muito mais terrível. Não, não, elas não devem mais se aproximar de mim. Elas me fazem muito mal. Não me escutam, não têm mais nenhuma confiança... Ah, como eu sofri. Elas me matariam pensando que me amam e... que vão me salvar... mas não escutam o que eu digo, isso não tem mais... nenhum valor para elas. Sabem que é nossa culpa... não querem ser contaminadas.

– Mas por quê? – digo.

– Mas por quê? – ele repete, procurando imitar cruelmente minha voz, ridicularizar minha ignorância.

Eu penso na mesma hora que nunca vi o Ange me tratar desse jeito, mas que talvez tenha feito esse tipo de escárnio rabugento nas minhas costas, com outros.

– Ora, por tudo o que somos – diz ele, esgotado. – Somos maus, indignos. Estávamos cegos. Você ainda está. Minhas filhas têm medo de ficar parecidas comigo, eu entendo, mas é tarde demais para o velho Ange Lacordeyre.

– Deixa eu fazer um curativo, agora?

O Ange dá de ombros. Levanto, puxo furtivamente o trinco e saio para o corredor.

Ele surge da escuridão da sala. Num pulo está junto a mim, espantosamente ágil, flexível, ligeiro. *Ele nos espia o tempo todo, desde sempre.*

– Preparei o jantar. Está na hora de comer.

– Sim – digo.

– A senhora não deve ter medo de mim – ele diz com voz autoritária – e não deve persuadir seu marido a ter medo de mim.

– O senhor é um espião? – digo, intrépida. *E rio comigo mesma por me atrever a dizer essa palavra, sem me importar de parecer ridícula.*

Sob a luz fraca do corredor, vejo-o franzir as sobrancelhas.

– Um espião? A serviço de quem?

– Não sei. Sou a que menos sabe – digo.

– Não é razão para dizer qualquer coisa – ele diz.

Vou buscar as compressas e o antisséptico no banheiro. Ele me segue de perto.

– É para o seu marido? Mas não, não convém medicá-lo – diz, agitado. – Ele não deve esquecer o que lhe fizeram!

Baixo a cabeça, fingindo refletir; depois o despisto, ando com passos ligeiros até o quarto, fecho e tranco a porta imediatamente.

O mais completo silêncio invade o apartamento. Colo meu ouvido na porta. Ouço então, vinda do outro lado, junto ao batente, sua voz calma, confiante:

– Não vai conseguir curá-lo. É inútil. Não se pode fazer mais nada. Esse cheiro, entende? É o cheiro da morte.

– Quem é o senhor? – sussurro.

– Sou o ilustre Noget – ele diz, sarcástico. – Não foi assim que lhe falaram de mim? A senhora é a única, na sua pureza, a não me conhecer.

Meus dedos se crispam sobre a porta.

– Mas afinal – digo bem baixinho, temendo ser ouvida pelo Ange –, isso é um crime?

Sinto-me tão desencorajada, tão exausta, que me encosto na porta como outrora repousava no peito do meu filho ou do Ange. Tenho medo de me virar e ver, fixos em mim, os olhos maldosos e desesperados do Ange.

Digo ainda, com os lábios contra a madeira, num soluço:

– É então uma falha não conhecê-lo?

– É (*a voz doce, segura e sedutora, sem calor*). Tudo o que você não sabe depõe contra você. Há coisas que não devemos ignorar, não é verdade? Que devemos procurar conhecer e compreender. Ah, a senhora é tão... tão presunçosa.

– Nadia! – Ange chama.

Um sobressalto no meu corpo, como se um morto despertasse e falasse às minhas costas. Afasto-me da porta e vou bem devagar até a cama. Sou culpada em relação ao Ange?

– Agora posso cuidar da sua ferida – digo.

Um brilho de ironia ilumina seu rosto magro.

– Notou como minha carne está fedendo?

– É, é preciso limpar bem – digo. – É o que suas filhas deviam ter feito ontem.

– Venha, venha, chegue mais perto – diz o Ange.

Tira uma das mãos de baixo do lençol e me puxa pelo pescoço até ele, num movimento brutal. Prendo a respiração. O fedor emana também da sua pele lustrosa, do seu cabelo, da sua boca.

– Olha, estou com muita fome – diz o Ange no meu ouvido –, mas a comida que ele preparou, quero que você me dê, e não ele, certo? Hoje no almoço, quando você estava fora... (ele começa a choramingar) foi ele que me alimentou. Não quero mais isso. Mas é importante que você não diga a ele, certo? Não se queixe de nada perto dele.

– Quem é ele?

– Quem é ele? – Ange repete, com o jeito ofensivo que usa agora ao me arremedar.

Ergue os ombros, irritado. Meu Deus, penso maquinalmente, não me faça odiar esse novo Ange.

– Quem é ele? – repito com uma voz obstinada.

– É o grande Noget – Ange resmunga.

Baixo o lençol até suas pernas. Reprimo um estremecimento ao ver a ferida, mas o cheiro é tão forte que preciso me afastar. Abro o armário, pego um grande lenço e o prendo sobre o nariz.

O Ange me olha, sério, carrancudo, mas com um pequeno gesto dos lábios que indica de um modo tão infame uma espécie de deleite, de prazer sardônico obtido da própria imundície da situação, que não posso deixar de exclamar:

– Como você mudou, Ange!

– É, é possível que um buraco na barriga mude um homem – diz o Ange –, é possível que a visão dos pedaços da sua própria carne presos no casaco da sua mulher por alfinetes de fralda, é possível que isso também mude um homem, sim.

– Aquilo era carne de porco ou de coelho – digo com firmeza. – Está tudo bem à nossa volta. Basta nos convencermos disso.

Ele lança um olhar de medo e de suspeita em direção à porta, depois murmura:

– Noget não quer que eu esqueça o que aconteceu, diz que devo refletir sobre minha ferida e o significado do meu sofrimento.

– Mas não há nada a compreender – digo em alto e bom som. – Perdemos a cabeça, só isso. Por vaidade. É por vaidade, Ange, que nos julgamos detestados.

Agacho-me junto à cama. Começo a cortar a camisa do Ange ao redor do ferimento. Ouço minha própria respiração, acelerada, difícil. Apesar do lenço, o cheiro infecto me dá vertigem. Molho uma compressa no antisséptico e tento enxugar o pus abundante que se espalhou sobre a barriga do Ange, debaixo da calça, e que molhou os lençóis e o colchão. Tenho a impressão de que o pus que retiro é logo renovado, purgando lentamente do fundo da ferida.

– Mas de onde vem tudo isso? – pergunto, desanimada.

– É a pobre alma dele que supura! O jantar está na mesa!

Noget dá, ao mesmo tempo, duas fortes batidas na porta. O Ange solta um ronco de surpresa e de medo. Ficamos em silêncio por longos minutos, com os ouvidos atentos ao resto do apartamento.

– Será que ele não tem razão? – Ange sussurra, o queixo crispado, o rosto amarelado ainda contraído. – Diga, será que não é... tudo o que eu sou, a própria essência do meu ser... que escoa?

Esforço-me por rir, mas dou apenas uma sucessão de gritinhos. No entanto, penso com certo mal-estar, é verdade que reconheço cada vez menos esse Ange aqui.

Utilizo toda a caixa de compressas. E o pus não estanca, sempre mais escuro, pestilento. Sufoco sob o lenço. O fedor impregnou o quarto inteiro. Levanto para abrir a janela.

– Não – grita o Ange. – Estou com frio, estou com frio.

No silêncio inabitual do pátio, do bairro, sua voz lá do alto ressoa como a do último homem vivo. O eco é tão lúgubre que não me importo de voltar a fechar a janela. Sinto agora uma vontade quase desesperada de dormir. Cada um que se vire como puder, penso, prostrada. Mas o hábito que tenho de me sentir responsável por todos os que me cercam e por tudo o que nos acontece de bom ou de desastroso, esse hábito é antigo demais para eu conseguir me livrar dele simplesmente porque quero.

Sem olhar para o Ange, saio do quarto. Da cozinha vem um aroma requintado de tomates refogados no alho e no azeite de oliva.

Encontro-o ali, esperando pacientemente diante da mesa posta para duas pessoas. Não posso deixar de exclamar:

– Que cheiro bom!

– Fiz um ossobuco – ele diz com modéstia.

Como ele pode ser nosso inimigo, ele, que nos prepara pratos tão bons em meio ao nosso sofrimento? É essa a sua estratégia de sedução?

– Não confio nesse ossobuco – digo, fazendo um esforço para mostrar um ar severo e até uma leve repulsa.

Mas estou com tanta fome! E o aspecto é tão saboroso!

– Tenho um primo no Périgord – diz Noget. – Ele cria bezerros e porcos, e toda carne que eu como é da melhor qualidade, como essa que está aí. A senhora não corre o risco de ficar doente.

Ele fala com tanta solicitude que me sinto envergonhada. Um líquido amargo enche minha boca, de tanta fome. Tenho a impressão de que ele me examina por baixo. Mas estou tão cansada, tão derrotada.

Será que é tão importante, afinal, saber exatamente quem é esse homem?

– Não, não tenho medo de ficar doente – digo.

Eu me aproximo da travessa fumegante (*ele vasculhou os armários para encontrá-la*) e inclino o rosto, desajeitada, sobre as rodelas de vitela banhadas no molho alaranjado.

– Não está meio gorduroso? – murmuro.

– É o tutano – ele diz. – Seu marido gosta muito de tutano, não é?

– É, o Ange gosta de tutano – digo.

E acrescento em seguida:

– Ele costumava passar numa fatia de pão e tostar no forno.

– Pois bem – ele diz com um sorrisinho de troça –, a senhora não pode ter um molho sem gordura quando o tutano é cozido junto.

– O que o senhor espera de nós? – pergunto. – Por favor, responda com clareza.

Deixo-me desabar numa cadeira, muito perto dele, e ponho em seu rosto desagradável um olhar direto, sentindo ao mesmo tempo meu queixo tremer.

– Está vendo? – digo. – Não tenho mais orgulho.

– Quero apenas ajudá-los – diz Noget num tom definitivo. – Não tenho outra missão.

– Mas foi alguém que o enviou?

– Não dependo de ninguém – ele diz.

Nesse instante seus olhos evitam os meus e isso me faz pensar que ele mente talvez, que com toda a certeza mente.

Levanto desanimada. Uma espécie de indiferença exausta toma conta de mim. Pego um dos dois pratos em cima da mesa, encho de carne e molho. Noget põe ao lado, com cuidado, uma porção de massa. Saio da cozinha para ir alimentar o Ange.

Ele cochila, choramingando. Acorda quando entro no quarto. Tem saliva colada no canto dos lábios.

– Estou com fome – diz –, o cheiro é bom.

Pela primeira vez, depois de muito tempo, ele sorri.

Não repare mais nesse fedor, penso, tomada por um entorpecimento. Sento na beira da cama. Constato que o pus continua purgando. Então estendo até os lábios do Ange uma garfada de carne e massa, que ele devora com avidez; e, enquanto observo sua boca manchada de molho abrindo e fechando, enquanto em meu espírito flutua a imagem das mãos de Noget preparando a carne, cortando a cebola e os tomates, buscando atiçar nosso apetite, a vontade de Noget inteiramente voltada para nós e nosso desejo de comer, sei que serei incapaz de tocar no ossobuco que nosso vizinho preparou, e não só porque Noget me desagrada, mas porque ele cozinha com intenções secretas, porque entre seus dedos sujos os alimentos servem de meios para o que talvez seja, penso friamente, algo como a nossa servidão.

12

Houve uma ofensa à fada má?

Dois dias depois, telefono para Gladys, a contragosto.

É um dos seus filhos que atende. Assim que anuncio meu nome, ele dá um grito e deixa cair o telefone. Vários minutos se passam, em silêncio. Não me mexo, o aparelho colado à orelha, tendo de admitir agora que meus atos mais comuns provocam as reações mais estranhas.

Estou diante da grande janela da sala e vejo a chuva cair na Rue Esprit-des-Lois e, defronte, as paredes escuras, as sacadas onde mais nenhum de nossos vizinhos aparece na minha presença. Parece também que várias pessoas do nosso prédio se mudaram – pois onde andam os Foulque, os Dumez, os Bertaux, todos esses casais de excelentes e pacíficos vizinhos que, ainda oito meses antes, se comprimiam nesta mesma sala, com uma taça de champanhe na mão, para festejar o nascimento da minha neta?

Havíamos convidado todo o prédio, com exceção de Noget. Agora não vejo mais esses vizinhos, não os ouço mais e, além disso, não vejo mais seus carros na rua. Então cometemos um erro ao desprezar Noget e distribuir abundantemente, aos demais, provas de nossa cordialidade, de nossa estima que não deixa de ter certa condescendência? É, é verdade, o Ange e eu sempre nos sentimos vagamente superiores a nossos vizinhos, a nossos colegas. Quanto a Noget, não resta dúvida, foi sempre nojo, quase ódio, que ele nos inspirou.

– É você, Nadia? – diz enfim a voz de Gladys, longínqua e velada como se ela tivesse tomado a precaução de pôr um pano entre a boca e o telefone.

– Sou eu, sim – digo. – Dei um tremendo susto no seu menino, hein? O que largou o telefone.

Gladys ignora meu tom de brincadeira. Fica em silêncio. Um arrepio me percorre a nuca. Viro-me rapidamente para a entrada da sala mas não vejo ninguém. Não consigo concluir, porém, que esteja sozinha na sala.

– Vocês não vieram ver seu pai – digo.

– Não – diz Gladys depois de um tempo.

Sua voz é cada vez mais tênue. Continuo com esforço:

– Ele não está nada bem.

– Eu já previa – diz Gladys.

Ela só responde após alguns segundos de silêncio, como se minha própria voz tivesse necessidade desse tempo para alcançá-la ou como se ela só pudesse admitir falar comigo depois de ter pesado cada palavra, cada entonação. Mas que tipo de uso cruel, eu me pergunto, eu poderia fazer das palavras de Gladys?

– Vocês prometeram voltar – digo, um pouco perdida. – Afinal, é estranho...

– Estamos aprendendo a nos separar dele – diz Gladys.

Sua voz fica quase inaudível. Grito no telefone, assustada, pois de repente sinto que essa conversa será a última, que Gladys não atenderá mais aos meus telefonemas.

– Ei, Gladys!

– Bom, acho que vou desligar – ela diz.

– Espera! Vocês duas precisam saber que... eu vou embora.

As lágrimas me queimam os olhos. Mas fico firme, olhando a chuva violenta, para não dar à criatura que na certa se dissimula na minha sala o prazer de me ver desabar.

– É? – diz Gladys, cada vez mais distante. – Vai embora, você disse?

– Vou visitar meu filho. Mas devo deixar o Ange, Gladys, ele não tem condições de viajar.

Falo muito depressa para reter Gladys um pouco mais, essa mulher que tantas vezes desejei não ter de rever, quando ela nos visitava e sua hostilidade, seu pragmatismo, sua ostentação de santidade me exasperavam.

– O Ange ficará sob a guarda do nosso vizinho – digo com um sentimento de vergonha intolerável –, mas vocês precisam vir vê-lo, cuidar dele, senão... meu Deus... por favor, Gladys...

– Preciso desligar agora. Tenho filhos, você sabe. Nossa, papai nunca deveria ter se casado com você... Vou desligar...

– Você vem, Gladys?

Pressiono com tanta força o telefone contra a orelha que chego a machucá-la.

Do outro lado da rua vejo então mover-se o canto de uma cortina. A estudante chinesa que mora ali, logo em frente, e com quem há vários meses deixei de cruzar na calçada, a ponto de achar que tivesse partido, cola a testa à vidraça. Nossos olhos se encontram. Ela me dá um breve sorriso e isso me reconforta para além do razoável. Lembro que essa moça tinha o hábito de andar inteiramente nua atrás das cortinas quase transparentes e que o Ange, ao vê-la, costumava dizer, virando a cabeça com irritação:

– Essa putinha, o que é que ela está pensando? Se continuar assim, vou chamar a polícia.

Eram palavras que o Ange sentia certo prazer em pronunciar; mas quem, além de mim, pôde ouvi-las? Essa impressão de uma presença rancorosa escondida na nossa sala é recente. Antes éramos só nós dois, o Ange e eu, e ninguém pode suspeitar que eu tenha espalhado declarações do Ange, pois sou uma mulher discreta e até taciturna diante dos adultos.

Ouço então a voz de Gladys sumindo, se desvanecendo, como que soprada por um vento mais forte que ela.

– Estou querendo esquecer meu pai, Priscilla também – diz Gladys. – Não temos escolha, você sabe. Nenhuma escolha... Para ele também vai ser melhor.

– Por que vai ser melhor para ele? – pergunto.

É tarde demais, como eu temia: o telefone só me traz o longo sinal dos ausentes.

Eu me aproximo da janela e observo a chuva para tentar avistar de novo a estudante chinesa atrás da vidraça. Sinto ainda no meu ser o consolo que seu sorriso me deu, embora rápido, quase imperceptível. *Não exagerava, o Ange, meu querido Ange, ao detestar essa moça do jeito que a detestava só porque ela gostava de exibir seu belo corpo despido? Uma vez ele fez o gesto de esbofeteá-la levantando bem alto o braço diante da janela, com uma expressão terrível no rosto, para indicar de uma vez por todas que sua nudez o ofendia a ponto de ele não conseguir mais controlar a fúria. Será que a moça ficou impressionada? Ela pareceu surpresa, baixou os olhos para seu peito, suas pernas, como se só então visse que não estava vestida ou como se tentasse descobrir, na sua aparência, o que podia ter chocado o Ange tão violentamente para ele querer agredi-la de longe; depois riu ingenuamente, balançando a cabeça com muita graça.*

Lembro ainda que, na noite em que recebemos nossos vizinhos para festejar o nascimento de Souhar (por que chamá-la assim? eu disse no telefone ao meu filho, inquieta, descontente), o Ange apontou a todos a janela da estudante, dizendo:

– Conhecem as maneiras dessa moça?

Então descreveu e imitou como ela se exibia, dando tamanha impressão de obscenidade ao andar, ele, em passinhos curtos, com a barriga para a frente e a bunda um pouco arrebitada, que os Dumez e os Foulque, em particular, ficaram muito constrangidos, como percebi, pois são vizinhos simples, pessoas inocentes, de certo modo. Tive vontade de dizer ao Ange: Não, ela não se parece com nada disso – mas me limitei a sorrir achando graça, com medo de que o Ange me mandasse então imitar a moça se eu a criticava. E não sou bastante casta para reproduzir com honestidade a desenvoltura natural com que ela se mostra a nós, disse a mim mesma; eu seria quase tão falsa e indecente quanto o Ange. Essa maravilhosa leveza da menina, pensei, assim como essa gentileza meio simples, meio rude, não temos de jeito nenhum, por isso só sabemos ser horríveis ao querer ridicularizá-la.

A noite cai, enfim, engolindo o dia sombrio, a chuva incessante. Sinto na nuca, de repente, um hálito frio. Prendo a respiração, como toda vez que ele chega muito perto de mim.

– Preparei o jantar – ele sussurra, os lábios secos e gelados roçando meu pescoço –, almôndegas com cogumelos *à la crème*, acompanhadas de um risoto de alcachofras que a senhora vai adorar. Mandei vir o creme de leite fresco de uma leiteria da Normandia que garante a qualidade natural e o sabor que aprecio tanto quanto vocês. A senhora gosta das coisas boas, como eu, não é verdade? Venha jantar, já lhe servi um prato. Enquanto isso farei o nosso Ange comer, coitado.

– Eu cuido dele – digo precipitadamente.

Mas logo vejo que o momento não é mais para essas precauções, pois consinto em deixar o Ange para trás, nas mãos de Noget.

De pé na cozinha, como rápido e com uma vaga repulsa o que ele preparou, depois, sem fazer nenhum ruído, vou até o nosso quarto. Pela porta entreaberta vejo as costas de Noget curvado sobre o Ange e penso em seguida que me inclino do mesmo modo sobre as crianças que repreendo na escola, querendo impressioná-las com o peso da minha carne furiosa inclinada sobre elas. O Ange segura ele próprio o garfo e espeta pedaços de carne no prato que Noget lhe apresenta. Ange come muito depressa.

O outro não lhe dá muito tempo, penso.

Vejo suas bochechas estufadas, ainda cheias de comida, enquanto põe na boca mais uma porção de arroz. Noget o apressa.

– Vamos, vamos – resmunga –, tenho mais o que fazer.

No entanto, como posso censurá-lo? Não estou aliviada de que Noget me substitua nesse fedor do quarto?

Durmo agora no quarto que serve de escritório. O cheiro da ferida me dá náuseas. Não aguento ficar junto do Ange senão alguns minutos, enxugando em vão o pus, passando um pano embebido em água-de-colônia na testa e nas faces amareladas que a cada dia afundam mais. Ange nos olha agora com o mesmo olhar, a Noget e a mim: ao mesmo tempo esquivo e suplicante, amedrontado e impotente. Mas, quando me arrisco a murmurar: – Quer que eu mande chamar o doutor Charre? –, um rubor lhe invade a face emagrecida, ele sacode a cabeça com raiva.

– Já disse cem vezes que não quero ver ninguém – rosna. – Não me compreende? Ele me daria uma injeção... letal. Estou certo de que a seringa está pronta... a que me é destinada. Ele só espera isso... seu telefonema.

– Mas por quê, Ange? – pergunto, paciente.

Então ele debocha, tenta me imitar por desprezo, mas, muito enfraquecido, não consegue e contenta-se com um olhar quase de ódio, que me assusta. O que houve com o meu marido? Aquele que eu amava, que se identificava comigo, onde desapareceu?

Como eu gostaria que ele tivesse sido meu filho **13**

Há três dias não retorno à escola e devo admitir a evidência de que a diretora não me procurou, de que nenhum colega se preocupa com a minha ausência. Também nenhum dos pais me escreveu, transmitindo uma palavrinha ou um desenho de meus alunos, como fizeram nas poucas vezes, ao longo dos anos, em que adoeci.

Parece que fui excluída da vida da escola, da mesma maneira que o Ange.

Para não cruzar com Noget no apartamento, só deixo o escritório onde durmo para ir ao banheiro ou para me ocupar do Ange, às pressas. Contudo, mesmo quando Noget não está, sinto ao redor de nós sua presença inquisidora, sua sombra vigilante. Acredito que ele desceu à noite até sua casa, e eis que escuto estalar o assoalho do corredor, ranger a porta do nosso quarto; e quando, no escritório, erguida na cama de armar, pergunto: – É o senhor, senhor Noget? –, ninguém responde, o silêncio logo se abate sobre o apartamento.

O que ele vem fazer? Não consigo então deixar de pressionar as mãos uma contra a outra, incapaz de me mexer por causa do medo, mas me reprovando por não proteger o Ange, agora que está tão vulnerável. Não acho que Noget vá lhe fazer nenhum mal. Aliás, o Ange não se queixa dele – é verdade, mas se atreveria a se queixar? Ele apenas faz coisas, para Ange ou à sua volta, cuja natureza e intenção ignoro. *Como se quisesse ter certeza de que o Ange não vai se curar.*

Na manhã do quarto dia, bebo o café que Noget me traz antes mesmo de eu levantar (ele deve espreitar atrás da porta os sons leves que indicam o despertar), e esse café é o mais saboroso que já bebi na vida. Visto-me então com cuidado, passo maquiagem nos olhos e na boca. Vejo no espelho meu rosto mudado, um pouco mais largo e ainda mais cheio, o queixo mais pesado.

É essa comida nutritiva que ele nos faz engolir – penso, sentindo-me incomodada e obscuramente enganada.

– O senhor põe muita manteiga e azeite nos seus pratos – digo ao chegar à cozinha.

Ele está passando manteiga em fatias do pão fresco que traz toda manhã. Vejo que comprou também croissants e pãezinhos de leite polvilhados com açúcar.

– Tem muita manteiga nessas torradas – digo, irritada. – Por que quer nos engordar feito porcos destinados a ser comidos?

Ele volta para mim seu olhar sem calor no qual procura insinuar uma espécie de amenidade polida.

– É por carinho – diz. – A senhora sempre apreciou a boa comida, não é mesmo? Muitas vezes a vi voltar do mercado com uma deliciosa linguiça italiana que perfumava a escada, e os legumes que às vezes deixava cozinhar a tarde inteira, assim compreendi que tinha, como eu, um amor por...

– E os nossos vizinhos? – interrompo, no auge da irritação. – Os Bertaux, os adoráveis Foulque, os Dumez tão simpáticos, todos saíram de férias?

– Ah, esses aí – ele diz com desprezo.

Cala-se, como se fosse indelicado expressar o que vai no fundo do seu pensamento.

– O que o senhor tem contra eles? – pergunto num tom prudente.

– Sou eu que estou aqui com vocês, não é? A senhora não viu nenhum deles e não está disposta a revê-los. Eles nem sequer admitiriam que a conheceram.

Cerra os lábios com força, avança o inferior num beicinho, finge concentrar-se no pão com manteiga. Essa reserva contrariada, essa espécie de contenção ferida, tem uma decência que me impressiona.

– Na certa o senhor está enganado – digo com suavidade –, tenho certeza de que nossos vizinhos não se envergonham de nós. Assim que tiverem a ocasião de manifestar sua simpatia...

– Blá, blá, blá – diz ele, enojado.

– O senhor não sabe de nada – digo.

Sinto-me oprimida, descontente, como toda vez que falo com Noget. Ele me confunde o espírito, tentando me atrair para o terreno lamacento no qual evolui com um deleite repugnante, no qual cada circunstância é considerada apenas do ponto de vista da suspeita.

– Não foi a troco de nada que a senhora decidiu ir embora – ele diz com toda a tranquilidade.

Um rubor ardente invade meu rosto. Parece que minhas bochechas se dilatam monstruosamente. Está fora de questão falar disso com ele, penso.

De repente sinto tamanha piedade por mim que meus olhos se enchem de lágrimas. Eu me dediquei à minha profissão, às crianças, e todos me repelem como uma coisa infecta da qual não querem sequer guardar a imagem na memória.

– Estou indo visitar meu filho – digo. – Ainda nem conheço minha neta.

E não posso deixar de acrescentar, com certo amargor na voz:

– Eles deram o nome de Souhar!

Noget não responde. Um constrangimento particular se instala entre nós, como quando ajustei o sutiã na frente dele.

– Souhar. É um nome estranho, não? – murmuro.

Ele põe numa bandeja, com um cuidado ostentatório, tudo o que é preciso para o café da manhã do Ange, e constato maquinalmente que me habituei à sua barba enredada, a suas roupas duvidosas, a seu corpo ambivalente, ao mesmo tempo magro e gorduroso, tudo isso já não me choca.

Digo ainda, para dissipar o embaraço que criei ao falar de Souhar (mas como é doloroso simplesmente pensar nesse nome!):

– Lá onde meu filho mora com certeza tem uma escola que me acolha.

– Ah, você acha? – diz Noget, frio e cortês.

Saio do apartamento sem dar bom-dia ao Ange, com medo de que ele se inquiete ao saber aonde vou.

A Rue Esprit-des-Lois ainda está cinzenta e úmida esta manhã. Todo dia, há várias semanas, a bruma que sobe do rio pesa sobre a cidade até a noite, enchendo as ruas de um cheiro de lodo.

Levanto a cabeça e não consigo avistar o céu. O último andar do nosso prédio, onde moram os Foulque, tão corretos, tão benevolentes, desaparece nesse vapor pesado.

Não visto mais meu casaco. Tremo de frio, apertada num velho colete. Esse colete não devia estar tão justo, penso, incomodada com Noget e comigo mesma por ter cedido sem me dar conta à sedução de sua cozinha. Estou surpresa. Como muito pouco do que ele me oferece, pois, embora tenha me habituado a seu aspecto, não posso evitar uma suspeita em relação aos alimentos escolhidos e manipulados por ele. No entanto engordei, eu que já sou bem gorda, mesmo comendo só bocadinhos dos pratos de Noget. Ange deve estar muito doente, penso num doloroso lampejo de lucidez, para emagrecer dia após dia mesmo com Noget se empenhando tanto em empanturrá-lo – como se, penso com um estremecimento, essa abundância de comida escoasse pela ferida do Ange, na forma de pus.

Caminho na neblina viscosa até o bairro de Saint-Michel. Fico satisfeita de que os raros passantes com que cruzo não possam me ver distintamente. Tenho medo de encontrar pais de alunos que, não demonstrando mais a aspereza de há alguns meses e à qual, de certo modo, me habituei, fingiriam não me reconhecer, já que a escola me expulsou.

Erro o caminho várias vezes antes de chegar à delegacia do bairro da Rousselle.

Há anos não venho aqui, desde que o meu filho deixou Bordeaux, e por isso não tive mais pretexto para visitar o inspetor Lanton, um jovem por quem eu sentia grande afeição e que, naquele momento, era o namorado do meu filho e mesmo, pode-se dizer, seu companheiro, embora nunca tenham morado juntos. Espero que ele ainda trabalhe na Rousselle – e como me parece agora distante e invejável a época, não tão antiga (três, quatro anos?), em que eu passava na delegacia depois da escola, às vezes acompanhada do Ange, para tomar um café com Lanton. O rosto dele sempre irradiava, ao me ver, uma espécie de gratidão filial e, mesmo quando estava ocupado, achava um tempo para bater papo e nos contar os últimos escândalos da cidade, sabendo que o Ange e eu somos ávidos por esse tipo de história.

O Ange se interessa especialmente pelos homicídios. Corava de exaltação reprimida ao escutar Lanton, tremelicando nervosamente a coxa. Logo quc saíamos da delegacia, ele se inflamava brandindo a pasta, procurando me provar o quanto o excesso de liberdade que caracteriza nossas sociedades atuais conduzia a assassinatos inúteis, medíocres, como os que Lanton descrevia. Essas manifestações me cansavam. Assim, dei um jeito de visitar Lanton sem que o Ange soubesse, e esses encontros acabaram por nos unir de um modo sutil. Fiquei muito contrariada quando soube que meu filho rompera com Lanton. Ah, eu devia ter continuado a fazer minhas visitas à delegacia, disse a mim mesma depois, reprovando-me por abdicar do meu livre-arbítrio em favor dessa regra tácita que impõe não mais frequentar os ex-namorados dos filhos, sobretudo quando a separação foi penosa – pois Lanton, que em muitos aspectos era um rapaz melhor que meu filho, sofreu muito por ter sido abandonado.

A sala de espera está cheia, apesar de ser tão cedo ainda. Perturbada, levanto o olhar e percebo, quando reúno bastante coragem para encarar os que ali esperam, que somos semelhantes, eles e eu.

Como expressar isso?

Fico profundamente agitada. Não conheço nenhum deles, homens e mulheres comuns. Compreendo, no entanto, que o Ange e eu também estamos ali, que poderíamos estar ali, com nosso rosto análogo aos dessa gente, nossa expressão em tudo idêntica à deles, mesmo variando ligeiramente em função dos indivíduos – o que importa é um eco múltiplo provindo de nossas almas semelhantes, uma singularidade da qual, pela primeira vez, tomo consciência.

O coitado do Ange, fui eu que o contaminei?

Não fico muito surpresa de reconhecer num canto, curvado numa cadeira, meu ex-marido, o pai do meu filho. Claro, penso, claro, ele também.

Ele ainda não me viu. Aliás, ninguém presta atenção em mim, certamente por causa da familiaridade que todos aqui sentem em relação à figura dos outros. Mas essa semelhança me aborrece. E de repente desprezo todos, por estarem aí com o semblante preocupado, o olhar acuado – todos esses embrutecimentos, esses medos que transparecem na pele amarelada. Será que também tenho uma pele assim, exalando cansaço e pavor?

Vou até o balcão num passo hesitante. O policial de plantão me lança um olhar impaciente.

– Vim falar com o inspetor Lanton – digo com minha voz firme de professora.

– Ele está esperando a senhora? – pergunta o outro, desconfiado.

– Está – respondo, muito aliviada em saber que Lanton ainda trabalha na Rousselle.

– Certo, vou avisar.

Volto para a sala de espera. Meu ex-marido me olha com os olhos céticos, doídos, que nosso filho herdou. Eu me aproximo dele a contragosto. Começo a transpirar no colete apertado, mas não quero tirar nem abrir. É bom que tenham aqui apenas uma vaga ideia de mim, que ignorem qual tipo de blusa uso por baixo do colete etc. Em suma, não quero dar nenhuma indicação capaz de confirmar eventualmente a que ponto pertenço a essa família de indivíduos.

– Nadia?

– É, sou eu – sussurro.

Os lábios dele se abrem devagar num sorriso irônico que logo me projeta para nossa vida de antes. Franzo as sobrancelhas, pensando: O meu querido Ange nunca recorreu, ele mesmo, à arma maldosa da ironia.

– Você parece muito bem – diz ele, inspecionando-me da cabeça aos pés.

E sorri de novo, sem alegria. É agora um homenzinho de cabelo comprido e rosto agitado por tiques nervosos. Vejam só, penso, perturbada, o meu primeiro amor, quem sabe até o meu grande amor.

– Também veio falar com Lanton? – ele pergunta.

– Vim – digo, muito surpresa. – E você, por que quer falar com ele?

– Para renovar minha carteira de identidade – ele murmura, mal abrindo a boca.

Parece assustado, exausto. Olho para ele com ar severo e não digo que vim pelo mesmo motivo. Eu me sinto mais forte, mais segura que ele.

– Você detestava Lanton – digo bem baixinho. – Não suportava o fato de ele ser o namorado do nosso filho.

– É verdade – ele diz –, e ainda me dá nojo pensar nisso.

Percebo que está a ponto de ficar zangado por causa dessa simples evocação.

– Como você é irritante! – exclamo, pois seu ar ofendido, contrariado, me leva de volta à época em que nosso filho abandonou brutalmente Lanton, e eu suspeitei que o pai o tivesse forçado a tomar essa decisão.

– E agora vem falar com Lanton – digo, azeda.

– Eu evitaria, se pudesse – ele diz.

Eu o examino mais detalhadamente. Parece atravessar um momento difícil. Veste um terno de veludo cinza que conheço de muito tempo atrás. Um resto de saliva esbranquiçada cola em seus lábios.

– Não entendo o que acontece comigo – ele murmura. – Você não acreditaria se eu contasse. Cada dia, veja bem, cada dia me traz novos tormentos inexplicáveis. Não aguento mais.

Embora seja inútil e ele me apareça sob uma luz patética, não consigo deixar de jogar na cara dele, com a voz abafada:

– Você foi tão mau, tão injusto com Lanton! Afinal, o que você tinha a ver com a história deles?

– Tudo que tem a ver com meu único filho também tem a ver comigo – ele cochicha, mostrando os dentes amarelados.

Essa alusão, que ele ainda tem o descaramento de fazer, ao desinteresse que eu teria demonstrado por nosso filho (como se preferisse meus alunos a ele), me revolta.

– Ah, você, o pai perfeito – digo – que se mete na relação amorosa do filho para acabar com ela!

– Não está contente de ter uma neta? Se dependesse de Lanton você não seria avó – diz o meu ex-marido num tom ácido de triunfo.

Abro a boca para replicar e torno a fechar, constrangida. Ia maldizer a escolha do nome Souhar, pois toda vez que penso nisso sinto uma dor comparável à de um pontapé na barriga, ou seja, uma dor humilhada, imerecida e violenta. Mas não faria sentido me queixar na frente dele, e então me calo, embora seu ar de miséria satisfeita e a arrogância de suas insinuações me deixem furiosa.

– Por que temos de continuar sendo inimigos? – pergunto com uma voz pungente.

Ele balança a cabeça, negando a evidência como sempre fez desde o tempo em que ainda nos amávamos, e apertando os lábios com aquela expressão, que ainda reconheço bem, de ter a moral toda do seu lado.

– Da minha parte – diz ele –, não sou inimigo de ninguém. Além do mais, não escondo que fiquei muito feliz de ser avô, é um bebê maravilhoso.

– Você já viu? – pergunto, curiosa.

Ele está surpreso.

– Souhar? Claro que sim.

– Não diga esse nome! – peço.

– Eles vieram me visitar há seis ou sete meses – ele diz com uma alegria mal-intencionada, pois certamente acaba de perceber que não vi ninguém.

– É uma menina tão inteligente. Eles me deixaram dar a mamadeira, e no fim do dia ela sorria para mim. Gosto de bebês – diz o meu ex-marido, pedante.

– Mesmo assim – murmuro –, Souhar...

E acrescento, os olhos ardendo:

– Queria tanto que fôssemos amigos, o Ange, você e eu. O Ange, no momento, está muito doente...

Mas ele não presta mais atenção em mim, bruscamente chamado à lembrança das suas dificuldades presentes pela entrada de Lanton na sala de espera. Ele se levanta, ergue a mão, exclama, simulando uma alegre surpresa:

– Olá! Sou o pai do Ralph!

O belo olhar claro de Lanton passa por ele com tamanho desprezo que eu mesma fico consternada e ferida por meu ex-marido. Eu o amei tanto, outrora! Percebo então que me volta aquela estranha distração que senti há pouco, num momento em que devo, ao contrário, estar vigilante, concentrada. Balanço a cabeça.

– É você que eu vim buscar, Nadia – diz Lanton, com o mesmo sorriso terno que sempre mostrou ao me receber.

Ao redor de nós, o silêncio cheio de esperança que acolheu sua entrada se transforma em murmúrios de decepção.

– Acho que essas pessoas chegaram antes de mim – digo, meio constrangida.

Ele lança um olhar vago para trás.

– Muito bem, elas vão esperar o tempo que for necessário – diz. – De todo modo, o que mais teriam para fazer, não é mesmo?

Um alívio ignóbil me atravessa. Lanton manifesta tanto desdém por essas pessoas que, se eu me parecesse com elas assim como pensava, ele não conseguiria deixar de me tratar um pouco da mesma forma, penso, portanto não me pareço com elas.

Ele pega delicadamente o meu braço, e eu o acompanho atrás do balcão até sua sala, a mesma de antes.

– Nadia, estou muito feliz em te rever – diz Lanton.

Toma minhas duas mãos nas suas e as leva aos lábios. Uma onda de emoção me ruboriza. Há muito tempo não escuto palavras tão gentis.

Ele recua um passo e me examina. Sua testa se enruga.

– Você engordou muito – diz num tom de censura. – Não está controlando o peso, não é? Que pena, Nadia. Você era uma mulher muito bonita.

Gaguejo, absurdamente, todo tipo de desculpa. Minha cabeça gira. Sento numa cadeira diante da mesa. Então ele ri de um modo afetuoso e avança para me abraçar.

– Perdão, perdão. Esqueça isso. Não tem importância nenhuma. Sei que é você mesma, e estou encantado de que esteja aqui.

– Quem mais você queria que fosse? – murmuro.

– Quando não vemos alguém há muitos anos, nem sempre é fácil reconhecer – diz Lanton.

Ele está usando jeans, um grosso pulôver branco e botas elegantes. É alto, musculoso, bronzeado. As duas fendas verdes dos olhos têm um brilho particular, de força e satisfação, penso. Lanton é um homem ainda mais belo que meu filho.

– Já eu te reconheço muito bem – digo –, e você está ótimo.

– Por que parou de me visitar? – pergunta Lanton.

E começa a piscar os olhos depressa, nervoso. Depois, para ocupar as mãos, que vejo tremer, prende os polegares na cintura e apoia as nádegas num canto da mesa.

– Sofreu muito por eu não ter vindo mais? – pergunto, confusa.

– Sofri – diz Lanton. – Achei que fôssemos amigos, independentemente do que existia entre...

– Desculpe – digo. – Puxa, realmente não imaginei...

Não me atrevo a dizer que ele me fez muita falta, que várias vezes quis passar para vê-lo, e que afinal pouco me importa ser mal julgada por meu filho ou desagradá-lo. No entanto não o fiz, pois meu filho é o outro, e não Lanton, e achei que era a meu filho que devia obedecer tacitamente, do que agora me arrependo, e me arrependo tanto que sinto uma raiva injusta em relação ao meu filho.

Ficamos em silêncio. Desconfio agora de Lanton, pois a brutalidade que percebi na sala de espera me parece novidade nele.

Volto os olhos para a janela. Vê-se apenas a neblina, densa, imóvel.

– Por que essa neblina nunca desaparece? – digo com desânimo.

Depois, num súbito vigor, o interpelo:

– Você notou como engordei... pois bem, isso aconteceu depois que meu filho te deixou, em dois ou três anos acumulei uma parte dessa carne inútil, mas aconteceu sobretudo de uns dias para cá, pois um estranho cozinha para nós e meio que nos força a comer seus pratos saborosos, sim, na verdade requintados, mas que ele os enche secretamente de gordura; não sei como faz, pois não sinto, não fico indisposta quando como... Enfim, essa é a situação e... meu Deus, Lanton, o Ange está muito doente e eu não consigo fazer nada...

– É bom mesmo não fazer nada – diz Lanton. – Não chame o médico nem o leve para o hospital.

– Por que você diz isso?

Para ganhar tempo, Lanton cruza os braços. Uma expressão de aborrecimento perpassa ligeiramente seu rosto.

– Você sabe muito bem, minha querida Nadia – ele começa bem devagar –, que pessoas como vocês são malvistas.

– Mas o que significa isso, pessoas como nós? E o Ange não é como eu – digo.

Ele põe o indicador sobre os lábios.

– Mais baixo, Nadia. As paredes aqui não são grossas.

Sussurro com virulência, inclinada na direção dele:

– Garanto que não faço a menor ideia do que eu sou nem de nenhum grupo ao qual eu pertenceria.

– Talvez isso não dure com relação a você – diz Lanton, hesitando, embaraçado ao extremo. – Talvez você mude, Nadia. Como se chama esse estranho que está te engordando?

– Richard Victor Noget – digo, aborrecida.

Ele assobia, admirado, espantado.

– Se o grande Noget cuida de você, não se faça de rogada. E, mesmo se ele tem prazer em te engordar, deixa, muita gente pagaria caro para estar sob as asas maravilhosas de Noget!

– Eu não conhecia esse Noget – digo.

– Está vendo? – diz Lanton.

Olho para ele, sem entender. Mas parece que o belo rosto bronzeado de Lanton se contraiu e endureceu ligeiramente, como que por efeito de uma irritação comigo que ele se esforça por não manifestar; assim guardo minha pergunta (o que é que supostamente "estou vendo"?) e lembro que fui procurá-lo esta manhã para pedir ajuda. Sinto um arrepio só de pensar que ele poderia me rechaçar. E penso então: se não tivéssemos sido tão amigos no tempo em que ele era o namorado do meu filho, será que ele se comportaria comigo como se comportou com os outros, me odiando e desprezando com a mesma naturalidade, a mesma simplicidade de sentimentos?

– Vou viajar, meu amigo – digo suavemente.

– Faz bem – diz Lanton.

– Mas vou deixar o Ange aqui... até ele se restabelecer.

Minha voz fica trêmula. Uma lufada de vergonha me queima o rosto.

– Esse Noget é que vai cuidar dele.

– É ele que vai cuidar? É mesmo? – diz Lanton, incrédulo. – Certo. E para onde você vai, Nadia?

– Vou visitar meu filho.

O maxilar de Lanton se contrai violentamente. Ele cruza os braços, crava as mãos sob as axilas como para comprimir-se, proteger-se. Ele olha bem para mim.

– Há muito tempo não vejo Ralph – digo. – Ele teve um filho... uma filha, e imagine...

Dou uma risadinha nervosa.

– Não, você nunca vai adivinhar o nome do bebê.

Interrompo-me, sufocada. Lanton semicerrou os olhos. Minha boca então dispara, com perdigotos:

– Souhar! Ele deu o nome de... Souhar!

E me lanço para trás no encosto da cadeira, esgotada, aniquilada.

– Mas talvez isso não lhe interesse muito – digo depois de um instante –, a nova vida do meu filho e essas ideias impossíveis que ele tem, como a de chamar a filha...

– Pare, Nadia, pare! – diz Lanton num gemido exasperado. – E daí? Que me importa se ele deu esse nome à menina? Que me importa, a mim, que essa menina exista?

– Queria só que você tivesse uma ideia – digo – do quanto ele mudou. Com certeza ele não é mais o rapaz que você conheceu. Consegue imaginar o Ralph pai de família? Mesmo assim esse bebê é uma alegria, uma pura alegria para mim, embora eu ainda não conheça.

Lanton parece de repente abatido. Sai da mesa e vai devagar até a janela, observa a neblina. Sem se virar, pergunta:

– Por que você veio, Nadia?

– Preciso renovar minha carteira de identidade – digo.

– E ele, lá... Sabe que você vai?

– Não, ainda não.

Não conto que prefiro só avisar meu filho da minha chegada quando for tarde demais para ele me impedir de ir, mas Lanton percebe isso, pois murmura:

– Você só vai avisar quando estiver no barco, não é?

– É – digo com um riso encabulado. – Mas ele ainda poderá me jogar na água se não quiser saber de mim. A propósito, o pai do meu filho está aí do lado, como você viu, ele também precisa de uma nova carteira de identidade...

Lanton dá um giro sobre suas botas elegantes. Está furioso, embora eu observe seus olhos úmidos.

– Nunca vou levantar um dedo por esse cara! – ele exclama. – Que se dane, não quero saber.

– Mas é o pai dele, Lanton – digo.

– Nem mais uma palavra sobre isso.

Ele não teria falado com essa secura antigamente. Não digo mais nada, com medo de deixá-lo zangado comigo. Sinto muita pena por meu ex-marido, tenho a impressão de também ter falhado com ele em alguma coisa elementar.

Bruscamente Lanton senta diante da mesa e mais que depressa se põe a escrever uma carta. Isso leva, mesmo assim, uns dez minutos. Depois ele dobra a folha em quatro e a coloca num envelope.

– Vou providenciar sua carteira de identidade – diz ele, arquejando um pouco, sob o efeito de uma emoção que não consigo interpretar –, em troca você vai me fazer o favor de entregar esta carta ao seu filho.

– Claro.

A atmosfera é pesada entre nós. *Tínhamos uma afeição tão terna, as palavras voavam de um para o outro com uma delicadeza, uma graça borboleteante. Ele me amava mais que à própria mãe, tinha confiança em mim e eu me orgulhava como se o tivesse educado e feito dele um homem tão formoso e perfeito.*

Vem-me um pensamento que provavelmente põe uma cor rosada no meu rosto. Lanton percebe e diz, torcendo um pouco a boca num riso de troça:

– O que escrevo ao seu filho implica o seguinte, Nadia: se você não entregar minha carta, ficarei sabendo necessariamente, pois então ele não fará uma certa coisa que eu peço que faça.

– E se apesar de tudo ele não fizer essa coisa – digo – simplesmente porque não quer fazer?

– Impossível – diz Lanton com firmeza.

Vejo nos seus olhos uma ameaça. Um formigamento corre por minhas pernas.

– Sei onde encontrar seu marido – diz Lanton.

Escandalizada, ponho-me a bradar:

– O Ange não está tão mal assim, ainda posso levá-lo comigo!

– Ele está muito mal – diz Lanton pausadamente.

Tremendo de raiva, eu me levanto.

– É claro que vou entregar sua carta ao meu filho – digo. – Por que pensa que eu não faria isso, hein?

E minha raiva é sincera e intensa, mas também um tanto irreal, como se Lanton e eu representássemos perfeitamente personagens muito diferentes de nós e até contrários ao que somos na vida real, e vejo então que me é impossível não amá-lo mais, querer mal a ele.

Percebo que os sentimentos de Lanton estão em uníssono com os meus. Ele vem em minha direção e pega meu rosto entre suas mãos. *Como é embaraçoso!*

– Não quero que vá embora zangada – diz com uma voz insistente. – Em nome de todos os bons momentos que passamos juntos, Nadia... Lembra? Quero que se lembre de mim com prazer, com prazer...

Murmuro:

– Meu querido Lanton, faça alguma coisa pelo pai do meu filho.

Afasto suavemente suas mãos e o abraço. Reencontro no cabelo dele o cheiro de urso de pelúcia que outrora me divertia, e isso me deixa perturbada.

Meu ex-marido continua ali, curvado sobre si mesmo na cadeira, quando torno a atravessar a sala de espera para ir embora. Na verdade, todos continuam ali – toda essa gente, *nossos irmãos na tristeza*, que põe sua esperança, como ele, na improvável boa disposição de Lanton. Dou uma piscadela para o meu ex-marido (como eu amava esse homem!, penso ainda), pois agora estou certa de que Lanton se ocupará da renovação de sua carteira de identidade, apesar da violenta antipatia que sente por ele. Aliás, não o considero, eu também, antipático?

O pai do meu filho transformou-se, em poucos anos, num desses pobres homens envelhecidos, ásperos, vingativos, que percorrem as calçadas lançando zombarias ou maldições, conforme as ondas da maré que bate, amarga, contra as paredes de seu crânio. Sendo um homem alheio ao que possam pensar dele, pergunto-me, será que ele expressa mais verdades que nós, habituados a nos preocuparmos em não ofender nem parecer ridículos? Não, certamente não, é possível mesmo que essa triste despreocupação o prive de toda compreensão útil das criaturas que o cercam – penso, muito triste por ele.

Ele não reage à minha piscada. Está prostrado, aflito. Mas, no instante em que vou passar por ele, põe-se de pé, num salto.

– Nadia, você ficou enorme – ele diz.

– E daí? – retruco, contrariada.

Ele se agita, franze as sobrancelhas, sopra no meu rosto seu hálito forte, quente (como beijei essa boca?, como suguei essa língua?!, penso ainda).

– Você não percebe, minha cara, que essa gordura toda é indecente – ele sussurra. – Já eu não possuo os meios para ser muito gordo, pode acreditar.

– Ah, não como tanto assim – digo.

Embaraçada, acrescento, sem olhar para ele:

– Posso te ajudar, você sabe. Tome.

Tiro da bolsa uma nota de cinquenta euros e a enfio no bolso do seu casaco. Ele dá uns tapinhas no bolso com um riso irônico, quase furioso.

– Posso te ajudar outras vezes – digo.

– É? E onde vai estar?

Pega de surpresa, hesito. Depois murmuro:

– Na casa do nosso filho.

– Não é possível – ele diz, estupefato. – Ele não vai querer. Enfim, não sei, você é que sabe. Ele vai ficar chocado, muito chocado de te ver assim tão gorda.

– Continuo sendo a mãe dele, não? – digo, exasperada.

– Não sei se ele vai ver as coisas desse modo – diz então o pai do meu filho, depois de refletir um pouco.

Pela primeira vez seu olhar é sincero, atormentado por outro motivo que não o que lhe diz respeito. Ele põe a mão no meu braço, entreabre os lábios, mas no fim se cala.

Eu me desembaraço rapidamente. Caminho em direção à saída. O que vem à boca desse homem não está necessariamente mais próximo da verdade do que qualquer outra frase. Sendo assim, por que tenho medo daquilo que meu ex-marido pode querer me dizer?

Você tem medo de tudo, penso ao chegar à rua. Devo estar parecendo perdida, inquieta. Respiro pesadamente. Acabo por me confessar outra coisa: tendo o hábito de educar tanto meus alunos quanto meu filho, não gosto muito que me ensinem o que quer que seja. Já me aconteceu várias vezes, sim, é uma coisa que lamento e deploro, cortar uma conversa durante a qual pressentia que tentariam me ensinar alguma coisa, ou que contivesse essa intenção. Então eu ria ou lançava uma frase espirituosa ou deixava o recinto, sentindo o quanto minha pele se eriçava e tremia ao contato dessa ameaça que é para mim a eventualidade de que um ensinamento me seja transmitido. O Ange também é assim.

Que espécie de ensinamento me é imposto por esse nome intolerável, Souhar? O que supostamente estaria me informando minha própria neta, um bebê de poucos meses? É, o Ange também é assim. Ele exclama, logo que alguém tenta esclarecê-lo sobre um assunto qualquer: Ah! detesto quem fica dando lições!

Afasto-me lentamente da delegacia, com a garganta apertada, a respiração curta – efeito da neblina, certamente, que envolve a cidade num cheiro de ferro. De repente, um homem passa por mim com passos rápidos, me roçando, e reconheço um dos que esperavam para falar com Lanton; ele está com um boné americano roxo, com uma viseira grande e transparente.

– Infiel! – sopra ao meu ouvido.

Pelo menos é o que imagino ouvir.

– Qual é o problema? – digo com uma voz que sobe num agudo e depois desafina.

Ele some. A neblina o tira do meu campo de visão antes mesmo que eu possa fazer uma ideia do seu perfil, da sua idade, da relação que possa ter com o Ange ou comigo. Penso então que provavelmente entendi mal. Ele deve ter dito uma obscenidade qualquer, como fazem às vezes na cidade os homens tímidos, que logo fogem acelerando o passo, com as mãos nos bolsos e a cabeça enterrada no pescoço.

Ainda é cedo. A Avenue Alsace-Lorraine está deserta. Quando vou atravessar, o bonde surge da opacidade leitosa. Ouço como que de longe, retido pela bruma, o inútil tilintar da campainha que, ali, parece correr atrás do bonde, persegui-lo desesperada, e não vir antes dele. Hesito entre desviar ou cruzar os trilhos, correndo. Lanço-me para a frente. O bonde passa rente atrás de mim num assobio furioso.

O bonde me espreita, quer me pegar, avança para me esmagar voluntariamente.

Eu me viro para trás, ofegante. No interior do bonde está sentado o pai do meu filho, o rosto cor de oliva sob a luz de neon, e, ao me ver, ele sorri o sorriso doce que tinha no começo do nosso casamento.

Não será ele o condutor? Não terá ele, o pai do meu filho, alguma responsabilidade na condução desse bonde?

Reconheço em mim mesma um obscuro sentimento de culpa do qual não consigo me desprender quando penso em meu ex-marido, e que esse sorriso amistoso, inocente vem agora exacerbar. É, o pai do meu filho é um sujeito arrogante, mas também ingênuo e sem rancor. Raramente esqueço meu interesse a longo prazo, ao contrário dele. Ai, coitado, penso às vezes, comovida e chateada. Mas também, afinal, o que eu fiz de mal? Não infringi nenhuma lei, não há obrigação que eu não tenha respeitado escrupulosamente. O que foi que eu fiz? Negociei meu divórcio com esse homem de tal maneira que todos os erros possíveis foram atribuídos a ele, sem que ele sequer suspeitasse que poderia ser de outro modo. Até hoje ele ainda me deve dinheiro. Mas o que dói na minha consciência é exatamente o seguinte: posso confessar agora que a minha história de amor com o Ange já havia começado no momento em que pedi o divórcio, e, sabendo que meu marido ignorava por completo essa ligação entre mim e o Ange, exigi muito injustamente, do ponto de vista moral, que meu marido assumisse a responsabilidade pelo fracasso do nosso casamento, é sim, muito injustamente, pois ele era um homem teimoso mas ingênuo, determinado mas influenciável, e bastou que eu me queixasse de alguns aspectos, na verdade superficiais, do seu comportamento, para que ele perdesse toda a segurança, toda a capacidade de reflexão e quase toda a memória, convencendo-se ele mesmo de que fora um marido medíocre.

– Não é culpa dele que o filho de vocês goste de homem? Salta aos olhos que a culpa é dele – disse-me o Ange com sua voz sábia e calma, na época em que eu pensava na melhor maneira de me divorciar.

Assim repeti ao meu marido:

– É culpa sua que o nosso filho goste de homem; no entanto, isso não me incomoda nem um pouco.

Repeti isso ao meu marido, sabendo que era uma particularidade da vida do nosso filho que o perturbava, o desesperava mesmo. Repeti isso, sabendo que ele teria dificuldade de pôr em dúvida uma afirmação desse tipo. Mas de que adianta voltar a essas velhas histórias? É verdade, meu ex-marido ainda me deve dinheiro, mas o fato de eu não exigir esse dinheiro de volta quita essa minha dívida simbólica com ele – é assim que eu vejo.

Na época do nosso casamento, ele era eletricista e ganhava bem. Acho que, depois do divórcio, foi parando aos poucos de trabalhar – o que é que eu posso fazer? Cabia a mim impedir que entregasse os pontos? Na verdade, o que se pode fazer por um homem quando o despeito e a tristeza, o remorso infundado e a pouca autoestima o levam ao próprio naufrágio? Ele rejeitou sistematicamente os convites para jantar que o Ange e eu fizemos, com a intenção de que uma espécie de amizade polida nos aproximasse. Também não compareceu à festinha que demos para comemorar o nascimento do bebê, a menina irrefletidamente chamada Souhar (queira Deus que esse nome não anuncie sua desgraça, penso às vezes, arrasada, que não anuncie sua sentença de morte, mesmo).

Retorno à Rue Esprit-des-Lois orientando-me com a ajuda de algumas vitrines conhecidas. A neblina é tão densa que não deixa ler o nome das ruas. Os passantes são raros, apressados. Surgem bruscamente na esquina das ruas estreitas como se esperassem, escondidos no vão das portas, ouvir meus passos para irromper diante de mim, me assustar em silêncio e depois desaparecer na escuridão branca da cerração.

Sei muito bem que é uma visão do meu espírito inquieto. Estou lúcida, sou capaz de compreender meu exagero, mesmo sentindo medo e desconfiança. Mas esse discernimento não impede meu coração, *meu pobre coração envolto em gordura*, de bater disparado sempre que alguém surge diante de mim com ar de espanto (falso?) e me fita com a atenção assustada de quem não reconhece a pessoa que esperava ver.

Não, não estou louca. Por que imaginar que tudo que me cerca tem ligação direta comigo? Não consigo me desfazer da impressão de que a cidade inteira me vigia. *E o meu coração acossado, cercado pela matilha, bate contra o peito e quer saltar da sua gaiola exígua, meu pobre coração que envelhece, meu coração trêmulo.* Eu que nasci em Bordeaux, no bairro de Aubiers, que passei toda a minha existência nesta cidade, amo-a com uma ternura fraterna, como a um semelhante humano. No entanto, eis que Bordeaux se furta e se subtrai à minha amizade de uma maneira estranha, eis que suas ruas me parecem mudar de aspecto e de direção (será só a neblina?, pergunto), eis que seus habitantes, que há alguns meses me hostilizavam (e me habituei a isso e isso se tornou, afinal, suportável), me dão a impressão não mais de me odiar, mas de seguir minhas pegadas.

Começo a correr, com passos curtos, laboriosos. Várias vezes, não conseguindo distinguir a beira da calçada e a rua nas camadas de bruma flutuante, salto sem querer no meio dos veículos. A Rue Esprit-des-Lois permanece inencontrável.

Paro de correr e me abrigo debaixo de uma marquise para refletir. Se passei pela Place de la Cathédrale, tendo pegado a direita na Rue des Trois-Conils e depois a Rue Sainte-Catherine, eu deveria chegar à Rue Esprit-des-Lois logo após o Grand-Théâtre. No entanto estou perto, ao que parece, da Avenue Victor-Hugo, que já devia estar bem longe atrás de mim. Como se explica isso? Será só a neblina? É impossível que eu me perca quando percorro de cor a cidade, *seu velho coração negro, seu velho coração frio*, há meio século já.

É impossível que eu me perca, penso, concentrada na necessidade de ser objetiva. Portanto é a própria cidade que quer me extraviar, minha cidade querida, cuja fidelidade eu julgava irredutível. E eu, sou infiel a que ou a quem, se entendi bem a palavra daquele sujeito de boné? Nunca faltei a ninguém voluntariamente, sempre me senti totalmente responsável por meus atos e pensamentos, até mesmo pelos dos outros. E então? Se minha cidade me trai, *em seu velho coração sombrio e ingrato*, não terei mais confiança em ninguém, nem sequer no meu marido.

Apaziguada apesar de tudo, me afasto da marquise e tento me orientar. O Museu da Aquitânia está logo em frente, vislumbro sua massa enorme na bruma. Portanto devo voltar até a Avenue Pey-Berland e então virar na primeira à direita, rumo à Alsace-Lorraine.

Volto uns cem metros. O cruzamento deveria estar aí, mas a rua prossegue reta, quando, tenho certeza, ela era sinuosa. Caminho cada vez mais depressa. Nada me é familiar. Saí da área dos altos edifícios e passo agora por pequenas lojas com seus telhados curtos, acima dos quais se destacam grandes árvores secas. Não é por aqui que devo ir, de jeito nenhum, não é nesse tipo de arrabalde que eu moro.

Paro novamente, desnorteada. Giro o corpo, buscando em vão um indício. Volto atrás. Parece que a cidade se contorce sob meus olhos – ali uma rua se desdobra e se estreita, ao lado o bulevar se alarga e multiplica suas curvas. É a neblina, penso, são essas longas faixas brancas e móveis que confundem a perspectiva. Será só a neblina?

Meu Deus, quem virá em meu auxílio? Estou sendo punida por sempre ter sido um ponto de honra não pedir ajuda a ninguém?

Aproximo-me com prudência de uma banca de jornais, o único comércio aberto na rua. Dou uma espiada na mulher sentada junto ao caixa. Um incômodo me invade, mais forte que a desorientação, e me afasto o mais depressa que posso. Tive a impressão, como há pouco na delegacia, de que essa mulher e eu éramos semelhantes, pelo menos da mesma espécie, do mesmo gênero humano, contrariamente aos passantes e a Lanton, contrariamente a meus colegas ou a Noget, que, sinto agora, em segredo, são diferentes. Mas como? Ainda não sei. É algo na expressão do rosto, naquilo que a alma reflete de si mesma na fisionomia.

Sinto uma vaga repulsa, embora não haja nada de propriamente feio no que vislumbro. Porém é incômodo como a exposição inconsciente de um mistério que é habitual dissimular. Por isso não quero pedir nada a essa mulher, não quero que nos vejam uma diante da outra e que um olhar de fora, de um freguês, por exemplo, confirme nossa semelhança, englobando-nos numa mesma suspeita indignada.

Caminho depressa na calçada, não sei para onde levam meus passos. Pego bruscamente uma viela que julgo ser a Passage de l'Epée. Mas ela dá numa pracinha totalmente desconhecida para mim – três bancos, uma estátua de Montesquieu, o calçamento velho e escuro – *escuro e perversamente mutável, o coração da minha cidade?*

Eu acreditava conhecer Bordeaux intimamente, e eis que pedaços estranhos desse grande corpo familiar se atrevem, de certo modo, a aparecer em primeiro plano. Tento ler o nome dessa praça. Mas sou uma mulher de baixa estatura, mal passo de um metro e sessenta, e a neblina vela completamente a placa que informa por certo o nome deste lugar. Como se explica que eu nunca tenha passado por aqui? Será que meus trajetos se tornaram tão rotineiros, ao longo dos anos, que pude sem perceber passar ao lado de bairros inteiros da minha bem-amada cidade e até do centro, ao qual estava acostumada como ao rumor dos pensamentos no meu cérebro?

Há uma nova agência do correio, algumas lojas de roupas ainda fechadas. Aliviada, entro no correio. Debruçada no único guichê, reconheço então Richard Victor Noget. Ora, penso espantada, então estou muito perto da Rue Esprit-des-Lois!

– Senhor Noget!

É a primeira vez que sinto, ao vê-lo, mais apaziguamento do que medo, mais prazer do que rancor.

– É a senhora finalmente, estávamos preocupados – diz ele, severo.

– É que me perdi – respondo.

Desembaraçada do meu pânico, sinto vontade de desabafar, de fazer as pessoas ficarem com dó de mim.

– Foi por causa dessa neblina terrível – digo, apressada –, tudo perde a aparência de costume, Bordeaux não parece mais Bordeaux...

Enxugo a testa com o braço. Estou suada apesar do frio, tamanho foi o meu medo de ficar girando sem fim numa cidade anônima *de coração apagado*.

Noget tem um ar duro, ausente, incomodado. Quando me aproximo, ele introduz rapidamente sob o vidro do guichê, para o funcionário, a carta que acabou de selar. Parece então que ele tenta reter meu olhar com os olhos fixos no meu rosto, de modo que eu fique olhando para ele – parece que ele tenta desviar minha atenção daquilo que suas mãos estão fazendo. Imediatamente, por reflexo, dou uma espiada na carta que o funcionário acaba de pegar. Leio de ponta-cabeça, no envelope, o nome do meu filho. Meus lábios começam a tremer. Olho para Noget, percebo que ele sabe que eu vi.

– Está escrevendo para o meu filho? – pergunto com uma vozinha balbuciante. – O senhor conhece o meu filho?

E o odioso pensamento do nome da minha neta volta a me obsedar – sim, é uma obsessão que, contra a minha vontade, me faz cerrar os dentes até doer e me distrai por alguns segundos, durante os quais não tenho mais consciência do que me cerca.

Murmuro, com a boca cheia de saliva:

– Entre todos os nomes do mundo, por que exatamente esse?

Engulo a saliva com ruído.

– De onde conhece o meu filho? – digo secamente.

– Não conheço – diz Noget.

– Escreve para alguém que não conhece?

Faço troça, no entanto sinto as pernas bambas. Minhas pernas são pesadas, grossas, e agora me parecem tão finas que não conseguem mais sustentar o resto do corpo, como uma grande peônia vergando sobre o caule.

Noget penteia maquinalmente a barba com os dedos. Lança-me um olhar agudo, perscrutador. Ele usa um casaco de pele de ovelha, muito grande para ele, que reconheço pertencer ao Ange. Ainda bem que essas roupas velhas servem para alguém, penso, um tanto despreocupada porque o Ange ganhou esse casaco das filhas há muito tempo, de presente.

– Não se preocupe – diz Noget com brandura. – O Ange e eu julgamos mais conveniente avisar seu filho da sua chegada, sabíamos que não queria fazer isso, mas seria indelicado, não é mesmo?, surpreendê-lo dessa maneira, digamos, sentimental...

Noget já falou comigo com uma voz assim tão doce? Começo a chorar.

– Não sei... se o senhor fez bem – digo.

Mas sinto que minha agitação e minhas dúvidas, minha confusão e meu ódio saem com minhas lágrimas, esvaziam *meu coração pesado e adiposo* das questões que o obturam.

Ponho minha mão no braço de Noget.

– Gostaria que fôssemos amigos agora – digo com fervor.

Ele sorri brevemente, um pouco empolado.

– Ignoro se considera seu filho também como seu amigo (ele diz com aquela voz sentenciosa, lenta, aplicada, que acho detestável e que sempre me lembra sua impostura, como se quisesse ainda convencer de que foi professor, servindo-se de uma caricatura do pedagogo), mas me surpreende que tenha pensado em fazer a seu filho uma surpresa dessa.

– E eu estou cansada de ser acusada de ser uma mãe venenosa ou uma mãe que não ama como deveria – digo vivamente.

Noget não me escuta, faz um gesto impaciente e desdenhoso para afastar minhas palavras.

– Seu filho é médico, me disseram, é casado e pai de família...

– Ele só tem um filho... uma filha – digo num murmúrio de dor –, ela se chama Souhar.

– Pouco importa, pouco importa.

Exclamo:

– Ah, não, é muito inconsequente!

– Deixe-me terminar – diz ele, elevando a voz. – Seu filho, portanto, está estabelecido, escolheu colocar entre sua nova vida e Bordeaux uma distância pouco fácil de transpor, pois, embora sempre tenha tido com seu padrasto, o Ange, as mais harmoniosas relações, a presença da mãe na mesma cidade lhe era evidentemente intolerável.

Estou escandalizada. Sufoco.

– É impossível que o Ange tenha lhe falado essas coisas! Mesmo admitindo que meu filho fugiu de alguém, mas nada é tão incerto, seria antes do pai dele, meu ex-marido!

– É mesmo? – exclama Noget.

Vejo brilhar nos seus olhos uma alegria má, um prazer mordaz. Recuo um passo.

Todo esforço de amizade ou de paz com o inimigo é interpretado como uma fraqueza.

Levanto o braço diante do rosto para me proteger de um tapa. Mas Noget não se mexe.

– Como explica então – ele retoma com mórbido deleite – que seu filho, quando esteve em Bordeaux recentemente, tenha ido visitar o pai, a quem apresentou a neta e na casa de quem, suponho, se hospedou? E como explica que ele tenha preferido mantê-la cuidadosamente na ignorância de sua vinda, que não tenha ido lhe mostrar a pequena Souhar nem apresentar sua mulher? Não é estranho para um filho que não tem medo da mãe?

– Mas como sabe de tudo isso? – pergunto.

Minha cabeça gira ligeiramente. Tenho um gosto de bile na garganta, o hálito amargo. Penso inoportunamente que já faz tempo que tomei o café da manhã.

Gemo:

– Estou com tanta fome que comeria um frango assado inteiro!

– Preparei torradas – diz Noget prontamente. – Não as que se veem nos botecos, com beiradas secas e uma fatia mínima de presunto; eu, como sabe, fabrico meu próprio pão, corto-o em fatias grossas que faço dourar na manteiga, depois cubro o pão com *comté*, o melhor queijo que conheço, e uma porção generosa de presunto gordo, e, na fatia de cima, bem junto ao queijo, sabe o que ponho para completar? Uma fina camada de molho bechamel! Mas, para responder à sua pergunta: foi o Ange que me contou o que digo, como eu adivinharia, não é mesmo?

– O Ange não sabe dessas histórias em detalhe – digo com a voz fraca.

Continue, meu coração, meu bravo coração decadente, continue a bater com valentia nessa gordura que te aprisiona!

Acrescento, procurando me recompor um pouco:

– Não posso comer torradas, preciso de comida leve.

– Acredito mesmo – diz Noget –, não, na verdade tenho certeza de que o Ange viu seu filho, a mulher e a menina, nos poucos dias que eles passaram em Bordeaux. O encontro foi a pedido do seu filho, e suponho que ele aconselhou o Ange a não falar disso, para não ferir a senhora inutilmente, ou talvez tenha sido o próprio Ange que decidiu não dizer nada. Aparentemente, o Ange e seu filho ficaram muito felizes, muito comovidos de se reverem. O Ange me disse também que gostou de ver o rosto da menina, a pequena Souhar.

– Não, não, o senhor está inventando – digo.

Sorrio, pondo muito conscientemente nos meus traços uma expressão superior, condescendente.

– Não invento absolutamente nada – diz Noget, irritado.

– Não quero ouvir mais nada – digo com um ardor um pouco excessivo. – Essas histórias de família...

Fustigo o ar com as duas mãos. Um suor particularmente ácido escorre em minhas têmporas, embora o ar esteja fresco na agência do correio, e observo que Noget e o funcionário me olham com um ar de prudente hesitação.

Sou então uma mulher tão corrupta? Acreditando ser exemplar, respeitosa e boa, terei me enganado a esse ponto?

Saio para a rua. Durante alguns segundos, espero que a bruma se dissipe e que a praça me apareça de outro modo e que, mesmo reconhecendo-a como um lugar ausente dos meus hábitos, eu possa ao menos lembrar-me de tê-la atravessado há muito tempo. Mas não reconheço nada, embora a neblina tenha diminuído um pouco. A estátua de Montesquieu é de pedra, esverdeada de limo, os bancos são antigos. Meia dúzia de ruas partem da praça. Não faço a menor ideia da direção a tomar de volta para casa, a menor ideia do lugar onde me encontro em Bordeaux. Chego mesmo a duvidar de que esteja ainda em Bordeaux. *Mas onde eu poderia estar, eu, que nunca viajo?*

Não é mais como antes **15**

Noget me pega pelo braço e me conduz por uma pequena rua que conheço bem. É a Rue Lafayette, que chega diretamente à nossa, a poucos minutos apenas dessa estranha praça de que não me recordo. Humilhada, não confesso meu espanto a Noget.

Ao chegar no apartamento, ele diz, agitado:

– Dê-me uns dez minutos, o tempo de pôr as torradas no forno.

Um fluxo de saliva logo enche minha boca, e é tão forte minha vontade de comer que sinto um impulso de gratidão por

Noget, embora esteja convencida agora da sua bondade venenosa e da sua cozinha de certo modo infecta.

Ele nos alimenta para melhor nos submeter, penso, sabe que a suavidade impõe respeito, que cada bocada nos engorda e nos liga a ele. Que prazer deve sentir tendo os dois professores sob sua autoridade, sob o poder do seu virtuosismo em manusear a gordura, esses dois professores que o esmagavam com desdém.

Acredito agora que nos enganamos, o Ange e eu, quanto à superioridade da nossa situação; mas será que podemos nos defender jurando que, se nos mostramos às vezes cruéis, foi sem verdadeira intenção (*ah, nós o desprezávamos demais para ter a menor intenção em relação a ele*), sem pensar que esse sujeito podia sofrer com a nossa atitude, enfim, eu diria, que foi inocentemente? Mas isso na verdade não é pior?, penso então.

Passo a cabeça pela porta do nosso quarto, pensando ver o Ange adormecido. Mas seus olhos, febris, dilatados, se agarram avidamente aos meus.

Entro no quarto procurando manter uma respiração curta, precavida. O cheiro infecto começa a se espalhar no resto do apartamento.

– Quer ver minha ferida? – pergunta o Ange com uma entonação de esperança patética, como se buscasse um meio de impedir minha fuga.

Não posso conter um sobressalto e depois um movimento de recuo ao levantar o lençol. A terrível cavidade no flanco do Ange parece ter se aprofundado ainda mais. O fígado não deve estar muito distante, penso com horror. O pus continua escorrendo, misturado com fibras sanguinolentas, numa tigela que Noget colocou bem junto do Ange. Ao redor da ferida, o inchaço de carne revirada e sangue ressequido se parece com um velho pedaço de couro ou com um osso roído por um cão. Uma piedade crucificante faz tremer meus lábios. Murmuro, asfixiada:

– Está muito mal, meu querido?

– Terrivelmente – diz o Ange.

Faz um movimento do queixo em direção à porta.

– Ele vai me trazer morfina – prossegue em voz baixa.

– Mas como? Com receita do doutor Charre?

Apesar da vontade de me mostrar muito terna e complacente com o Ange, uma acidez fria corrói minhas palavras, pois lembro o que Noget me contou e olho o rosto sofrido daquele que amei tanto, que era uma parte de mim mesma (mas então a parte mais secreta, a mais dissimulada, a menos respeitável?), e imagino esse mesmo rosto inclinando-se sobre minha neta, a menina chamada Souhar, depois sorrindo para o meu filho, sorrindo para sua mulher que não conheço, e mais tarde, à noite, deitando-se no travesseiro muito perto do meu rosto e mostrando essa mesma limpidez absoluta que percebo nele ainda agora, embora eu saiba que mentiu.

Devo acreditar em Noget? Ele não pode ter inventado fatos tão precisos, penso.

Só posso esperar que o Ange tivesse razões para mentir para mim ao mesmo tempo admissíveis e inocentes, aquela pureza de alma que tínhamos, apesar de tudo, quando tratávamos nosso vizinho sem respeito. É tudo o que posso esperar, penso, com relação à honestidade do Ange comigo – que ele tenha me traído por excesso de delicadeza, por excesso de candura.

– Não há necessidade de receita para conseguir o que ele quer – diz o Ange num tom de enfado. – Você sabia que ele conhece perfeitamente meu pensamento sobre a educação?

– Acho que me lembro, sim, de ele ter dito isso – respondo.

– Ele me repetiu quase literalmente meu último artigo sobre a doação de si – diz o Ange animando-se um pouco. – Ele concorda... O bom professor deve ter... uma vocação de sacrifício, deve ensinar pensando sempre que poderia... ter feito outra coisa e essa outra coisa, variável em função de cada um, deve parecer melhor de todos os pontos de vista... Mas ele renunciou a isso para ensinar... Renunciou a sua ambição diferente, àquilo de que gostava verdadeiramente em favor dessa tarefa... a mais bela de todas. Ofereceu-se inteiro... à escola. Noget... compartilha minhas opiniões, você sabe.

Não respondo, desvio o olhar. Meus lábios se contraem um pouco, pois as posições do Ange sobre a escola sempre me embaraçaram, me desagradaram obscuramente.

Eu me forço a mudar de assunto.

– Encontrei Lanton esta manhã, ele te mandou um abraço.

– Duvido muito – diz o Ange, zombando. – Ele telefonou agora há pouco. Noget me passou o recado e... eu te garanto... ele não foi muito gentil, o seu querido Lanton.

Reprimo um grito:

– O que ele queria?

– Era sobre uma carta que você deve entregar ao seu filho.

– E...?

– Olha, eu... não sei muito bem.

Ange fecha os olhos, parecendo esgotado.

– Se não entregar essa carta, é a mim que Lanton vai punir.

– Mas como? – digo, transtornada. – O que ele vai fazer? Ele não tem esse direito.

– Não, claro que não tem o direito de ameaçar um cidadão irrepreensível só porque deseja obter sei lá o que da mulher e do enteado desse cidadão. Claro... não tem nenhum direito de agir assim.

Ange retomou aquele tom de troça comigo, ao qual não consigo me habituar. Ele queria que eu o deixasse falar mais da escola e dos que trabalham nela, queria que eu ficasse sinceramente feliz de saber que Noget admira e compartilha suas ideias, que não manifestasse claramente a desconfiança que me inspiram suas teorias obscuras.

Mas logo irei embora e certamente por um longo tempo. Assim passo uma mão carinhosa no rosto do Ange, e esse gesto me lembra muitos outros semelhantes, cheios de uma ternura exaltada, que o Ange e eu tivemos um com o outro nesses anos todos, gestos de carinho jamais adulterados pelo menor cálculo.

Embora não tão jovens no momento em que nos conhecemos, nos amamos com um frescor de sentimentos próprio da adolescência, vivemos juntos sem dissimulações, numa encantadora terra virgem feita de lembranças e agravos, dores recentes e humilhações antigas. Eu deixava de lado as tediosas doutrinas do Ange sobre nossa profissão, e ele por sua vez não tentava saber minha opinião a respeito, como se na verdade ele nunca tivesse professado essas doutrinas.

Depois que o outro falou delas e o lisonjeou, o Ange se mostra suscetível, gostaria que eu aprovasse e me alegrasse. O Ange não tem mais aquela ingenuidade de espírito que eu apreciava acima de tudo. Murmuro, muito melindrada:

– Está lembrado que viajo semana que vem?

– Estou, sim – diz o Ange, apertando ligeiramente minha mão.

– Assim que puder, dou um jeito de você ir me encontrar. Vou me instalar, avaliar a situação e, mesmo que você não esteja completamente curado, dou um jeito de te levarem até lá.

– Sei – diz o Ange, quase indiferente.

– Não é o que você quer?

– É.

– E o Noget, podemos confiar nele?

– Totalmente.

Eu me inclino muito perto do Ange, encosto minha boca na sua orelha, embora o cheiro (*como eu gostava de lamber sua orelha, aspirar sua pele, nenhuma parte do corpo desse pobre homem me causava repulsa!*) me dê ânsia de vômito. Sussurro com fervor:

– O Noget não te dá medo?

O Ange lança brutalmente a cabeça para o lado, o mais longe possível de mim. Um esgar de dor deforma sua boca.

– Não diga bobagem! É insuportável – ele dispara, num acesso de cólera exasperada.

As lágrimas brotam nos seus olhos.

– Você não entende nada, nada, acha ainda que basta cochichar para não ser ouvida, acredita ainda na intimidade e no segredo! Não tem mais... intimidade entre nós.

Nesse instante a porta se abre e Noget aparece, carregando nos braços uma bandeja cheia de enormes torradas fumegantes.

– O senhor ao menos vai estar perto de mim quando eu morrer – diz o Ange, no tom de lamúria que usa com Noget. – Vai cuidar de mim, da minha alma, não é verdade?

– Fiz torradas com queijo *emmenthal* e outras com *comté* – diz Noget, amável. – Como sabem, o *comté* é mais saboroso, mas pode-se preferir o *emmenthal*, que permite apreciar melhor o presunto.

– Não estou com muita fome – diz o Ange.

– Ah – diz Noget, muito sério –, mas vai comer assim mesmo. Você precisa comer.

Minha menstruação não desce há vários meses.

Sei que poderia pôr isso na conta da ansiedade, no entanto intuo que ela não virá mais, que para mim é o fim da fecundidade. Minha idade me autoriza a pensar assim. O doutor Charre confirmaria, mas não me atrevo a ir falar com ele, com medo de que se revelem certeiras algumas das suspeitas do Ange a seu respeito, ou pelo menos de que a atmosfera na qual me receberia, se aceitasse me receber, me obrigue a pensar que o Ange tem razão de desconfiar do doutor Charre, embora sejamos pacientes dele há tanto tempo.

Não saio mais do apartamento, preparo minhas malas com lentidão. Na verdade tenho medo de me perder novamente em Bordeaux, onde cada dia uma neblina tão espessa como na véspera mascara o contorno das coisas. *Tenho medo de que Bordeaux esteja querendo que eu me perca, e que desta vez Noget não apareça para me ajudar a achar o caminho.*

Não sei bem de que me ocupar, me olho longamente no espelho, tentando compreender quem é essa mulher que parece ser eu, mas cuja imagem quase não consigo fazer corresponder à ideia que tenho de mim. Não que eu me julgue mais atraente que o meu reflexo. Não é uma questão de beleza nem de graça nem de juventude. É simplesmente que o meu espírito, por preguiça, não se adaptou às mudanças ocorridas no meu corpo, não registrou a lenta aparição, sob a superfície da pele, de grossas veias antes escondidas na gordura ou nos músculos, o surgimento de pequenas excrescências escuras, como minúsculas pétalas de carne, debaixo dos braços, entre os seios, cujos mamilos estão agora mais rachados e granulosos do que eram – meu espírito altivo nunca quis considerar seriamente que, se a carne dos meus braços e das minhas coxas estremece ao menor movimento que faço, daqui por diante é para sempre, assim como é para sempre que sou poupada da miúda tarefa de controlar o sangue da minha menstruação. Ah, nenhuma dessas metamorfoses me importa muito. Olho meu corpo nu, que aos poucos vai se enchendo de inúmeros sinais de envelhecimento, intimo meu espírito a registrar os detalhes dessa deterioração, no entanto sinto o quanto esnobo esse pobre corpo insignificante e o quanto me orgulho secretamente da reticência do meu espírito ao se debruçar sobre o devir banal do meu corpo.

É como se eu tivesse dois filhos, um dos quais me decepciona e aborrece, enquanto o outro só me dá orgulho. *Não é isso o que eu sentia outrora em relação aos dois jovens tão diferentes que eram meu filho e seu namorado Lanton? Não preferi em segredo a companhia de Lanton à do meu filho e, dos dois, não é Lanton que eu não teria suportado nunca mais rever?*

Um telefonema ao banco confirma que o Ange e eu continuamos recebendo nosso salário, embora não tenhamos voltado à escola. Ou porque a diretora, penso, não comunicou ao ministério nossa ausência injustificada, ou porque querem nos mostrar que é exatamente isso que esperam de nós: que permaneçamos afastados, que nosso afastamento, nosso desaparecimento é mais precioso que o dinheiro que nos pagam.

Dois dias antes da minha partida, Noget sobe da entrada do prédio com uma carta para mim. Ele diz:

– Seu filho escreveu.

– Como o senhor é indiscreto, mal-educado!

Saio meio bruscamente da mesa onde tomava o café da manhã, ou melhor, essa copiosa refeição composta de *rillettes*[*]

* Embutido de carne de porco, ganso etc., cozida na gordura. [N. E.]

de ganso, presunto, grossas fatias de pão com manteiga e brioches acompanhados de café com leite, que Noget se compraz em chamar "*breakfast*", arranco a carta dos seus dedos e corro a me refugiar no escritório, consciente do bamboleio, do tremor adiposo dos meus quadris sob a camisola.

Sento na cama. Olho longamente o envelope antes de sequer pensar em abrir. Há muito tempo ele não me escreve!

O selo mostra uma falésia gredosa no Mediterrâneo. A escrita do meu filho continua correta, aplicada, com as maiúsculas bem desenhadas como o ensinei a fazer vinte e cinco anos atrás. Sinto imediatamente um profundo orgulho. *E se ele me pedir ou ordenar que eu não vá?*

Levanto e ando pelo quarto, com o envelope apertado contra o peito, suplicando que a carta seja boa. Estou tão emocionada que o café da manhã de *rillettes* sobe de volta à garganta. Paro. O apartamento, como o prédio, está totalmente silencioso. Atrás da vidraça, ainda a bruma espessa com cheiro adocicado de lodo.

Querida mamãe, mãezinha querida, o que será que vai pensar desta introdução? Imagino você lendo estas primeiras palavras e recebendo de certo modo o choque de um prazer inesperado, seu filho Ralph se dirigindo a você com todas as marcas da ternura quando nada a autoriza a receber a menor ternura do pobre Ralph, como bem sabe; assim te imagino à beira das lágrimas e intimamente satisfeita de constatar que o amor filial triunfa sempre, que o dever triunfa sempre, que a mãe sempre triunfa! Você sabe chorar, ainda que seus verdadeiros olhos permaneçam secos, refiro-me àqueles que você nunca mostra. Enfim, sabe chorar como toda pessoa normal. Mas vamos aos fatos, querida mamãe. Em primeiro lugar, eu te proíbo de me fazer censuras ou críticas. Você levanta uma sobrancelha, finge não compreender o que quero dizer. Na verdade compreende muito bem. Mesmo quando não diz nada, está questionando, julgando e reprovando. Não vou aceitar mais isso. Não aceito mais isso de você, pois sou um homem. Mas será que você é capaz de pôr na cabeça esse fato irrefutável? Em segundo lugar, deve admitir que mudanças podem acontecer independentemente da sua vontade ou do seu conhecimento. De uma maneira geral, viver é impossível para mim. Nunca soube disso, não é? Pessoas como você só podem conceber o que elas mesmas sentem, o resto simplesmente não existe. Olho ao redor e vejo duas casas e uma árvore e uma cabana de chapa metálica e uma única nuvem no azul do céu. É tudo o que vejo. Penso que talvez meu cachorro, que está aqui perto de mim, veja outros elementos dessa realidade ou veja elementos de alguma outra realidade, paralela a essa, que não consigo sequer imaginar. E aí você entra: para você só pode ser real aquilo que você enxerga. Estou ainda no terreno da discussão, da recriminação, não queria que fosse assim. Basta eu me dirigir a você para ser arrastado para essa situação de luta e de conflito que agora me causa horror. Não aceito mais isso. Como eu ia dizendo, viver é impossível para mim. Mas eu me acostumei. Consigo encontrar na minha nova vida uma certa satisfação. O trabalho me agrada. Sou um homem novo. Ainda hoje de manhã, fiz um parto e a criança morreu ao nascer; não foi algo ruim porque, nos braços dessa mulher, a vida da criança logo se tornaria fatalmente um inferno, ela é alcoólatra, meio estúpida, nada pode mudar isso. Cuidei dela, consolei. Preenchi um monte de papéis relacionados a ela. Como vê, sou um homem determinado. E você, foi expulsa da escola? Veja se entende agora que mesmo para você a escola não era um lugar seguro. Será que você entende isso? Sua querida escola! Como você deve ter sofrido! Por muito tempo tive ciúme da sua escola e dos seus alunos; mas e você, não terá ciúme dos meus pacientes? Acho que perdoei tudo, pois sou um homem novo. Devo isso muito à Wilma. Pouco me importa, e pouco importa para ela, que a Wilma te agrade ou não, é pouco provável que você se apaixone por ela como se apaixonou por Lanton, a ponto de me irritar. A Wilma não faz muito o seu gênero. Mas quem sabe, não é? Talvez se apaixone pela minha querida Wilma e não terei como competir, só me restará fazer as malas! Estou brincando, você entende. Sou um homem NOVO. Tenho uma lista cheia de agravos que têm a ver com você. Decidi guardá-la para mim, não quero correr o risco de aumentar meus próprios agravos. No entanto, quando penso que você se preparava para chegar aqui sem me avisar, sinto a irritação me arrancar pedaços do fígado. Por que diabos não pode ser sincera e direta comigo? Meu pai é sincero e direto, acho que sou um homem que também se mostra assim com ele, um homem NOVO. Mas e você? Argumento e tento te convencer, mesmo sabendo que é inútil. Entre os aspectos da minha nova e, assim espero, definitiva personalidade, está a gentileza. Eu me tornei gentil. Portanto, vou ficar feliz de te receber, querida mamãe, como o homem NOVO e GENTIL que sou. Como médico, vejo todo dia coisas abomináveis. Como homem, assim como sou agora, transfiguro essa feiura e assim consigo quase amá-la para depois esquecê-la. É assim que trabalho. A mulher desta manhã, a quem ajudei a pôr no mundo a criança morta, tem direito ao título de madona tanto quanto a verdadeira e única Madona da qual, aliás, nada sabemos, não é mesmo? Pode me garantir que a Virgem Maria não era uma bêbada? Não pode! Amo todos os que me cercam, amo a pobre humanidade. E seria injusto eu envolver com meu amor, com minha compaixão o mundo inteiro menos você, mamãe. Eu te envolvo com o meu amor e a minha piedade. Até breve, então.

> Ainda não posso extirpar do meu coração (ele é imperfeito) esse espinho de rancor contra você que há muito tempo se alojou nele, mas vamos nos ver. A propósito, você deve devolver ao meu pai o dinheiro que pegou dele, o coitado tem mais necessidade desse dinheiro que você. Certamente você não sabe, mas ele vive na privação, para não dizer na miséria. A maneira como você o roubou não foi muito elegante. Deve devolver esse dinheiro. Expulsaram você da escola, certo? Mais quais foram as razões? Daqui, nada me parece claro. Foi imerecido? Você não agiu mal? Parece exagerado afirmar que te mandaram embora sem nenhum motivo. Conto com você para me dar todas as explicações necessárias. Pense no meu pai, tente sentir vergonha: ele é um indigente! Seu filho, Ralph.

A raiva me faz mergulhar num estupor glacial.

Releio a carta, essa carta pérfida, mentirosa, que meu próprio filho me escreveu, meu único filho – como chegamos a esse ponto?, a um tal nível de falsidade, de lirismo grotesco? Nossa, penso, meu filho é um iluminado; como conseguiu se tornar, em plena idade adulta, o tipo de indivíduo que execro, eu, sua mãe? Graças a que sutileza de intuição, a que acuidade misteriosa ele me compreendeu suficientemente bem para se transformar num arrebatado, sabendo que desprezo profundamente esse palavreado, essa atitude pedante, vaidosa, para com a vida? E essa Wilma de que me fala e que nem conheço?

Saio do escritório e entro depressa no quarto. Sacudo o Ange, que cochila de boca aberta. Ele acorda em sobressalto, levanta espontaneamente o braço na frente do rosto emaciado como que para se defender de uma bofetada. *Assim tentavam se proteger, para a grande irritação do Ange, os alunos nos quais ele queria às vezes dar um puxão de orelha, não, uma bofetada, é disso que se tratava, mas os alunos em questão eram osso duro de roer e, como estavam acostumados a apanhar, sabiam aparar os golpes com o braço magro, com o osso do cotovelo, contra o qual a mão do Ange se chocava às vezes não sem dor, o que atiçava sua fúria e o levava a bater com mais força para se vingar desse braço, desse cotovelo insolente. Depois sempre lamentava sua falta de controle, sentia-se humilhado diante de si mesmo. Ele queria encarnar a perfeição do ensino e a menor violência o fazia perder pontos interiormente.*

Agora o rosto do Ange está quase descarnado. Vejo distintamente a forma do esqueleto sob a pele das bochechas, do maxilar.

Será que alguém, aqui, usa de brutalidade com o Ange?

Com uma impaciência nervosa, pergunto:

– Como ela se chama, a mulher do meu filho?

– Do seu filho?

Ele gira os olhos, assustado, e certamente acabo de tirá-lo do sono, mas tenho a desagradável impressão de que tenta ganhar tempo.

Eu o encaro com um olhar severo.

– Como se chama a mulher do Ralph, Ange? A mãe da minha neta?

– Você não lembra? – ele murmura.

Depois de alguns minutos, durante os quais ele finge, estou certa, vasculhar a memória, ele diz:

– Yasmine.

– É isso mesmo – digo, incomodada –, ela se chama Yasmine.

– Por que me pergunta se sabe?

Vejo no Ange um olhar evasivo. O acúmulo, dia após dia, das suspeitas, dos silêncios, das questões difíceis entre nós, que tínhamos não por regra mas por costume pensar em voz alta, dizendo tudo um ao outro sobre tudo, a massa crescente dos segredos maus e nocivos me desola. Nunca mais, penso, não importa o que aconteça, poderemos inverter essa curva de desconfiança e de conjecturas desonrosas.

Noget entra no quarto, empurrou a porta com o joelho. Segura uma grande bandeja redonda reservada ao Ange. Vejo, além das *rillettes* (ele diz que sua mãe cria aves nas planícies do sudoeste, e que foi ela quem fez esse excelente patê recheado de longas fibras de carne de ganso) e do habitual presunto de Bayonne, uma tigela fumegante, cheia de matérias gelatinosas, alaranjadas, exalando um forte aroma que me faz imediatamente salivar de avidez e me deixa agora um pouco envergonhada. Ange, porém, vira o rosto com uma expressão de nojo. *Ele não sente o fedor da própria infecção, mas o aroma delicioso da comida lhe causa repulsa!*

Noget logo me explica que a tigela contém *tripoux*, um prato do Auvergne composto de tripas, pés de ovelha e bucho de vitela.

– Não fui eu mesmo que fiz – ele diz como se se desculpasse.

De repente lembro que minhas regras cessaram. Esse pensamento me distrai, coloco automaticamente a mão na barriga.

– Será que não está grávida? – pergunta Noget.

– Não, ao contrário – digo.

Uma espécie de satisfação de desafogo, um intenso alívio deixa minha testa quente, úmida. Tomo consciência de que, depois de meses, a interrupção da minha menstruação é o único acontecimento normal que se produziu, o único que sei explicar racionalmente, sem necessidade de pesar várias hipóteses.

Como Noget continua, com a bandeja nas mãos, a me olhar de um modo ligeiramente perscrutador, digo a ele:

– Estou na idade da menopausa, como sabe.

– Pode estar enganada – diz Noget suavemente, depois de um tempo.

E acrescenta:

– Seu filho é médico, ele vai dizer o que é.

Então a fúria de novo se apodera de mim.

Saio do quarto, deixando Noget alimentar o Ange (*não estarei tentando escapar dessa cena, o Ange suplicando mudo que o deixem em paz e Noget enfiando em sua boca de lábios secos essa comida pesada e suspeita?*), me visto rapidamente e saio do apartamento, com a carta do meu filho amassada no fundo do bolso do colete, que me aperta tanto a cintura e o peito que não consigo fechar os botões.

Saio para a rua sem pensar, oprimida de tanta indignação e com uma sensação enorme de injustiça.

Às voltas com a Fondaudège **17**

Chego com passos rápidos à Rue Fondaudège. Não consigo deixar de murmurar, minha raiva não consegue se conter dentro de mim.

Prossegue a neblina, como todo dia, e parece agora que ela nunca mais vai desaparecer completamente, que daqui por diante faz parte do caráter de Bordeaux, da própria essência desta cidade, que ela é, por assim dizer, seu hálito, como se um mal profundo, tenaz, incurável talvez, apodrecesse as entranhas da minha cidade querida, a forçasse a exalar esse bafo podre.

Se eu seguir a Fondaudège não corro nenhum perigo, murmuro entre os dentes cerrados, basta retornar, atravessar a Place de Tourny e estarei de volta à Rue Esprit-des-Lois... Mas ah, como ele se atreve, como pode ter esse... essa audácia, ele que era tão... tão tímido, delicado. Como pode... insinuar que sou uma ladra, sua própria mãe... e uma ladra a quem não se pode dizer nada, que se recusa a discutir... a entender, eu, que passei toda a vida adulta tentando compreender os outros... e meu filho em primeiro lugar... E falar dessa desconhecida, Wilma, para sugerir que me apaixonei por Lanton... Que mentira revoltante, que estupidez! É como insinuar que me apaixonei por meu próprio filho, é, seria igualmente estúpido e ofensivo. E mesmo assim ele aceita me acolher, por bondade de alma, como se estivesse no caminho de uma verdadeira santidade... Que mentira! Meu filho, um bem-aventurado. E ainda por cima nem uma palavra sobre a pequena... Souhar, o que significa isso?, não dizer nada da minha neta, como se nunca tivesse existido um bebê ou como se ele não devesse mais me falar desse bebê, mas para poupar quem?, para poupar o quê? Ou será que eu é que não sou digna de que me falem da minha própria neta? Haverá o risco de macular o bebê ou de atrair a desgraça sobre sua frágil cabecinha pelo simples fato de escrever seu nome numa carta destinada a Nadia, sua avó?

Caminho a passos acelerados, apertando com raiva as duas abas do colete sobre o estômago. Logo perco o fôlego, pois não estou habituada ao exercício físico, mas continuo avançando na interminável e monótona Rue Fondaudège, não querendo retornar antes de ter esgotado minha agitação. Num certo momento, olhando meu relógio de pulso, constato que caminho há cerca de uma hora. Sou tomada de pavor. A Fondaudège é uma rua comprida, mas não a ponto de eu poder percorrê-la a grandes passadas durante uma hora sem que ela se bifurque e mude de nome. Lembro então que a Fondaudège desemboca na Croix-de-Seguey, que ela deixa de ser Fondaudège depois de um quilômetro e meio, talvez. No entanto é ainda pela Fondaudège que caminho, mais devagar agora, me perguntando se já não estou muito longe de casa.

As lojas de comércio e os cafés desapareceram. Veem-se apenas casas modestas, prédios enegrecidos. Não farei o caminho de volta, penso, valente, antes de chegar ao final da rua. Em Bordeaux estou em casa, e não peguei centenas de vezes desde a infância essa Rue Fondaudège?

Sinto que a raiva contra o meu filho (*por muito tempo o chamei meu coraçãozinho, e eis que ele trai o velho coração de sua mãe*) se apazigua ao mesmo tempo que cresce minha inquietação, pois a rua parece não ter fim. Penso que fui longe demais para simplesmente dar meia-volta, seria uma angustiante aceitação da desordem, seria admitir que a Rue Fondaudège não é mais a que sempre conheci, o que não é possível, simplesmente não é possível.

Após um exame prudente do rosto de uma mulher que vem em sentido contrário, pergunto:

– Por favor, qual é o nome desta rua?

– Fondaudège – ela diz, apontando com o dedo a placa no muro acima de nós. Rue Fondaudège.

Pergunto ainda:

– Será que está perto o fim da rua?

– Ela é muito comprida, como sabe – diz a mulher, se afastando.

Continuo, com passos curtos e circunspectos.

A atmosfera da rua me é familiar, quitandas de reboco cinza, oficinas fechadas há muito tempo, consultórios de médicos e dentistas com cortinas sujas atrás de vidraças empoeiradas, mas não reconheço nada específico, como vem acontecendo na minha cidade natal desde que as brumas se instalaram para sempre, até parar, ou melhor, até constatar que meus pés param diante de um prédio em reforma, semicoberto por um andaime. Uma sensação de mal-estar me aperta a garganta.

Ah é, é verdade, era aí, penso com reticência.

E, mesmo não tendo vontade de fazer isso, empurro a porta do prédio e a porta se abre opondo a mesma resistência de outrora, e espontaneamente inclino o busto para forçar a porta a abrir mais, da mesma maneira como fiz no passado centenas e centenas de vezes, pois foi aí que morei, durante muitos anos, com meu ex-marido antes de conhecer o Ange. O que me surpreende é que morávamos no começo da Fondaudège, e não neste ponto da rua aonde levei mais de uma hora para chegar. Ou será que as distâncias, eu me pergunto, parecem diferentes porque estou mais velha? Não, não é uma explicação satisfatória, sei que andei um longo trecho.

Por que será que minha menstruação não veio?

Sinto-me rabugenta, irritada. Tenho a impressão de que meu filho me obriga, por razões escusas e usando de uma chantagem disfarçada, a fazer o que não quero fazer, o que é até totalmente injustificado que eu faça. Ora, não devo obedecer ao meu filho de jeito nenhum.

No entanto, eis-me na escada que subi tantas vezes, agarrada ao corrimão pegajoso – um pouco ofegante, eis-me agora diante da porta do meu antigo apartamento, e se digo antigo é porque não moro mais nele, mas devo acrescentar, em nome da verdade e da consciência da minha própria dignidade, que esse apartamento da Fondaudège ainda é meu, continuo sendo a proprietária. No momento do divórcio, meu advogado (*ele estava presente na festinha que dei para comemorar o nascimento de Souhar e, como que de propósito, nunca mais nos vimos desde então, quando tínhamos nos tornado quase amigos; mas todos os convidados daquele dia também não desapareceram da mesma maneira, inexplicavelmente, da nossa vida, do prédio, da rua?*) conseguiu que eu ficasse com a posse integral do apartamento que tínhamos comprado juntos, meu ex-marido e eu, é verdade – é verdade. Desde então eu o alugo para o pai do meu filho por uma quantia módica.

Você não sabe, eu gostaria de dizer ao meu filho, que seu pai não me paga o aluguel há vários meses e que não reclamei, que nunca vou reclamar apesar dos protestos do Ange, que acha que seu pai está me enrolando? Mas não me importo, talvez, de ser extorquida por esse homem, não me importo justamente porque ele é seu pai e meu ex-marido e porque o amei muito.

Observo que não existe mais, embaixo da campainha, a pequena placa de latão que indicava a profissão dele.

Meu ex-marido foi um eletricista requisitado, forçado mesmo a recusar clientes, que trabalhava nas mansões particulares do Quartier de la Bourse e do Grand-Théâtre. Foi culpa minha se esse homem capaz, hábil e conhecido não soube lidar com o desgosto da separação nem superar o estupor do divórcio? Foi isso, eu gostaria de dizer ao meu filho, foi a fraqueza de caráter, o excessivo apego à permanência de sua existência o que provocou sua ruína, foi isso e não outra coisa. Não porque eu o tivesse reduzido à miséria, como você insinua. É verdade que as condições do divórcio me beneficiaram, mas seu pai ainda dispunha de muitos meios para se recuperar de uma maneira honrosa, se não tivesse escolhido o caminho da autopiedade, da derrota, da negligência.

Não posso fazer nada em relação a isso, penso, muito descontente.

Ele vai me ajudar a sair da Rue Fondaudège antes que ela acabe comigo ou se enrole de repente em si mesma e me sufo-

que em seus anéis, sozinha não sairei nunca, a Fondaudège parece querer se vingar não sei de quê!

Decido apertar a campainha. É o que eu fazia quando voltava tarde da escola, para ter o prazer de ouvir os passinhos do meu coraçãozinho, de vê-lo abrir a porta, lançar-se nos meus braços, aninhar-se junto a mim, embora nessa época já não fosse tão pequeno. Meu filho parece ter esquecido tudo isso, no entanto, penso quase triunfante, sua alma de hoje é feita do amor louco que ele tinha então por mim, que o fazia agarrar-se ao meu peito por tanto tempo que eu precisava afastá-lo docemente para entrar no apartamento, sua alma de hoje, tão fria em relação a mim, é feita disso também!

Eis o que amei tanto em Lanton, o namorado do meu filho. Ele não se envergonhava de me abraçar por longos minutos, quando eu ia visitá-lo na delegacia, nunca disfarçou que tinha a maior afeição por mim – eis o que tanto amei em Lanton, a inocência de suas manifestações de ternura.

Coisa pueril? Tolice? Uma forma de inconveniência? Como meu filho, ao lado, parecia constrangido, ridiculamente sarcástico e distante.

Toco uma segunda vez a campainha e, quando já estou indo embora, ao mesmo tempo aliviada de não encontrar meu ex-marido e inquieta de me ver de novo às voltas com a Rue Fondaudège, a porta se entreabre. Ele murmura, alarmado:

– O que foi?

– Não tenha medo, sou eu – digo, pondo meu rosto na abertura para tranquilizá-lo.

Ele recua apressado, como se diante de uma aparição ameaçadora.

– O que ainda quer de mim?

A voz é enferrujada, incômoda, mas mesmo assim, mesmo corroída pela ansiedade e pelas desilusões, ela vibra no meu ouvido de um jeito íntimo, familiar, trazendo imediatamente à lembrança todos os momentos em que ele se dirigiu a mim com doçura e abandono. Embora eu não queira rever o lugar onde vivemos juntos, com nosso filho, me ouço perguntar:

– Posso entrar um pouquinho?

Não foi aí que vivi o melhor da minha existência? Nós três na Rue Fondaudège? Então, de má vontade, meu ex-marido abre um pouco mais a porta e me deixar entra naquela que é, de fato, a minha casa.

O que fizemos dele **18**

Ele me guia ao longo da rua me segurando pelo pulso, e não posso deixar de pensar que não é que ele tema que eu fuja, tampouco para se reaproximar de mim, mas talvez simplesmente para evitar que me aconteça uma desgraça nesta rua que parece querer me extraviar, mesmo que, penso, numa rua onde não passa bonde sejam poucos os riscos de acidente intencional que vise a minha pessoa.

Hesito em perguntar a ele, que anda de bonde, se observou como este busca atentar particularmente contra a vida de algumas pessoas. Guardo minha pergunta. Por que me abrir com ele, por que dar ao meu ex-marido uma confiança que ele se apressará em trair? *Porque desejo isso com todo o meu ser, porque gostaria tanto de voltar àquela época da Rue Fondaudège, em que cada um julgava impossível qualquer mentira vinda do outro, tanto assim que, quando comecei a mentir ao meu ex-marido sobre o Ange, nem me dei conta de que mentia, inconscientemente convencida de que era incapaz de falsidade, assim como ele.*

Avançamos na umidade glacial e no persistente cheiro de lodo que envolve a cidade. Meu ex-marido deixa escapar um breve riso de espanto.

– Realmente – ele diz –, não compreendo como pôde se perder. Veja, aí está a Place de Tourny, nada mudou.

– É porque você está aqui – digo com força. – A geografia dos lugares só se modifica quando estou sozinha. É muito lógico, não?, se são sinais dirigidos a mim. Mas não consigo decifrá-los.

Ele tosse um pouco, com dificuldade. A saúde dele não está boa, sinto pena.

– Você não vai parar de engordar? – ele pergunta, brutal.

– Não é problema seu – digo, ofendida. – Acho que na casa do meu filho vou me alimentar de uma maneira mais saudável.

E mais que depressa, para impedir que ele prossiga nessa conversa sobre a minha gordura, acrescento:

– Parei de menstruar, a menopausa está começando.

– Tem certeza?

– É evidente – digo, irritada.

– Pode ser outra coisa – diz o meu ex-marido franzindo a testa.

Nesse instante, quando paramos diante da fonte da Place de Tourny, sob as tílias cujos ramos nus se ocultam na bruma, vejo Noget caminhando na nossa direção. Meu ex-marido também o viu.

– É Richard Victor Noget! – diz ele, estupefato.

– Você conhece?

Ele me olha incrédulo.

– Você não?

– Conheço desde que passou a vir a nossa casa diariamente – digo baixinho –, desde que nos prepara refeições e cuida do Ange como um carcereiro sedutor cuida do prisioneiro. Não o conhecia antes de ele se introduzir na nossa vida.

Não me atrevo a revelar ao meu ex-marido que, quando tudo corria bem comigo e com o Ange, nosso vizinho Noget nos inspirava horror e desprezo. Não me atrevo a confessar, sentindo que ele teria dificuldade para acreditar em mim e ficaria pasmo, pois seu olhar timidamente fixo em Noget está cheio de respeito.

Pergunto, contrariada:

– E você, de onde conhece esse Noget?

– Sei lá! Todo o mundo conhece. Acho que ele escreveu uns livros.

– Então como se explica que seu nome nunca tenha significado nada para mim e que eu nada soubesse dele antes de, por assim dizer, ele se instalar na nossa casa?

Meu ex-marido volta os olhos para o meu rosto. Seu olhar parece oblíquo dentro dele mesmo, velado numa nuvem de circunspecção, perturbação ou modéstia que me toca o coração porque o conheço muito bem; esse homem envelhecido, enfraquecido, outrora tão amado por mim, tantas vezes se refugiou atrás da súbita opacidade de um olhar para dizer, sem ser forçado a falar, que eu fizera uma pergunta inapropriada, ou absurda, ou tola, que não era da competência dele e que ele não queria nem tentar responder.

Mesmo assim ele diz:

– O seu problema é que você só conhece o que quer conhecer.

– Mas eu não fiz nada para não conhecer esse Noget – digo. – Não é minha culpa, afinal, se o acaso quis que meus olhos nunca topassem com seu nome. Ele já apareceu na televisão?

– Claro – diz o meu ex-marido, com uma ponta de irritação.

– Não temos televisão – retruco.

– Esse é o problema – diz o meu ex-marido.

– Bom, é assim que é.

E encerro a conversa num muxoxo, consciente da minha má-fé. Ficamos calados então, imóveis um diante do outro (duas partes separadas, isoladas, de um mesmo coração que outrora bastava para o peito dos dois, e agora ressequidas, perdidas cada uma do seu lado, mas ainda unidas apenas pelo ressentimento e pela consciência pesada), até que Noget, com seu passo ligeiro, nos alcança.

Com uma subserviência que me deixa ouriçada, meu ex-marido se inclina na direção dele.

– Estou muito orgulhoso... muito feliz... de vê-lo – murmura. – Sou o ex-marido de Nadia.

– Muito prazer – diz Noget, caloroso. – Vim procurar a senhora – ele me diz –, imaginando que podia ter problemas para encontrar o caminho. Mas vejo que já tem um guia.

Os dois riem, meu ex-marido de um jeito obsequioso, Noget com escárnio. Despeço-me do primeiro com um breve aceno de cabeça e me afasto sem esperar o segundo.

A Rue Esprit-des-Lois está à minha frente, no final da Place de Tourny, vejo bem o letreiro do salão de beleza que marca o seu começo. Por que então essa impressão, forte como um aviso, de que a rua vai se furtar diante de mim?, de que, se eu entrar sozinha, conduzida por ninguém, a rua vai adivinhar e tentar se subtrair à minha identificação, se apagará ou se torcerá ou ainda, como a infernal Fondaudège, se estenderá até não poder mais, até literalmente me matar?

Entro depressa na rua, para surpreendê-la. Caminho com passos curtos, muito ereta, o olhar bem longe lá adiante, como se eu limitasse assim os riscos de me expor à incompreensível (pois amo tanto minha cidade) suscetibilidade dos elementos. E ao mesmo tempo que avanço desse jeito, hipocritamente, tentando passar despercebida pela própria rua, sinto o peso da minha carne apertada no colete, ouço o ruído dos meus passos. Sorrio um pouco e penso: Corpulenta como é, você quer varar o ar com a precisão de uma lâmina afiada!

Penso no meu ex-marido, que continua morando no apartamento que era nosso e que legalmente agora é meu, sem que eu possa tirar disso um verdadeiro prazer nem um sentimento legítimo de triunfo, pois há legalidades que não são justas, e nesse caso não posso me cegar a ponto de sentir a satisfação do direito. Realmente, isso não é possível, penso, com uma ponta de orgulho da minha honestidade intelectual.

Na verdade, até minhas pernas me levarem ao meu antigo prédio, eu havia esquecido, ou banido num canto jamais visitado da memória, o fato de que a moradia do meu ex-marido me pertence. E quando o Ange, que tem o espírito prático, queria me lembrar que os cheques do aluguel não estavam mais chegando, eu respondia mais que depressa:

– Nem me fale disso!

Fingia uma irritação tão grande contra o meu ex-marido que ficava com medo de perder totalmente o controle se o Ange me obrigasse a enfrentar essa questão, quando eu queria simplesmente não pensar nela, por remorso, piedade, sei lá.

Penso no meu ex-marido ainda vivendo no apartamento onde passamos, como gosto de lembrar, os anos mais harmoniosos de nossa vida, ele, nosso filho, Ralph, e eu, e murmuro, me dirigindo ao Ralph, cuja carta trituro entre os dedos no fundo do bolso: Você se atreveria a dizer que não foi feliz na Rue Fondaudège, feliz da maneira mais simples que existe? Precisa, hoje, bancar o filho ingrato, queixoso, cheio de recriminações? Fui uma mãe comum, bastante escrupulosa, respeitavelmente amorosa; por que então querer que eu assuma o papel de uma irredutível inimiga contra a qual você tem a coragem de lutar ano após ano, e não com o objetivo de me destruir ou me expulsar da sua vida, mas simplesmente, ah, é a impressão que tenho, de oferecer o espetáculo de um combate, de expor uma pretensa bravura? Você gosta, eu suponho, de dar a entender: Minha mãe é uma pessoa terrível! Mas o que fiz de tão ruim que, afinal, depois de tanto tempo, não se possa esquecer? A possibilidade de que meu filho ainda me reprove por eu ter abandonado seu pai em troca do Ange me deixa furiosa.

E penso no meu ex-marido ainda vivendo no apartamento onde eu estava há menos de uma hora, pela primeira vez desde que fui embora, sentada à sua frente na sala ainda marcada pela atmosfera, a dele, que me esforcei por mudar, ou atenuar, quando vivíamos juntos, e que não posso definir melhor senão desta maneira: provinciana e proletária. Sim, sou de Bordeaux, nunca vivi em Paris. Por que desprezaria a província? É tudo o que conheço e amo. Mas temo acima de tudo uma certa inércia satisfeita, uma falta de renovação, um completo desconhecimento da moda em matéria de decoração e mesmo do que já se pode fazer após uma década, um entulho de objetos pretensiosos, de móveis idiotas, uma atordoante mistura de estilos de todos os cantos do mundo. E foram esses gostos e hábitos do meu ex-marido, que na época consegui, não sem tato, expulsar da nossa vida conjugal, que tornei há pouco a encontrar no apartamento que era o nosso, como se, ao ir embora, eu tivesse levado sem querer as sutis transformações que minha influência exercera sobre a personalidade do meu ex-marido, sobre sua educação, seus costumes.

Tornei a encontrar essa deprimente disposição de espírito dona do lugar (cortinas opacas puxadas com cuidado diante das janelas, cadeiras guarnecidas de almofadas baixas presas por um cordão, mesa baixa com vidro fumê sobre um tapete ornado de motivos chineses, pufes marroquinos etc.), quando, aterrorizada por minha intransigência, ela não se manifestara no tempo em que eu vivia com meu ex-marido.

Conheço bem essas maneiras, essas aspirações! Embora as deteste, elas ainda têm a capacidade de me comover quando pegam minha sensibilidade de surpresa, e por isso, há pouco, na triste sala do meu ex-marido, o desânimo me deixou muda, mas também o fato de perceber que a sua educação soubera vencer o meu ensinamento.

Você sabe, fui educada como você, eu costumava dizer outrora ao meu ex-marido, para lhe mostrar que era sempre possível superar a influência da ignorância, do mau gosto, tal como, em minha opinião, acontecera comigo.

Não quis que ele conhecesse meus irmãos e irmãs, nenhum dos meus parentes. Não vai gostar deles, eu dizia. Mas, ao contrário, eu temia que ele os achasse simpáticos como parece que são. Temia que o contato agradável e emoliente com eles reforçasse de modo insidioso a inclinação do meu ex-marido para a vulgaridade, temia que o convívio com essa gente desprovida de refinamento desfizesse meu trabalho de elevar o coração do meu ex-marido, *seu coração devotado mas informe, seu coração rude*, e que, dos meus laços com essa família, ele tirasse um argumento infantil para justificar a inclinação que tinha em comum com ela.

Meu ex-marido era uma alma simples, franca. Nunca pôde compreender o ódio frio que eu votava ao meio do qual saíra, nunca pôde conceber claramente uma coisa assim, pois não ignorava que, apesar de tudo, eu fora criada com gentileza, com benevolência.

O ressentimento em relação a pais que nos trataram corretamente, mas cujo modo de vida odiamos, ele não podia compreender. Minha recusa de me aproximar do bairro de Aubiers, onde passei a infância, de suas ruas com longas filas de casas e calçadas em mau estado, ele também não podia compreender. É, meu ex-marido continuou sendo, apesar dos meus esforços, uma alma simples.

E o que posso fazer quanto a isso, eu? digo-me a meia-voz, ainda furiosa com meu filho. Devia suportar que ele considerasse o meu trabalho com a condescendência de quem acha que o ofício de professora é só uma maneira agradável de ocupar dias meio longos?, ou que ele visse televisão o domingo inteiro, insistindo que eu me sentasse a seu lado para não ficar sozinho, para não rir sozinho ao assistir aos programas recreativos que apreciava, a ponto de parecer irritado quando constatava que meus lábios nunca esboçavam o menor sorriso, que permaneciam fechados e apertados de desdém diante daquelas asneiras?

O Ange e eu nunca vemos televisão, digo mentalmente ao meu filho. Devemos nos envergonhar desse comportamento?, devemos nos envergonhar de ter até um certo orgulho disso? Realmente, meu querido, realmente, meu coraçãozinho, eu acho que não.

Caminho agora com mais confiança, reconhecendo com o canto do olho cada casa, cada loja por onde passo.

E cada uma me aparece mais ou menos instantaneamente, no lugar onde sei que deve aparecer e na ordem habitual. Tudo está inalterado.

No segundo bolso do meu colete, sinto sob os dedos as pontas do meu talão de cheques. Sim, digo a mim mesma pensando no meu filho, fiz um cheque para o seu pai, mas isso não me deu prazer, isso me contrariou, pois me incomoda a chantagem emocional que você faz comigo, e não tenho razão nenhuma para dar dinheiro a um homem que me deve, a cada mês, sempre mais.

O que não confesso ao meu filho, nem em pensamento, é que tenho cada vez mais dificuldade de sacar meu dinheiro, agora que, não tão jovem, estou mais rica do que nunca. Não se trata do meu ex-marido em particular. Aliás, admito que o espoliei, é, sim, repito meio aborrecida, de nada adiantaria negar isso agora. O divórcio foi uma vigarice que me beneficiou. Mas o fato é que estou me transformando aos poucos numa avarenta, penso. *Por influência do Ange? Deve-se explicar toda mudança de caráter pela influência de alguém?* Ah, como é difícil combater em si mesmo, *no velho coração amesquinhado*, a repulsa de tocar, mesmo de forma provisória e ínfima, no maravilhoso pé-de-meia, o desânimo absurdo diante da ideia de que toda entrada de dinheiro contribui não para aumentar a fortuna, mas para neutralizar despesas, a pequena palpitação de ansiedade que sinto agora, e que reconheço em seguida, no instante em que devo decidir uma compra, ansiedade que se transforma numa onda de prazer irradiado em cada parcela do meu corpo quando consigo evitar ou adiar essa compra.

O Ange e eu também somos parecidos nesse ponto. *Ou você achou necessário ser como ele?* Ele só compra o que não pode deixar de comprar, após complexos cálculos interiores nos quais a necessidade de determinada aquisição deve rivalizar com a alegria que ele sente em renunciar a toda compra.

Também sou assim. O Ange e eu nos damos muito bem. Pois sentimos, sem dizer, a mesma beatitude no sacrifício de um prazer imediato e fugaz em favor de uma felicidade duradoura, profunda, na qual nos mergulha a representação mental do nosso bem. Há um gozo em privar-se, penso ao chegar finalmente à entrada do nosso prédio, quando nada nos obriga a não ser nossa própria vontade. Lembro que o Ange e eu sentimos às vezes uma espécie de embriaguez eufórica quando, após longa hesitação diante de uma roupa bonita, de um livro para Gladys ou Priscilla, de um cinto para o meu filho ou, mais seguidamente, para Lanton, saíamos de uma loja de mãos vazias e com a carteira cheia; e como confessar, sem corar, que nos sentíamos então os donos da cidade, controlando tão perfeitamente nossa cobiça, nossos impulsos, nossos caprichos que sabíamos tirar da sua não satisfação um deleite bem maior que o da sua satisfação?

Tudo isso é a mais estrita verdade. Tanto assim, penso, lembrando ainda do meu filho com irritação, que foi penoso dar aquele cheque ao meu ex-marido, muito mais penoso do que pode imaginar quem não conhece a avareza. No início ele não quis aceitar.

– Não preciso do seu dinheiro – resmungou sem muita convicção.

O apartamento cheirava a miséria, a renúncia sem alegria. Ele mesmo, o meu ex-marido, estava muito magro. Disse que estava pensando em tentar a sorte na Espanha. Depois, como se mudasse de repente de ideia, estendeu a mão para o cheque, pegou-o sem agradecer e murmurou:

– Olha, isso vai me ajudar a recomeçar, pode estar certa.

Brutalmente despojada do cheque quando me preparava, com algum alívio, para recolocá-lo no bolso, me senti trapaceada. Percorri com um olhar descontente as paredes amareladas, os móveis modestos de madeira clara.

Meu ex-marido conservou a cabeleira abundante – agora grisalha, mas ainda em cachos sedosos. Voltei a me ver penteando o cabelo dele com os dedos, puxando os nós para ouvi-lo se queixar, rindo – a mesma cabeça, os mesmos cachos então castanho-claros, a mesma boca larga da qual saíam apenas, devo admitir, palavras marcadas por uma bondade sem afetação, sem consciência. É sim, é verdade, meu ex-marido foi na época a melhor pessoa que já conheci. Eu gostava de oferecer todo tipo de coisa a ele, de dar presentes que deviam compensar a grande diferença de gentileza que havia entre nós, pois mesmo antes de eu conhecer o Ange, quando ainda tinha o coração inocente e o espírito livre de qualquer segredo, sentia-me naturalmente menos íntegra, menos límpida que o meu ex-marido, como se eu tivesse intuído a traição antes de haver a menor razão para pensar nela, como se meu coração mais avisado tivesse pressentido que o destino de tamanha bondade, de um coração tão idiota, era serem violentados, lançados no estupor e na amargura, sim, como se não houvesse nada mais ultrajante, nada mais embaraçoso na pessoa que se ama do que sua ignorância dos pensamentos errantes, às vezes maus, e das ambivalências.

Diante dele, em sua sala de pobre coitado, eu disse a mim mesma: Senti tanto prazer em comprar as coisas que ele amava, e agora me aborreço por ele aceitar finalmente esse dinheirinho que ofereço a contragosto.

Foi como um ofuscamento de vergonha. Meu ex-marido, agora desiludido, desconfiado, mau, não percebeu nem assim minha reticência, a feiura da minha esmola.

Pois não foi um dinheirinho ridículo, calculado exatamente para que eu nem sentisse dar e que é quase como se não tivesse dado nada?

Voltei a me ver naquela mesma sala, então elegante e alegre, ofuscada como agora, não de vergonha ou remorso, mas de encantamento, de uma incompreensão fascinada diante da sorte de ter como marido esse homem que eu amava tanto, e como filho esse gracioso menino cujos olhos postos em mim se agitavam de inquietação só de pensar que eu pudesse deixar o quarto sem que ele notasse.

E esse homem era bom e íntegro, e essa criança morria de amores pela mãe, e a grande beleza do meu ex-marido, como nos contos que eu lia ao nosso filho, parecia ter sido concedida para ilustrar essa bondade, para traduzir em sinais ostensivos essa integridade excepcional que ele tinha sem saber. Uma pequena lasca de sofrimento se alojava às vezes no meu coração jovem e meio selvagem, interrogador e tímido, quando uma ausência prolongada me fazia redescobrir a beleza do meu ex-marido. Ela me chocava literalmente, e eu ia ao encontro dele numa hesitação de dor que certamente me dava um aspecto frio e rígido.

Meu ex-marido não se interessava por seu esplendor físico, ele o ignorava. É que ele é tão rude que nem sequer percebe, eu pensava às vezes, desconcertada. Mas eu sabia que não era isso. Meu ex-marido fora cumulado de dons. E recebera igualmente a impossibilidade de avaliá-los, como que para exaltá-los ainda mais.

O que resta de tudo isso?, eu me perguntei, sentada diante dele na sala miserável. O que resta desse amor, dessa aliança íntima, longa, de todas as palavras que dissemos um ao outro e que implicavam, para fazer sentido, estarmos ligados ainda hoje?

O que resta da paixão que meu filho tinha por mim?

Na época não percebi, pensei, mas a sombra do Ange já obscurecia ligeiramente essa sala na qual nós três vivíamos alegres e serenos, estava ali, agachada num canto, modificando nosso futuro, pois não percebi naquele momento, é verdade, mas meu coração batia em retirada, imperceptivelmente, mais sabedor, mais diverso e mais cético.

Hoje meu ex-marido é um homem medíocre, arruinado. A beleza o abandonou de vez, ao que parece, quando aquela gentileza infinita se transformou em desconfiança e escárnio, em agressividade e estupidez. Hoje eu sou, eu... Ah, eu vivo muitíssimo bem, penso. Ao contrário dele, não perdi nada, pois me casei de novo, com um homem extremamente parecido comigo. *Sou feliz, feliz, feliz.*

Como um silêncio pesado se instalou entre nós, perguntei ao meu ex-marido:

– Foi você que quis não trabalhar mais, ou...

– Ou o quê?

– Ou foram os clientes – continuei, me retorcendo de tanto mal-estar – que deixaram de te procurar?

– E por que isso agora? – ele disse com seu jeito medíocre, contrariado.

Não se dá conta de nada, pensei, estupefata. Não entendeu nada da situação – ou será que faz de propósito?

– Têm acontecido coisas estranhas de um tempo para cá – eu disse. – Deve ter notado. Não vejo por que você não teria sido atingido. O Ange e eu tivemos que abandonar a escola.

Ao dizer essas palavras, meus olhos se encheram de lágrimas.

– Essa história de escola não me interessa – disse meu ex-marido. – Não sei do que você está falando. Sabe muito bem por que parei de trabalhar depois do divórcio.

Meu advogado, que ficou meu amigo (ele até veio brindar conosco ao nascimento de Souhar), disse que o jeito como meu ex-marido fingia a depressão e a queda no alcoolismo para tentar me comover, me influenciar, era particularmente deplorável e ridículo.

– É preciso deixar que ele vá até o limite da sua crise de ciúme, como uma criança – disse o Ange.

E foi isso que eu mesma passei a pensar, respaldada pelo Ange e por meu advogado, ambos homens ponderados.

– Afinal, precisava ficar tão abatido assim – eu disse, me forçando a sorrir com ironia. – Só porque te abandonei?

Meu ex-marido não respondeu. Seus olhos pousaram automaticamente no meu rosto (devastado? balofo?), no meu peito, que a posição sentada, meio afundada, devia fazer parecer ainda mais largo e volumoso, e adivinhei o pensamento de espanto que lhe cruzou o espírito: Será possível que essa mulher, irreconhecível, tenha me feito sofrer como eu sofri?

Não pude deixar de exclamar:

– Você também mudou.

Mas ele não disse nada, e foi como atacá-lo assim de graça. Ele passou a mão na testa num gesto cansado.

– Não – ele murmurou –, nunca entendi por que você foi embora. Achava que éramos felizes, não éramos? Mas isso agora não importa mais. Está morto e enterrado, não é?

Por um segundo imaginei nós dois sentados como estávamos naquele instante, mas numa vida que teríamos continuado juntos, simplesmente conversando após um dia de trabalho, fora do alcance da sombra ameaçadora do Ange, na clareza plena de nossas almas gêmeas, fundidas uma na outra. *Teria o mal se abatido sobre nossa cabeça, teria o ódio nos cercado de todos os lados se eu não tivesse ido embora com o Ange? Mas como meu ex-marido teria nos protegido? Graças a sua intransponível aura de bondade?*

– Você sabe muito bem – eu disse suavemente – que temos os mesmos gostos, as mesmas opiniões, o Ange e eu. Várias vezes te convidamos, não é verdade? Fizemos tudo para tentar criar uma relação de amizade com você. Mas essas mãos estendidas, você sempre recusou.

Não acrescentei o quanto achei admirável no Ange, na época, a largueza de espírito que o levou a querer acolher e consolar o meu ex-marido, caído então no desespero e no ódio, ao que parecia. Foi para provar que esse desespero era falso, ou pelo menos muito exagerado, que o Ange insistiu tanto, em vão, que nos aproximássemos dele? Foi o que me perguntei de repente, tantos anos depois, sentada numa cadeira florida de armar, no aposento vulgar e descuidado em que se transformara a encantadora sala em que tínhamos vivido, e isso por causa do espírito grosseiro do meu ex-marido, dos seus hábitos atávicos. O Ange não teria suportado passar um dia numa sala mobiliada e decorada desse jeito, pensei em dizer, irritada com ele, com a candura do seu sofrimento – e pensei em dizer também: A vida é mais complexa do que você imagina, ah, é muito fácil ser ingênuo.

No entanto, pensei, no entanto... E voltou aquele remorso surdo que na época pesou sobre minha nova vida amorosa, a vaga consciência de que o Ange e eu tínhamos, de algum modo, manchado meu ex-marido, sem querer – ou querendo? Me pareceu então, de um jeito meio confuso, que ao enganar e ferir meu ex-marido, e depois tentar atraí-lo para nossa casa, para nosso apartamento discretamente luxuoso, tivéssemos profanado, não sem um certo prazer, uma coisa que nos excedia e nos irritava.

E o que era isso? Uma forma de santidade? Mas o Ange e eu tínhamos horror de palavras como essa, de tudo mesmo que essas palavras designam.

É bem possível, penso, parada diante do prédio da Rue Esprit-des-Lois, hesitando em empurrar a porta e entrar, é bem possível que tenhamos feito do meu ex-marido um homem amargo e ruim, capaz, por exemplo, de fazer intrigas para separar nosso filho de Lanton, por puro egoísmo, por tolice e intolerância, pois não tinha uma animosidade particular em relação a Lanton. É como se a gentileza absoluta daquele a quem ainda não se fez mal, penso, a partir do momento em que a situação se modifica, só pudesse se transformar numa cruel estupidez, por causa da amargura, da desilusão. Assim o meu ex-marido talvez fosse menos medíocre se não tivesse sido tão gentil, penso. Não é o suficiente para demonstrar que ele não era nenhum santo? Pois se fosse teria permanecido o mesmo, ferido ou não. Teria até se tornado melhor por ter sido ferido, desonrado.

– Era para zombar de mim que ele queria que eu fosse à casa dele – disse o meu ex-marido, falando do Ange.

– De jeito nenhum – respondi, chocada.

– Ele queria te mostrar, com uma prova viva, que eu era um imbecil. Devia achar que você não estava bem convencida. Teria feito perguntas sobre diversos assuntos que eu seria incapaz de responder e que, segundo os critérios dele, me deixariam humilhado – disse ainda o meu ex-marido, calmo, seguro de si, quase indiferente.

Ao dizer isso não se mostrava rancoroso nem cáustico, simplesmente um observador que quase não se surpreende, e então vislumbrei por baixo da máscara de aflição, de velhice precoce, um brilho perturbador da sua aparência de outrora, do seu ar tranquilamente radioso. *E ele teria continuado assim, sem que nada se alterasse, se o Ange e eu não tivéssemos...*

Como que em desespero de causa, embora não houvesse mais nada a defender ou a ganhar, com as unhas enterradas na palma das mãos, me inclinei sobre aquele canapé horroroso para me aproximar do rosto do meu ex-marido e sussurrei, quase numa súplica:

– Mas você sabe muito bem que... enfim, o que há no fundo de tudo isso é que... eu não te amava mais!

Ele abriu as mãos, olhou para elas com um breve sorriso. Levantou a cabeça, e vi de novo aquele que ele teria sido, aquele que ele deveria ter sido se nós tivéssemos permitido.

– E então? – disse meu ex-marido, sorrindo, gentil.

Mas seu rosto logo voltou à situação atual, fechou-se, enfezado. Ele deu uma risadinha seca e boba, maníaca.

– Quer dizer então que a demitiram da escola, hein? O que foi que você aprontou para chegar a isso? Mesmo os piores de vocês dificilmente são mandados embora.

Decididamente ele não faz ideia do que se passa, pensei, ao mesmo tempo cansada e desconcertada. Como se estivesse diante de um aluno com um retardamento mental considerável, eu não sabia por onde começar.

– Você não faz a menor ideia da situação – eu disse, hesitante. – Você mesmo, coitado... quem é que se dispõe a te dar emprego agora? Na Place de la Bourse ou na des Quinconces, ninguém, tenho certeza. Você está marcado, como o Ange e eu. Acha que a única saída é o exílio, acha também que não trabalha mais porque fez por isso ou porque ficou tão deprimido que não conseguiu mais trabalhar, em suma, acredita em razões pessoais, mas não é nada disso. Você é um daqueles que ninguém mais aguenta ver na cidade. Com o Ange e comigo é a mesma coisa. Ah, pergunte ao Lanton, se não acredita. E digo mais.

Eu me inclinei na sua direção até roçá-lo com meu hálito. Ele recuou delicadamente, perturbado, incomodado. *Será que agora lhe causo repulsa? E quem é ele para sentir repulsa por mim?*

– Nem a cidade – prossegui –, você vai ver, nem a cidade nos quer mais. Não sei como explicar: ou ela se contrai para nos expulsar, ou se dilata monstruosamente para nos extraviar, ou ainda, como vi com meus próprios olhos, se transforma para que a gente não a reconheça.

Meu ex-marido me olhava em silêncio. Tinha um ar reservado, embaraçado. Eu me senti corar.

– Por favor – eu disse –, não venha dizer que estou louca. Não venha dizer que devo estar estressada, que deveria consultar um psiquiatra. Pergunte ao Lanton, ao Ange, você vai ver.

– Hum – ele fez.

E se esforçou para exibir uma expressão neutra, vagamente indiferente.

Levantei, profundamente desanimada, e caminhei até a porta de entrada, bem consciente do meu andar pesado, estorvado (as coxas roçando uma na outra, os joelhos grossos se esbarrando, a cintura apertada no colete), mas com frieza, pouco ligando para o que ele pudesse pensar. No momento em que pus a mão na maçaneta, meu ex-marido me alcançou.

– Venha ver – ele me disse com uma voz ávida, velada.

Após um segundo de hesitação, pegou meu braço e me levou até o antigo quarto do nosso filho. Abriu a porta e recuou um passo, cheio de orgulho. Realmente, penso, empurrando enfim a porta da Rue Esprit-des-Lois para subir e ver o Ange, realmente, coitado, que homem miserável. Sinto de novo uma quentura no rosto, mistura de vergonha, ciúme, incompreensão, e no saguão do nosso prédio sou obrigada a parar, agora, para reduzir a frequência das batidas do meu coração, *meu coração escandalizado e ultrajado.*

– Um perfeito quarto de criança, não é? – disse o meu ex-marido.

Ele parecia não estar com paciência para ouvir minhas exclamações de admiração e me deu um leve empurrão nas costas para me fazer entrar completamente no quarto, que nosso filho habitara por quase vinte anos, que enfeitara com múltiplas imagens de seus ídolos sucessivos, do ursinho Winnie a Kurt Cobain, pedindo, durante muito tempo depois de sair do apartamento, que nada fosse mudado naquele quarto onde não se privou de fazer amor com Lanton, de quando em quando, depois de jantarem os dois com meu ex-marido, de modo que ele parou de convidá-los, para grande alívio dos três, suponho.

Isso não se faz, eu disse a Lanton, achando graça apesar de tudo, vocês dois se beijarem ao alcance do ouvido dele e ainda por cima num quarto de adolescente.

Lanton deu aquela risada leve e inocente de que eu gostava tanto, corando de um jeito adorável. E, como para desculpar meu filho, confiou-me, meio constrangido mas com uma ponta de orgulho, que fora ele, Lanton, que tivera a ideia desses beijos no quarto virginal, depois da janta preparada sem muita habilidade pelo papai (era como ele chamava meu ex-marido), pois meu filho jamais teria levado alguém para sua cama, muito pequena, aliás, para o corpo comprido de Lanton.

Agora o quarto tinha as paredes cobertas de um papel rosa de listas finas *ton sur ton*, no chão um tapete rosa-escuro, com um monte de bichinhos de pelúcia, escolhidos, ao que parece, por sua cor rosa variando do mais pálido ao púrpura. Um pequeno berço de madeira branco, com um dossel de cetim rosa, estava colocado sob a janela pela qual pude avistar as fachadas tristes, brumosas, da Rue Fondaudège.

– Mas então você não sabe – eu disse espontaneamente – que não se deve pôr o berço da criança junto da janela? Imagine se ela fica de pé, bate na vidraça com as mãozinhas, passa através dela e cai de uma altura de três andares...

Os olhos do meu ex-marido se arregalaram, angustiados.

– É verdade, você tem razão – murmurou.

Entendi que ele hesitava, por orgulho, em mudar imediatamente de lugar o pequeno berço.

– Quer que eu ajude a mudar de lugar? – me ouvi propor, espantada comigo mesma.

Foi assim que levantamos o berço da nossa neta, essa Souhar que não conheço, para colocá-lo junto da parede, tomando o cuidado de não marcar o tapete que era mesmo de ótima qualidade, espesso e brilhante.

– Isto é para a princesinha – disse o meu ex-marido, feliz, aliviado. – O que você achou?

A piedade e o que me restava de afeição por esse homem que feri tão profundamente outrora me impediam de responder que eu achava aquela decoração ridícula, desde os pôsteres com bebês nus na relva ou em campos floridos até o rosa uniforme espalhado pelo quarto pequeno. Eu me limitei a perguntar, meio contrariada:

– Onde arranjou dinheiro para toda essa bugiganga?

– Apliquei tudo o que tinha nesse quarto – disse o meu ex-marido com uma simplicidade que me fez lamentar meu tom severo.

Afinal, o que eu tenho a ver com isso?, me perguntei. Então meus dedos tocaram a carta do meu filho amassada no bolso, e uma onda de raiva quase me revirou o estômago. Ah, estou entendendo, exclamei dentro de mim, é muito fácil dizer que não se tem nada depois de esbanjar o que se tinha!

Saí rapidamente do quarto, enojada com tanta vulgaridade, tanta tolice consumidora.

– Com certeza vai comprar também uma tevê para pôr no quarto dela, só para ela – eu disse quase berrando.

– Sim, será minha próxima compra – disse o meu ex-marido, com a mesma candura quase extática que lhe vinha quando falava da criança.

Suspirei ostensivamente, observando que ele parecia ter esquecido o projeto da Espanha. Tínhamos voltado para a entrada do apartamento. Ouvi então um barulho atrás da porta do meu antigo escritório, um quartinho com vista para o pátio onde eu preparava minhas aulas e corrigia a lição de casa dos meus alunos. Como eu gostava desse escritório! – lembrei, meio triste. Pegando meu ex-marido de surpresa, resolvi dar uma espiada e abri bruscamente a porta do antigo escritório, ouvindo-o, atrás de mim, gritar que eu não fizesse isso, de repente nervoso.

E agora, no saguão do nosso prédio, ofegante, me pergunto: contarei ao Ange o que vi naquele quartinho? Será que ele vai entender as implicações dessa cena, ou vai zombar dela, já que é tão profunda sua indiferença em relação ao meu ex-marido? Ah, mas não é mais como antes, penso, não posso mais me abrir com o Ange, seja lá sobre o que for, devo ao mesmo tempo desconfiar dele e proteger sua saúde – não existe mais ninguém com quem eu possa falar. (Então só existia ele? É, era assim mesmo, e nos orgulhávamos disso, como se nossa altiva reclusão conjugal, nosso hábito muito polido de escutar o que nos contavam sempre com um ouvido voluntariamente desatento, voluntariamente abafado para não lembrar nada das histórias dos outros, como se esse reduto macio fosse o resultado de um esforço heroico ou a expressão de uma majestade particular, quando na verdade, penso agora, talvez não fosse senão a manifestação de uma doença ilusoriamente transformada em escolha!)

Não, penso ainda com melancolia, não contarei ao Ange que voltei a ver Corinna Daoui e, principalmente, que voltei a vê-la onde nunca teria imaginado que ela pudesse pôr os pés, que ela ousou expor sua pessoa revoltante, obscura, vil, no quartinho sóbrio e delicado que me serviu outrora de escritório, onde ninguém, nem mesmo o meu ex-marido, tinha autorização de entrar na minha ausência, a tal ponto que o nosso filho chamou por muito tempo esse lugar "o sagrado escritório da minha mãe".

Pode imaginar uma coisa dessa?, eu perguntaria ao Ange. Tantos anos sem pensar nessa Corinna, sem que sequer roçasse meu espírito qualquer imagem relacionada a Corinna ou, mais precisamente, a tudo o que ela encarna em minhas lembranças do bairro de Aubiers, para então descobri-la instalada no centro dos meus bens, na Rue Fondaudège, onde nunca pensei que uma Corinna Daoui tivesse coragem de se aventurar, dada a repulsa e o medo que os habitantes de Aubiers, no tempo em que vivi lá, sentiam em relação ao centro da cidade.

Você entende?, eu diria ao Ange, que, sincero, faria que não com a cabeça. Não, ele diria, não entendo por que a visão dessa mulher te deixa tão agitada, pois você nunca se preocupou, e com razão, em saber como vivia o seu ex-marido, com quem e em que quarto do apartamento. Por certo ele mostraria o sorriso gentil, mas distante, involuntariamente condescendente, com que costuma responder a minhas raras evocações da infância em Aubiers, ele, que foi educado na Rue Vital-Carles e, como "verdadeiro bordelês", sente um orgulho natural, evidente, arraigado. Eu me abstive de levar o Ange a Aubiers, e ele nunca me pediu isso. Esse bairro simplesmente não existe para ele, assim como a periferia não poderia pretender fazer parte de Bordeaux, e essa convicção tem para o Ange a inflexibilidade beata e confiante da fé, de modo que ele não tenta persuadir ninguém nem discutir de uma maneira ou de outra a esse respeito, contentando-se em erguer as sobrancelhas de um modo altivo e vagamente divertido, ou em sorrir com complacência quando menciono sem pensar meu passado "bordelês" – você é tudo o que quiser, ele parece dizer, menos bordelesa.

Não, não, penso, plantada no saguão escuro, não me sentindo pronta ainda para subir e enfrentar o Ange, é inútil falar disso com ele, é inútil até mesmo dizer que reconheci Corinna de imediato apesar dos anos, precisamente por causa daquele ar no seu rosto, daquela expressão nos seus olhos que indicam, para um homem como o Ange, e sem que ele tenha consciência, a impossibilidade de se declarar bordelês. Estou certa de que às vezes ele vê esse ar no meu rosto e essa expressão nos meus olhos, que adivinha, fareja inconscientemente, e que ainda vê mesmo quando acredito, eu, cheia de segurança, de experiência, de hábito, ter me livrado deles.

Sou agora uma burguesa respeitável, sempre muito bem-vestida, penteada, maquiada, e falo com bastante fluência, num tom ligeiramente alto, dando muito pouco espaço entre minhas frases. Sei, no entanto, que para o Ange não posso ter ilusões, sei também que isso não importa para ele, pois, embora seja atavicamente apaixonado por fazer distinção entre os verdadeiros bordeleses e os outros, não é um esnobe – o esnobismo é, aliás, uma grosseria pela qual ele sente verdadeiro desprezo. Assim ele poderia achar Corinna Daoui simpática, até mesmo atraente ou curiosa. Mas nunca esqueceria de onde ela vem, e essa diferença entre eles seria como as que separam irremediavelmente duas espécies de seres vivos.

O Ange me ama, é verdade, ele me escolheu e nos casamos. Muitas vezes pensei, porém, que ele se casou comigo porque já tinha atrás de si um casamento, que as filhas haviam sido concebidas e criadas pela mulher adequada e que ele podia então se permitir, tendo cumprido seus deveres, casar com a mulher que simplesmente lhe agradava, sabendo que não haveria consequência nenhuma. Era uma questão só de ser feliz. Comigo ele comprometia só a si mesmo, e não uma família, um bairro, toda uma raça de autênticos bordeleses. Sei também que o Ange ignora tudo isso. Ele foi moldado por essa matéria, por esse modo de ver. Além do mais, o Ange é bom, pois é sereno.

Ah, será que o Ange é mesmo bom? Será que ele não é exatamente o contrário da bondade?

Corinna, sentada diante de um computador, voltou seu rosto arruinado para mim.

– Oi, Nadia! – exclamou num impulso de prazer nem um pouco fingido.

Levantou e logo me abraçou, um abraço americano, profissional, rápido e distante, acompanhado de um ligeiro tapinha nas costas. Ela me olhou sorrindo, a cabeça um pouco inclinada para o lado. – Puxa, você está ótima, rechonchuda como um bebê.

Ainda tinha o sotaque de Aubiers, que logo reconheci, a aspereza da voz, a rugosidade da pronúncia, a ausência de ligação, de suavidade entre as palavras, modulações excessivamente contrastadas, discordantes. Fazia tanto tempo que eu não ouvia esse sotaque de perto que fiquei chocada, como se sentisse um cheiro desagradável. Nem meu ex-marido falava mais assim, desde que saímos juntos de Aubiers para vir morar na Rue Fondaudège.

– Está se perguntando o que estou fazendo aqui, não é? – disse Corinna.

– Não, não – murmurei, assustada com a ideia de que ela pudesse querer me contar o que quer que fosse a seu respeito.

Recuei um passo em direção à porta, não podendo deixar, porém, de dar uma espiada no conjunto do quarto. E o que me feriu intoleravelmente o coração, eu diria ao Ange (mas não direi nada, de que adiantaria?), foi rever meu escritório do jeito que o deixei, sem que nada denunciasse a presença dessa Corinna Daoui no entanto instalada ali por um bom tempo, como me disse meu ex-marido pouco depois. Ela havia se insinuado em minha casa, se enroscado discretamente em minha poltrona, trazendo consigo apenas um computador e a brutalidade quase física do sotaque. Corinna tinha um rosto esquálido, uma magreza patética. Vestia uma espécie de camisola de cetim malva com um dragão nas costas. Meu ex-marido tocou meu braço e disse, com uma impaciência inquieta:

– Bom, parece que você queria ir embora.

Então, maligna, só para contrariar, mudei de ideia.

– Espera um pouco – eu disse –, não tenho pressa.

E, me aproximei de Corinna, que voltara a se sentar diante do computador.

Perguntei:

– Está trabalhando?

– É assim que marco meus encontros – disse Corinna.

E com uma piscadela que encheu de rugas todo um lado do seu rosto, ela disse ainda:

– Você sabe o que eu faço? Ele não te falou?

Virei-me para o meu ex-marido. Embaraçado, contrariado, ele murmurou:

– Profissional do sexo.

– Ainda? Com essa idade? – exclamei.

– Ora, nós duas temos a mesma idade – disse Corinna com uma voz jovial. – Aliás, não era isso que eu fazia antes, de jeito nenhum.

Soltei o ar pelo nariz deliberadamente, como quem não se deixa enganar. Mas no fundo eu não tinha nenhuma vontade de saber se as atividades a que se entregava Corinna outrora, quando morávamos todos em Aubiers, tinham a ver exatamente com prostituição ou não, tanto mais que na época eu achava muito compreensível que Corinna ganhasse a vida do jeito que pudesse, já que não fora bem na escola.

– Eu simplesmente não acredito que você trouxe essa mulher aqui – eu disse ao meu ex-marido quando descíamos juntos a escada do prédio.

Ele parou e murmurou, com a boca um pouco torta:

– E como é que eu viveria sem isso?

– Então é ela que te sustenta?

Eu estava pasma, perplexa. Sem parar para pensar, acrescentei, indignada:

– Não quero mais que me envie um único aluguel, se tinha essa intenção, não quero mais esse dinheiro do... do cu da Corinna Daoui!

– Você nunca falou assim – ele disse.

– Ah, essas velhas histórias!

Eu esbravejava de raiva.

Porque na adolescência éramos amigos, Corinna, meu ex-marido e eu, e porque Corinna, que não frequentava mais a escola, era a única que tinha dinheiro (*e porque ela é também generosa e alegre e gentil*), era naturalmente ela que pagava as idas à piscina (*ela tem o corpo esguio e alto e os membros delgados de um rapazola*) ou ao rinque de patinação. É possível também que tenha nos dado presentes, é muito possível até que tenha nos oferecido roupas e bugigangas, ou mesmo livros, cadernos de espiral e canetas, a nós dois, que estudávamos enquanto ela não. Aceitávamos com prazer mas sem gratidão, pois não gostávamos muito de Corinna. Como ela conseguia esse dinheiro? Sabíamos, sem que ela dissesse. Na época nem cogitávamos, meu ex-marido e eu, que éramos adolescentes pudicos, abordar esse assunto com quem quer que fosse, e nem a própria Corinna falava disso.

Éramos jovens demais para avaliar sua delicadeza. Não gostávamos muito de Corinna, mesmo. Agora, que compreendo o quanto ela era amável e estoica, consigo lamentar a rudeza condescendente com que a tratávamos, nossa cegueira egoísta de colegiais, é, penso nisso com remorso. Mas de jeito nenhum, eu gostaria de explicar ao Ange, isso me leva a ver na Corinna cinquentona, macilenta e malvestida, provavelmente fumante, instalada na minha casa da Rue Fondaudège, outra coisa senão a miserável encarnação do que evitei a vida toda, daquilo a que não devo jamais ceder, nem que seja por compaixão, daquilo que devo mesmo espezinhar, esse passado detestável, se ele ousar atravessar o meu caminho.

– Você, que já tinha se livrado disso, está sendo puxado de volta para esse mundo – eu disse ao meu ex-marido.

Ele respondeu, então, calmamente:

– Você é má, Nadia.

E me perguntou se eu tinha voltado a ver Corinna durante os trinta e cinco anos que se passaram desde Aubiers.

– Não – eu disse –, hoje foi a primeira vez.

– Tem certeza? – insistiu meu ex-marido.

Não respondi. Ele me contou então o que Corinna lhe dissera, que havíamos nos encontrado seis ou sete anos antes, ela saindo da delegacia da Rousselle, onde estivera encarcerada por um dia e uma noite, e eu, Nadia, entrando ali provavelmente para fazer uma visitinha a Lanton (explicou o meu ex-marido). E Corinna, segundo ela, estava então numa situação de tamanha penúria, de tamanha miséria física e moral que não pôde deixar de pegar meu braço e suplicar que a levasse para tomar um café nalgum lugar, ou pelo menos, como imediatamente recusei, que lhe desse uns trocados, pois não tinha dinheiro nem para pegar o ônibus de volta. Eu teria me desembaraçado (segundo contou Corinna, sem rancor) e entrado depressa na delegacia, sem demonstrar com clareza que a reconhecera, mas ela tinha certeza que sim.

Era verdade?, perguntou o meu ex-marido. Não admiti. Disse apenas que não era impossível, que eu não me lembrava de todas as vezes que topei com um velho conhecido em Bordeaux (na verdade isso nunca acontece, pois vivo no centro da cidade e mesmo meus irmãos e irmãs, mesmo os meus velhos pais, não costumam vir lá da periferia, onde moram). Mas me lembro desse encontro, sim, e do pobre rosto contorcido de Corinna, que depois disso revi várias vezes em sonho, com terror. Beber um café diante daquele rosto, ainda que ela prometesse não falar, não contar nada, é algo que estaria acima das minhas forças.

Mas por que não lhe dei logo uma nota de dez euros? Por avareza? Não, não – por quê, então? Foi para não prolongar nem um pouquinho esse instante, para não criar o menor vínculo entre mim e Corinna e para não correr o risco, por exemplo, de ela querer me rever com o pretexto de devolver o dinheiro.

Como tive medo, depois disso, de ver Corinna me esperando na frente da escola! Medo de que conquistasse o Ange, fosse simpática com ele, fazendo-se convidar para ir a nossa casa, para depois explicar a ele, por que não?, o que devo a ela, Corinna, que tornou mais suave minha vida material em Aubiers! *Corinna não teria dito nada disso, pois jamais considerou, na época, que lhe devêssemos algum favor.*

Ou então, acreditando agir bem, ela falaria dos meus pais, desses dois velhos que findam sua existência lá onde a passaram inteiramente, e o Ange ficaria assim sabendo que eles não morreram, como afirmei, e na certa ele não se importaria com o fato de ainda estarem vivos em Aubiers, mas reprovaria minha mentira e eu seria vista então como uma pessoa estranha e insensível.

Pois nunca penso neles, esqueci o rosto e quase até o sobrenome deles, que há muito tempo não é mais o meu, graças ao casamento.

– Não quero mais falar da Corinna – disse ao meu ex-marido enquanto ele me acompanhava pela Rue Fondaudège.

Mas era mais forte que eu. As palavras escapavam sem controle da boca, como se brotassem do meu coração desconcertado, meu coração ciumento.

– Você não se incomoda – perguntei – que Corinna trabalhe bem ao lado do quarto da princesinha?

Meu ex-marido nem quis me responder. Vi que estava contrariado, humilhado. Uma suspeita se apoderou de mim.

– Ela não está se passando por vovó, está? – perguntei. – Ela nem se aproxima da menina, não é?

– Nadia, isso não é da sua conta – respondeu o meu ex-marido.

Ele segurava meu braço. Senti na carne a vibração da sua raiva.

– Não tenha medo, não vou falar da Corinna para o Ralph – eu disse –, não vou contar que uma velha amiga fica navegando na internet bem ali do outro lado da parede onde você cuida tão bem da sua neta.

Vi que ele tinha os lábios apertados e quase brancos no esforço de não responder. Com uma voz adocicada, perguntei:

– Por falar nisso, lembra como se chama a mulher do Ralph? A mãe da menina?

– Você esqueceu?

– É, esqueci – eu disse.

– Yasmine.

– E quem é Wilma? Você conhece?

Ele pensou uns segundos.

– Wilma? Não, não conheço – disse.

Soltei um pequeno ah de surpresa.

Ele não notou. Foi nesse instante, debaixo das tílias cobertas pela bruma da Place de Tourny, que avistamos Noget.

19 Com certeza nunca mais voltaremos a nos ver

Passo a noite anterior à minha partida com o Ange, na nossa cama. Embora sua ferida não pareça mais supurar, está num estado avançado de infecção, que começa a se espalhar ao redor. Toda a carne do Ange parece deteriorada. A pele do corpo está escura, o rosto pálido com reflexos cinza. Como ele começou ter escaras, eu o ajudei a deitar de lado, e é assim que fica agora o tempo todo, bebendo e comendo nessa posição difícil. Isso lhe é indiferente. Para ele fazer suas necessidades, Noget trouxe de sua casa um tacho de cobre, mas o Ange raramente urina ou defeca.

– Esta semana – disse Noget – ele evacuou só uma vez.

O Ange, no entanto, se sente obrigado a comer tudo o que Noget prepara, e são porções consideráveis para um doente acamado. Mesmo assim continua magro, se é que não emagreceu ainda mais. Quase já não fala agora. O ar do quarto está irrespirável. Noget vai de um lado a outro com um desembaraço juvenil, uma alegria crescente. Raspou sua velha barba, o que o rejuvenesceu de tal maneira que meus sentimentos em relação a ele passaram aos poucos da desconfiança hostil a uma espécie de afeição reticente. Parece outro homem. Não tenho instruções a dar antes de ir embora. Tudo o que deve ser feito será feito melhor por ele do que por mim.

De fato, ele vai dar cabo do Ange melhor do que eu saberia fazer.

Eu me contento em indicar como ele deve fazer para que o Ange possa ir até mim quando tiver condições de viajar. Depois de muitos cálculos, deixo três mil euros, em dinheiro.

– Continue tentando – digo a ele – convencer o Ange a aceitar a visita do doutor Charre.

– O Ange tem razão em não querer ser examinado por esse velho cretino perigoso – diz Noget com uma satisfação pouco apropriada.

Pergunto então:

– O que o senhor sabe do doutor Charre?

– O que todos sabem, que ele odeia gente como vocês – diz Noget.

E acrescenta, com uma curiosidade perplexa:

– Nunca procura se informar em lugar nenhum?

– Não – respondo. – O Ange e eu não lemos jornais. Escutamos rádio, mas só as estações musicais, jazz e música clássica.

– É por isso que não sabem nada de ninguém nem do que se passa – diz Noget num tom de censura.

– Vivemos numa sociedade com excesso de informação – digo.

Noget avança a mão e dá um tapinha na minha barriga.

– Então tem um bebezinho aí?

– Eu já disse, é a menopausa! O senhor é estúpido.

Noget dá uma gargalhada sincera, alegre.

– Não acredito nem um pouco – diz.

E, passando bruscamente para um tom grave:

– Em todo caso, não vá procurar esse doutor Charre, ele sumiria com o feto sem dizer nada.

Quando acordo ao lado do Ange, de manhã cedo, ele ainda dorme. Noget já está ali, na escuridão, de pé junto à cama. Diz que o meu café da manhã me espera.

Beijo o Ange nas faces encovadas, nos lábios quentes e secos. Começo a chorar, para meu constrangimento, pois Noget não saiu do quarto.

– É a primeira vez que nos separamos – murmuro.

De repente o Ange abre bem os olhos, me encara com um olhar sem expressão, depois torna a fechá-los, como que exausto por ter me examinado assim.

– Tchau, Nadia – ele murmura. – Mais que tudo, não volte.

– Você é que vai me encontrar, meu querido – digo, devastada pelo sentimento de culpa.

O Ange, ele não me abandonaria – ou me abandonaria? – doente, nas mãos de um desconhecido, exposta ao lento estrangulamento, às constrições insidiosas e inexoráveis de uma cidade enlouquecida, de uma cidade que se comprime para nos triturar. Então é em Aubiers que eu devia ter ficado, junto dos meus pais e do resto da família? É lá que devia estar? Longe do coração assassino?

– Se você tivesse aceitado ser medicado – sussurro no seu ouvido, quase desesperada agora –, ah, meu querido, iríamos juntos...

Ele sacode a cabeça sobre o travesseiro, com lassidão. Depois faz um esforço para aproximar a boca do meu rosto.

– Então, Nadia, está esperando um bebê?

– Não, não – digo mais que depressa –, que ideia! Parei de menstruar, mas é normal na minha idade.

– Melhor assim – diz o Ange.

Vejo que sua imensa fraqueza o impede de acrescentar qualquer coisa. Uma lágrima escorre do seu olho direito, perde-se no travesseiro. Sua pele está tão quente que o rastro da lágrima seca em seguida.

Levanto então e peço a Noget que saia para que eu possa me vestir.

– Não demore – ele diz –, as torradas vão esfriar.

Quando saio do quarto, meus pulmões se dilatam dolorosamente depois de ter ficado contraídos a noite toda na atmosfera pestilenta do quarto. Lanço um último olhar para o Ange. Ele cochila com um ar severo e seus lábios se mexem um pouco, como se repreendesse alguém em sonho.

– É muita coisa, não vou comer tudo isso – digo ao entrar na cozinha.

Vejo que, em vez de torradas, Noget preparou vários *scones* cobertos de manteiga, acompanhados de salsichas fritas e ovos mexidos. Há também uma salada de frutas frescas com nata batida e *madeleines* que ele próprio assa, deixando torrar levemente as beiradas, de propósito.

– É porque está indo viajar – ele diz, com uma gentileza tão bem fingida que me vejo obrigada a engolir o que me serviu e que é muito bom, apesar do meu mal-estar.

Sinto-me pesada, desorientada. Fico assustada só de pensar na rua fria. Peço mais um café a Noget, depois um terceiro. Finalmente ponho o colete, cujos botões já não consigo fechar.

Mas faz calor, faz tanto calor onde o meu filho mora que, chegando lá, é só guardar o colete no fundo da mala e esquecer.

– Vai pegar o bonde? – pergunta Noget, muito amável.

– Vou, é preciso – digo.

E uma onda de calor logo me invade o rosto. Sinto o suor escorrer entre os seios, debaixo da camiseta colante. Tento disfarçar meu medo.

– É preciso, não é? – digo ainda, com uma risadinha, abrindo a bolsa e depois passando um batom rosa nos lábios.

– É, é melhor principalmente não pegar táxi – diz Noget.

– Não costumo andar de táxi – digo.

Mas Noget percebe minha má-fé. Sabe que não chamarei um táxi por prudência, para evitar topar com um motorista que ou me expulsaria do carro imediatamente, ou me conduziria aos confins de bairros misteriosos para que eu me perdesse.

Saio no corredor, com a mala na mão. Estendo a Noget dedos meio rígidos, frios.

– Então, até a volta.

– Até a volta – diz Noget.

No instante em que ele toca meus dedos, sou sacudida por um único soluço seco, violento, que me dilacera o peito.

– Salve o Ange – peço. – Eu suplico, senhor Noget...

– É meio tarde para esse tipo de sentimento, não acha? – exclama Noget, subitamente irritado. – Se não tivesse me desprezado tanto...

– Desculpe, desculpe – digo mais que depressa. – Eu sinto muito, o senhor sabe.

Um grande constrangimento se instala entre nós. Pego minha mala e começo a descer a escada, com dificuldade. Noget não se dispõe a me ajudar. Ouço a porta fechar atrás de mim assim que lhe dou as costas.

A Rue Esprit-des-Lois está escura, silenciosa. Os raros faróis de carros projetam uma luz branca que logo se desfaz na neblina.

Ponho-me a puxar a mala pela alça lateral, e o ruído das rodinhas no calçamento desuniforme me parece que vai acordar a rua inteira, mas as fachadas cheias de fuligem continuam mortas. Calcei minhas botas de salto alto para a viagem. Elas fazem, no piso de concreto, aqueles estalidos que anunciam o crime. Aquele toque-toque tão feminino, tão tentador. Avanço o mais rápido que posso, com o peito oprimido. Mas o martelar apressado dos meus saltos denuncia meu medo e o acentua.

Não posso mais viver nesta cidade. Ela me assusta, me aniquila em fogo brando. Que eu possa ao menos ir embora sem que ela se agarre aos meus pés para me fazer afundar!

Quando chego à Place de la Bourse, estou ofegante. Ali as luzes alaranjadas são tão numerosas e fortes que transpassam a bruma e envolvem a vasta praça, o esplendor frio das fachadas restauradas, feericamente claras, num clarão de incêndio. Essa abundância de sobrenatural me deixa tonta. Uma praça vazia e iluminada desse jeito – ah, mas com que finalidade?, eu me pergunto.

No pavimento novo e branco meus passos ressoam com mais ruído ainda. Eu não poderia estar no centro da arena de um jeito mais evidente. Atravesso a praça com passos curtos, arrastando a mala sacolejante até a parada do bonde. Vejo então, ou melhor, adivinho que ele vem chegando da Place des Quinconces, massa de claridade incandescente, como que aquecida ao máximo por sua própria luz que dilui a neblina ao redor.

Eu me aproximo dos trilhos. Faço um sinal desajeitado para ele parar, pensando ao mesmo tempo que é inútil, que o bonde certamente para em todo ponto.

Mas ele passa direto – tão rápido que a corrente de ar glacial me faz bambear. Dou um passo para trás. Será que ele não viu meu sinal, de tão frouxo?, eu me pergunto. *Mas ele quem? O condutor, que nem sequer avistei, ou o próprio bonde?*

Sento num banco, tremendo de frio. Impossível saber se esse bonde transportava passageiros ou se os assentos estavam vazios. Ele chegou muito depressa, num jorro de luz fulgurante demais para que eu conseguisse discernir qualquer coisa no interior.

À minha frente, para além da avenida e do cais, o rio exala bruma. Posso sentir seu hálito lodoso, o frio carregado do mau cheiro que sobe da água escura.

O ruído sibilante de outro bonde me faz levantar de um salto. Estendo o braço, agito – de novo ele passa direto, de novo numa velocidade extraordinária, a luz esbranquiçada das janelas me ofusca. Depois de algum tempo, um terceiro, e mais outro, logo em seguida, passam rente ao meu nariz, ignorando os meus sinais – nenhum deles para na Place de la Bourse.

Como posso perder o trem se continuar insistindo, desisto. Saio puxando a mala ao longo da Avenue Richelieu. Ainda está muito escuro. Vários bondes passam nos dois sentidos. Depois de andar uns cem metros, eu me viro prudentemente para trás e vejo um bonde no ponto de onde acabo de sair. Alguns passageiros descem, brilhando como tochas sob as luzes da praça.

Todos os bondes param na Place de la Bourse, não é?

Avanço devagar. A estação ferroviária é longe, minhas pernas estão bambas. Pela primeira vez depois de muito tempo, eu me sinto violentamente humilhada.

Pois no momento em que depositei toda a minha confiança no bonde, ele se recusou a me receber.

Sinto de repente uma vontade de acabar com tudo, de voltar agora mesmo para junto do Ange, de me deitar junto dele e mergulhar com ele numa sonolência embrutecida, apenas interrompida pelas entradas furtivas de Noget para nos empanturrar. No entanto continuo a caminhar, sabendo que vou prosseguir mesmo que pensamentos contrários me incitem a voltar atrás. Ainda amo a vida, de um jeito estúpido, brutal. Ah, não, não estou cansada de viver. E não é isso agora o que mais me revolta no meu querido, tão querido Ange, esse convívio inexprimível, ciumento, rabugento com a morte, seu abandono da própria carne à podridão? Não quero ver mais nada disso.

Saio das avenidas, entro enfim na Rue Domercq, que vai direto até a estação Saint-Jean. Várias vezes o bonde passa por mim, cheio de passageiros que certamente vão à estação, o ponto final dessa linha. Ao chegar num ponto no instante em que o bonde diminui a marcha para parar, hesito em tentar subir uma última vez, encorajada por um pequeno grupo que se comprime debaixo do abrigo para se proteger da umidade glacial da neblina, pensando que nenhuma força maligna me identificará entre essas pessoas. Aliás, observo que alguns rostos e silhuetas se parecem comigo. Nunca teria observado outrora que essas duas mulheres e esse homem têm, talvez, algo em comum comigo. Consigo ver isso agora, inspirada por um sentido novo e sutil. Assim como consigo distinguir, sem precisar pensar, entre dois cheiros familiares ou dois gostos habituais, consigo também distinguir imediatamente os indivíduos que se parecem comigo daqueles dos quais eu acreditava fazer parte e que agora, mesmo com toda a boa-fé, não nos reconhecem mais – ao Ange, a mim e a outros.

Se esses três se acham no direito de pensar que subirão no bonde, penso, se estão certos disso o suficiente para esperar nesse frio penetrante e quase fétido, há alguma razão para que eu não consiga?

Eu me aproximo com a mala apertada contra a perna, dou alguns passos que me levam para perto do abrigo. Quando o bonde abre as portas, desisto e fujo, quase correndo na calçada, acompanhada do ruído arquejante dos meus saltos e das rodinhas da mala. Imbecil, como você é tonta, penso, furiosa; acha que pode se dissimular entre as pessoas, se fazer esquecer em alguns minutos? É pueril, estúpido. Você não vai conseguir subir. E, se eles podem, é que a sorte deles é ligeiramente diferente da sua. É possível que você seja pior que eles, ou, em todo caso, que seja mais duramente castigada. Ou pior, sim, por que não?

Estremeço de medo e angústia ao imaginar o obstáculo radical que desta vez me impediria, tão perto do alvo, de entrar no bonde. Um golpe terrível, uma queda, sei lá, algo doloroso e humilhante – que bobagem, quando estou a apenas quinhentos metros da estação!

O bonde passa perto de mim num estrídulo de escárnio. Os três rostos dos meus semelhantes, sentados no último banco como flores de um ramalhete trágico, um ramalhete triste e sombrio destinado a ser pisoteado, esses três rostos me olham com uma expressão de desolação, de piedade – Coitada, obrigada a andar, e tão gorda, tão atrapalhada, toda vermelha de frio e de cansaço! Essa fraternidade pungente me magoa, me envergonha. Como eles são feios, como são miseráveis e abatidos, penso, consternada de pensar que talvez usem em pensamento as mesmas palavras ao me ver. E será que se dizem, eles também: Não quero ter nada a ver com isso?

O que ela sabe de mim? **21**

Pego a tempo o trem para Toulon. Um pouco tímida, sento no único lugar ainda livre, ao lado de uma moça que interrogo com os olhos procurando não parecer suplicante. Ela responde com um sorriso breve, meio selvagem. Então afundo confortavelmente no assento.

Meu coração está alegre. Essa mulher tão diferente de mim aceita minha presença ao lado dela, nessa promiscuidade forçada. Nossos cotovelos se roçam, apoiados no braço que separa os bancos. Ela não parece notar. Estou tão feliz que deixo escapar um suspiro de triunfo. Ela também não reage, voltada para a janela, de modo que vejo apenas seu perfil magro, severo, os lábios finos cobertos de pequenas farpas de pele seca que ela às vezes arranca com os dentes, distraída. O cabelo louro está preso na nuca por um laço de veludo preto. A saia, o pulôver grosso, o *collant*, tudo é preto. Os olhos são azuis, redondos, com olheiras escuras que uma veia palpitante faz tremer.

A impressão de que essa jovem dominadora (ela poderia ter reagido com desprezo quando eu quis sentar a seu lado e eu não teria me atrevido a chamar ninguém para obrigá-la a me deixar ocupar o lugar: quem tomaria o meu partido?) é cativa de uma aflição cheia de torpor me alegra interiormente. Ela sofre, penso, ah, como ela sofre! Talvez ainda mais que eu – será que é possível?

Ela não se mexe, tem o olhar fixo pousado, sem ver, nas vastas lavouras que passam por trás do vidro. Só sua mão se move em direção à bolsa, quando o fiscal lhe pede a passagem. Ele precisa pedir duas vezes, pois ela não ouve. A mim ele não pede nada, nem parece notar minha existência. Cochilo em paz, as mãos cruzadas sobre a barriga inchada, onde fermenta e se agita, tenho a impressão, a comida de Noget. Quando abro os olhos de vez em quando, é para constatar que a neblina diminui e depois se desfaz à medida que nos afastamos da Gironda. Pouco antes de Agen, torno a ver o céu pela primeira vez depois de meses – um céu azul-opaco, mas ainda assim o céu, sem a névoa esponjosa que baixou sobre Bordeaux, confinando minha cidade querida numa estufa de pensamentos enlouquecidos e sonhos tóxicos.

De olhos fechados, penso vagamente que um dia voltarei como vencedora, para livrar minha cidade dos... dos seus miasmas? Das suas obsessões destrutivas, da sua vaidade obscura? Ah, sei lá.

Acordo em Montpellier, alertada por um cheiro que me lembra que estou com fome, muita fome. O trem está quase vazio agora. Minha vizinha mordisca um ovo cozido, deixando cair, indiferente, pedacinhos de gema na saia.

Como estou com fome! Por que Noget não me preparou um sanduíche de atum ou de queijo?

Ela volta a guardar o ovo quase intacto no papel de alumínio. Não aguentando mais, pergunto a ela, espantada com minha audácia:

– Será que posso terminar de comer o seu ovo?

E essa pergunta, que eu nunca teria feito outrora, me conforta no sentimento de que me rebaixei moralmente ainda mais do que imaginava. Sabendo que sou agora uma criatura desprezível, já não me preocupo, como antes, com a absoluta decência e a honra, pedindo à minha vizinha de trem, num murmúrio de escárnio audível em público, permissão para pôr os dentes na marca deixada pelos dela na tenra carne metálica da clara do ovo. Que pedido abjeto, penso, sobretudo vindo de uma mulher gorda como eu!

Sinto meu rosto corar de um jeito muito intenso. Acrescento então:

– Desculpe, não sei o que me deu para pedir isso.

Ela me dá um sorriso crispado que só distende um lado da boca e que em nada atenua a impressionante aflição alojada na pupila azul dos seus olhos, pequena e redonda como a de um pássaro. Depois me estende a bola de papel de alumínio.

– Pegue, eu não estou mais com fome.

Depois vasculha a bolsa deixada a seus pés de um jeito subitamente febril e com medo talvez de me decepcionar, retirando uma bela banana bem amarela, sem nenhuma mancha preta, e me diz ainda:

– Coma isto também, eu não quero.

E a coloca delicadamente em cima da minha mesinha rebaixável. Num acesso brutal de fraqueza, as lágrimas me vêm aos olhos. Retiro o ovo do invólucro. Olho as estrias deixadas na clara pelos dentes reticentes e infelizes da minha vizinha, e mordo de modo que meus próprios dentes não se afastem dessas marcas, que as sigam exatamente como uma prova supersticiosa da minha gratidão. Ao mesmo tempo, queria que isso fosse suficiente para expulsar o triste desespero desses olhos azuis. Pois o abatimento da moça não me dá a menor felicidade.

Será que ela não vê em mim nada de que deva se afastar com horror? Ou seus próprios tormentos a distraem a ponto de fazê-la esquecer... toda vigilância, a ponto de turvar sua visão ou deixá-la indiferente ao que a cerca? A ponto de não ter medo da má sorte que poderia se somar à sua infelicidade presente pelo simples fato de minha boca pousar onde pousou a sua?

O trem parou em Marselha. É o fim da tarde. Todos os passageiros desceram, com exceção da minha vizinha. O sol vermelho e quente que tinge de púrpura a parede envidraçada da estação inflama também seu rosto emaciado através da janela, dando-lhe um súbito e ilusório ar de excitação, de alegria.

– Também vai para Toulon? – pergunto.

– Vou – ela diz.

– Depois – digo, o coração vibrando – vou pegar o barco para ir até C.

– Eu também – ela diz.

Para disfarçar minha satisfação, solto apenas um murmúrio. Qualquer expressão de prazer, diante de tanto sofrimento, pareceria vulgar.

O trem não torna a partir. Ninguém entra. Somos as únicas. E a noite cai, levando embora qualquer ar de animação do rosto da moça, devolvendo a lividez de túmulo à sua testa ossuda. Ela se levanta de repente, esbarra nos meus joelhos e, antes que eu consiga pensar em me mexer, passa por cima das minhas coxas para chegar ao corredor.

– A senhora não acha estranho que o trem continue na estação? – ela me pergunta, ansiosa.

– Acho, sim – digo.

E na mesma hora sinto brotar a inquietação incubada na minha consciência.

Ela diz também que não pode se arriscar a chegar atrasada em Toulon e perder o barco, e vejo suas grandes pernas magras indo e vindo, agitando de um jeito nervoso o tecido da saia com um barulho de vela desfraldada ao vento – e esse vento, ah, como implorávamos que soprasse enfim e fizesse bater e inflar as velas do catamarã quando partíamos, o Ange e eu, nas águas mansas e claras de Arcachon, vendo desaparecer na cintilante luz da manhã de verão a casa dos pais do Ange, lá na praia tranquila que acabávamos de deixar para trás, *e eu me perguntava, no entanto, no coração daquela bem-aventurança, sou realmente essa mulher que não tem outra divindade a invocar senão a brisa amiga dos veleiros?, e, nesse caso, como cheguei aqui?, isso é justo e bom, ou devo deplorar ter abandonado a lúgubre e fulminante religião dos meus velhos pais rabugentos, esses pais que o Ange (com seu belo boné violeta de viseira transparente, seus óculos escuros, seu cheiro sadio e suave) ignora viverem abandonados em Aubiers, esses pais que não se sabem mortos, que não sabem que os declarei mortos, mas que sentem às vezes no pescoço, onde põem uma mão assustada, ou no peito ou na barriga, a mordida misteriosa do malefício, esses pais que definham, talvez, roídos por um suplício invisível, e pensam com seus botões, adivinhando que esse mal vem da sua filha que partiu e nunca os visita nem telefona, nem uma vez em trinta e cinco anos?* –, e ouço então que ela fala comigo sem parar, indo e vindo no corredor com suas longas pernas rígidas e magras, seu rosto amargo, aflito, iluminado agora só pelas lâmpadas azuladas do teto e pelas luzes da estação, esse rosto pálido e desolado, atravessado, enquanto anda, por sombras súbitas que revelam seu esqueleto.

Fico aborrecida de ter perdido o começo de sua fala. Tentando em vão lembrar o que devo ter ouvido sem escutar, sem me dar conta do que ela me dizia, perco o fio de suas palavras. Volto a mergulhar num devaneio que me isola – oportunamente, penso, pois não tenho horror, não detesto as confidências? Ah, mas é muito diferente no caso dessa mulher, que consentiu que um alimento tocado por sua boca penetrasse na morada escura da minha. E agora estou perdida, sem poder acompanhar nem compreender nada. Apenas algumas palavras esparsas, o fogo, lá, os restos de, que não consigo ligar ao que quer que seja, embora sinta o peso da irreparável desgraça. Esse fardo vago já me pesa, me oprime. Como eu gostaria de me unir à sua tristeza, de consolá-la com boas palavras. Mas eis que a fria e severa desconfiança, que reconheço tão bem, paralisa meu coração constrangido, eis que fico secretamente aliviada de não saber nada dos tormentos dessa mulher, e no entanto minha gratidão para com ela é bem maior que o alívio e a desconfiança gelada que sinto.

O que fazer contra isso? O desprezo por meu próprio caráter me submerge, o horror do que sou e não consigo deixar de ser, a tal ponto que, numa compreensão fulgurante, quase cósmica (o brilho enganador de inteligência universal que o excesso de álcool às vezes produz), concebo enfim e aprovo e ratifico as razões do nosso martírio, meu, do Ange e de todos os outros semelhantes a nós, não tanto fisicamente quanto na profundeza de sua alma egoísta.

A mulher se cala, meio esgotada de tanta emoção. Baixo o olhar – ela acha que a conheço agora, não sabe a que criminosa se entregou! O que aconteceu com ela, o que foi que ela me confiou? Gostaria de poder saber em poucas palavras, exatas, secas e impessoais.

Anoiteceu. A mulher me pergunta meu nome e eu digo, mas não me atrevo a perguntar o dela, imaginando que ela talvez já tenha dito agora há pouco.

– O meu é Nathalie – ela murmura, levantando o braço para ajeitar o laço do cabelo.

E acrescenta:

– Acho que o trem não vai seguir adiante, seria melhor a gente descer, não?

Levanto do meu assento.

– Mas como faremos para chegar a Toulon agora? – digo com uma voz que a ansiedade torna aguda, chorosa.

Na plataforma deserta passa um velho fiscal de uniforme branco. Tendo descido do vagão antes de mim, Nathalie o aborda e pergunta imperiosamente onde está o trem para Toulon.

– Não há mais trem esta noite, só amanhã – ele diz num tom de evidência.

E depois de um rápido olhar para nosso rosto consternado sai correndo, com as abas do casaco saltando sobre as nádegas volumosas. Nathalie sai atrás dele, chamando, exigindo informações e explicações, mas ele acelera e desaparece de nossa vista.

– Parece que ficou com medo da gente – ela diz com seu sorriso torto, tenebroso.

Resolvo colocá-la à prova.

– É? Por quê? – pergunto.

– Não sei, não importa – ela diz, após um momento de silêncio.

E de novo distende tragicamente os lábios de um lado do rosto e olha bem para mim, como para me dizer que não pergunte mais nada ou para me tranquilizar como quem sorri para uma velha senhora ou uma criancinha, mas, em vez de eu ficar tranquila com esses olhos redondos, brilhantes, banhados num sofrimento inconsolável, e também com a confiança e a proximidade que ela sente por acreditar que ouvi sua história, em vez disso desvio o olhar, deixando meus olhos flutuarem para lá e para cá. De repente, vejo em seus traços algo de inquietante.

Muito estranho, penso, a oposição do redondo dos olhos e da magreza do rosto, da tristeza e da autoridade, da beleza do conjunto da pessoa e da quase feiura dos detalhes, o nariz pontudo, as faces descarnadas, o cabelo fraco. Muito estranho, penso ainda, que ela não só não me rechace como também pareça querer me atrair e me conservar junto dela. Pois, em vez de se despedir e seguir seu caminho, ela agora me diz com sua bela voz enérgica:

– Venha, vamos alugar um carro.

– Você acha? – pergunto, aturdida.

– É o único jeito de não perder o barco – ela diz.

– Não posso nem pensar em perder – digo, à beira das lágrimas.

– Pois eu também não – diz ela, me encarando.

A escuridão melancólica absorve agora o azul dos seus olhos e disfarço minha atrapalhação pegando a alça da mala, quase tonta de ódio por mim mesma. Vou seguindo a moça ao longo da plataforma, não me atrevo a andar ao lado dela. *Por receio de envolvê-la, de que olhares fugazes a associem a mim injustamente.* Mas não cruzamos com ninguém. São só oito da noite, e a grande estação ferroviária parece vazia.

– No meu bilhete está indicado que o trem ia até Toulon – digo, contrariada.

– É, é isso mesmo – ela diz, novamente após um breve momento de silêncio que me faz pensar que ela pesa cada uma das palavras para evitar me ferir ou inquietar *ou para anestesiar minha circunspecção.*

– Vou pedir que me reembolsem o trecho Marselha-Toulon – digo ainda.

– Não faça isso.

– Por quê?

– De que adianta manifestar sua contrariedade? – ela diz docemente, sem parar de andar. – Talvez não esteja em condições de reclamar. De todo modo, a culpa é sua. Vão lhe provar que se enganou de um jeito ou de outro.

– Mas e você, não se enganou? Não queria chegar a Toulon?

– Queria, claro. Mas no meu caso não havia problema nenhum para que o trem me levasse até Toulon – ela diz, reticente.

– Foi por minha causa que ele ficou em Marselha?

Ela não responde. Primeiro fico estupefata, depois simplesmente desconcertada. O pavor faz com que eu me aproxime dela, colar em seus passos. Ela carrega só uma grande sacola preta no ombro.

– Como é que eu nunca sei de nada? – pergunto com uma voz estridente.

– Então não vê televisão?

– Não, meu marido e eu somos contra a televisão – digo, desta vez com alguma firmeza.

Mas a visão do Ange morrendo lentamente em nosso leito me transpassa de dor. O que eu me preparava para dizer sobre a televisão fica bloqueado na garganta.

No saguão pouco iluminado, Nathalie logo se dirige ao balcão da Europcar. Vastas zonas de sombra mergulham os ângulos do lugar numa incerteza vagamente inquieta, contudo não percebo ninguém e penso então que as trevas devem conservar o vestígio fantasmático, animado e febril dos indivíduos que por ali passaram ao longo do dia, depois penso que eles talvez ainda estejam ali e eu é que não os vejo, assim desvio os olhos para pousá-los nas costas de Nathalie, decidida, pois não tenho escolha, a me entregar completamente a suas iniciativas.

Ouço-a falar em voz baixa com a funcionária, a única pessoa visível, ao menos por meus olhos, no saguão. Ela estende seu cartão de crédito.

– Eu vou te reembolsar – digo.

– Não se preocupe, está tudo certo – ela diz.

Sinto-me aliviada e, ao mesmo tempo, horrivelmente feliz.

Aqui estou eu, como uma enguia no lodo, emergindo de uma viscosa letargia, lábios apertados, olhos pesados de sono e a bexiga intoleravelmente cheia.

– Preciso fazer xixi – digo num murmúrio rouco.

Meu maxilar está tão adormecido que o tateio com cuidado, quase certa de encontrar sob os dedos a prova de que o destroçaram com um tremendo murro. Mas não sinto nada, senão a saliva pegajosa do sono junto à boca. A voz de Nathalie me chega como de muito longe, abafada e frouxa, lutando contra as nuvens palpáveis – se eu tivesse força para levantar a mão – da minha sonolência.

Não é curioso que ela use as mesmas palavras de Noget? Pois ela pergunta, ou afirma, quase:

– Você está grávida?

– Não – digo, furiosa.

Mas da minha boca empastada só sai um fiapo de voz. Irritada, limpo a garganta.

– Ao contrário – digo –, se não menstruo há algum tempo é porque entrei na menopausa, e acho que não são só as mulheres grávidas que têm vontade de fazer xixi, não é?

A sensação de uma velocidade considerável começa então a percorrer meus músculos amortecidos. *Será que alguém me bateu? Ou me drogou?*

Meus dedos esfregam o tecido áspero do assento, que parece não conter a carne das minhas coxas, estreito demais para mim. Prudentemente, viro a cabeça para o lado de onde me chegou, com atraso, a voz de Nathalie.

Nunca dormi assim tão pesado em lugar nenhum. Mal reconheço na penumbra seu perfil agudo no volante, os cantos caídos dos seus lábios. *Olha só, um Twingo, como aquele que o Ange e eu tivemos uma época.* A noite é profunda, a estrada deserta. Nathalie dirige a tamanha velocidade que o carrinho guincha nas curvas.

– Vá mais devagar – digo.

Ela deixa passar longos segundos antes de responder, seca:

– Não quero perder o barco.

À frente do para-brisa vejo apenas uma noite silenciosa, total, nem sequer pontilhada, de quando em quando, pela luz fugaz de alguma casa. Estamos no campo?, à beira-mar?, numa área industrial abandonada?

A estrada malconservada faz o carro sacolejar. Nathalie para bruscamente ao longo de uma sebe. Desço apressada. Algumas gotas de urina já me molham as coxas. É tão revigorante urinar assim, com as nádegas ventiladas por uma brisa suave, que, protegida pelo escuro da noite e pelo escuro de tudo o que nos cerca de invisível ou inexistente, esqueço meu constrangimento diante de Nathalie. Tenho a impressão de ouvir ao longe, mais abaixo, um sussurro, o calmo bater de seixos arrastados pela água. Não me apresso. Uma alegria tranquila dilata meus pulmões.

Quando volto para o carro, Nathalie está com o rosto virado para a sua janela, como para mostrar que quis me poupar o incômodo de imaginá-la me vendo e me ouvindo urinar.

– Obrigada – digo, faceira.

Ela volta a dar a partida. Parece ofegante e respira de um modo estranho. O cabelo está despenteado e esconde o seu rosto, a testa. Ela mudou. De repente exala um cheiro forte, não desagradável, mas que não identifico. Seguimos rodando em silêncio, muito rápido, na escuridão monótona.

Não deveria haver vilarejos, estacionamentos de supermercado com letreiros luminosos?

– Nathalie – digo.

Ela vira parcialmente a cabeça para mim. Dou um grito, fecho os olhos. Torno a abrir e os mantenho fixos à minha frente.

Um rosto sombreado e sem nenhuma carne, uma cabeça de cadáver já decomposta na qual teriam colocado, por sarcasmo ou desejo de assustar, uma peruca loura.

Meus lábios e minhas mãos tremem. Nathalie está morta, penso. Como é possível? O que será real nisso tudo?

E sua grande boca sem lábios mostra dentes imperfeitos, amarelos, prontos para bater uns contra os outros fazendo um ruído cômico, por isso ela não diz nada, por isso não pode dizer mais nada.

Meu medo é tão grande que não me atrevo a olhar as mãos que seguram o volante.

Com suas mãos possantes cobertas de uma penugem ruiva num volante idêntico, o Ange parecia curvado sobre um brinquedo, mas hoje não são as mesmas mãos, embora o carro seja igual e da mesma cor.

Nathalie está morta, penso, e eu estou viva, no entanto é ela que dirige, ela está morta há muito tempo e não me dei conta, pois não a observei com atenção suficiente. Que vergonha para mim, que horror! Para onde ela vai me levar? Para onde pode me levar esse espectro que cometi o erro de tomar por uma amiga? Ou será que me cabe agora ser a amiga das sombras e de mais ninguém?

Para minha grande surpresa, acabamos de passar pela placa que indica a entrada em Toulon, significando assim que o objetivo dessa corrida furiosa numa região indistinta foi alcançado.

– Vamos chegar a tempo – diz Nathalie.

E como sua voz é suave, apaziguada e humana, arrisco um rápido olhar na sua direção. Reencontro a mulher do trem – o perfil bem marcado, os olhos como globos enterrados na carne, os cantos da boca caídos. Olho suas mãos e vejo dedos finos e longos segurando o volante. Fico tão aliviada que começo a rir.

De repente, uma louca iluminação nos ofusca, uma fantasmagoria de carnaval. Nathalie estaciona o carro no porto. Nós duas apertamos os olhos antes de descer. Não me atrevo a olhar muitas vezes para Nathalie, com medo de vê-la de novo terrivelmente transformada e sem saber em que medida ela tem consciência dessas mudanças, na verdade não querendo embaraçá-la com manifestações de desconfiança ou de medo. Penso simplesmente, e constato isso com tristeza e amargura, que agora será impossível amá-la, pois ela desperta um sentimento latente em mim de puro pavor.

Caminhamos com passos meio intimidados (mesmo ela!) na direção da massa de cintilações, até as luzes que piscam na fachada do barco, de onde sai uma música brega bem melosa. Alguns passageiros acabam de entrar. Pego meu bilhete e Nathalie logo observa que estou na primeira classe.

– Que pena – ela diz –, não ficaremos juntas.

Parece sinceramente decepcionada.

– Será que vai correr tudo bem com você? – ela pergunta, e tanta solicitude me toca e me alarma ao mesmo tempo.

Não confio mais nela. O *que ela quer ainda me mostrar? Lamenta que eu não possa ver o estado, o sofrimento da sua alma? Adivinhou que nada escutei da sua desgraça e que, apesar da minha vergonha, acho bom que tenha sido assim? Queria me fazer pagar por isso com a exposição de horrores ainda maiores, se porventura compartilhássemos a mesma cabine?*

Balbucio que vou saber me virar, que não há mais motivo para que aconteça nada de mau.

– Mesmo assim tenha cuidado – sussurra Nathalie –, é tão difícil para gente como você, tão injusto...

– O que quer dizer com "gente como você"? – pergunto.

Ela balança a cabeça devagar com um sorriso desolado, ou porque não leva minha pergunta a sério, ou porque não quer que as palavras da resposta cruzem seus lábios, manchem sua boca e firam meu ouvido.

– Realmente não sei do que está falando – digo, ligeiramente altiva.

E sinto um ódio súbito por ela. Mesmo que queira ser boa, ela não devia falar desse jeito – penso.

A diferença de nossos respectivos bilhetes nos obriga a pegar duas filas distintas para entrar no barco pelo flanco como que brutalmente cortado em sua carne cintilante e radiosa *por uma tesoura de jardineiro ou algum outro instrumento que serviu para rasgar e penetrar a tenra carne humana do meu marido, para que ele nunca se recupere e possa compreender o que é ou o que fez, impregnado da ideia de que merece esse mal introduzido nele, e acabe assim por se assemelhar a esse mal.*

Uma baixela delicada, numerosa, parece mais decorar do que servir a mesa.

– Que atrevimento, comer em coisas tão belas! – digo a alguém, um pouco inebriada.

Estou sentada, numa exuberância de luzes e reflexos dourados (vastos espelhos que refletem o ouro das molduras, o cristal dos copos, a prata cintilante dos talheres), diante de um homem austero e seco, o capitão, em virtude do costume segundo o qual o comandante do barco distingue alguns passageiros segundo sua riqueza, e convida à sua mesa e à honra da sua presença os clientes da primeira classe.

Ah, penso, feliz, ligeiramente perturbada, como é bom ser favorecida e há quanto tempo não gozo de um privilégio!

Pois o capitão me vê. Estamos frente a frente e ele me vê e me sorri regularmente, num ricto formal que dirige a todos os seus convidados, e então é como se, penso quase num assombro de alívio, outras regras prevalecessem no mar, que não incluem afastar-se com aversão de gente como eu, que talvez não incluam sequer conhecer ou se preocupar com os códigos que há um ano governam nossa vida, minha e do Ange, em Bordeaux.

Pois o capitão me vê. Ninguém se parece comigo em volta da mesa. No entanto estou aqui e velhas cabeças se inclinam para mim quando nossos olhares se cruzam, e inclino a minha em resposta, inebriada, risonha, estupefata. A profusão de luzes dói em meus olhos. Às vezes fecho-os para repousar. E quando torno a abrir nada mudou, nem o brilho excessivo das miríades de luzes, nem a fria polidez do capitão em relação a mim, nem mesmo as reverências imperceptíveis dos meus vizinhos de rosto pálido e gotejante, de pele flácida, trêmula e enrugada, discretas saudações indicando que pertencemos à mesma confraria.

Tenho dinheiro, penso, eis o que importa aqui e abole o resto. Não é maravilhoso? Não é simples e justo? Como detesto então Nathalie, sua misericórdia e sua irrevogável percepção de "gente como você", como acho amáveis esses velhos turistas que me cercam e não julgam nada senão a aparente importância dos meus recursos! Assim, penso, o que se supõe que eu seja não é fatalmente visível em toda parte, uma cabine luxuosa numa balsa do Mediterrâneo pode tornar cego isso que eu mesma ainda não conheço!

Sinto-me ligeiramente atordoada. Um garçom coloca diante de mim uma lagosta acompanhada de maionese. O capitão conta uma piada. Todos riem. Não posso deixar de corar, minhas bochechas estão quentes, úmidas. Desejo que ele pare com esses gracejos, mas o capitão está empolgado e se regala com seu sucesso. Ninguém me olha de um modo especial, ali não há perigo.

Contudo meu coração se inquieta, *a parte ainda honesta do meu coração revoltado e humilhado, mas pouco valente, pouco valente.*

Como a maionese e, diferentemente da que Noget preparava, acho esta amarga e salgada como uma mistura de lágrimas e ranho. Ao redor continuam rindo, as carnes palpitam, exaltadas. O capitão caçoa, imita criaturas grotescas e odiosas, insuportavelmente feias e tolas, e é de mim e do Ange que se trata, e também do meu ex-marido e de Corinna. O gracejo é pobre, a imitação brutal. Ah, não, não é nem um pouco engraçado.

O Ange é castigado por ter se casado comigo? Está marcado porque acabou se assemelhando a mim, como quem acaba se assemelhando ao mal que o penetra e do qual não desconfia, tomando-o mesmo por um bem?

Não é nem um pouco engraçado, eu gostaria de gritar, batendo a faca na mesa. O capitão zomba e se diverte tanto que dá uma gargalhada antes de lançar um novo chiste, de modo que a plateia, suspensa, atenta a seus lábios, se agita de tanta impaciência, os garfos levantados e esquecidos da lagosta, os risos prontos para disparar trepidando no queixo e às vezes escapando antes da hora em pequenos arrotos. Uma onda de lágrimas brota em meus olhos. Mas estou aqui, protegida por meu dinheiro, anônima nessa loucura de luzes – estou aqui, bem maquiada e penteada com dignidade, certamente um pouco gorda e transpirando demais sob o calor das luzes, mas não estamos todos assim ao redor da mesa, gordos, suados e enrugados? Estou aqui e sinto um prazer imenso, apesar de tudo, quando me ouço juntar meu riso forçado às risadas que saúdam uma nova piada do capitão, pois meu riso se firma, se eleva, seca meus olhos. De boca aberta, inclinada sobre a mesa, rio desbragadamente.

Vejo Nathalie passar atrás da porta de batente duplo que nos separa da sala comum e que está aberta por causa do calor. Ela hesita, para um segundo equilibrando-se sobre uma perna. Vejo-a olhar meu rosto hilário, meus dentes projetados para a frente. Paralisada nesse acesso de alegria demente, não posso dirigir a ela o menor sinal de reconhecimento. Meu Deus, penso, será que ela ouviu a última piada?

Aperto-a contra mim **25**

E qual não é o meu espanto ao encontrar à noite, sentada na minha *couchette*, com as costas curvadas pela tristeza, a camareira, aquela que, com seu uniforme azul-marinho com botõezinhos dourados, se ocupa de preparar as cabines para a noite, abrir os leitos, verificar se há sabonete e toalha no banheiro.

Essa mulher não faz nada disso agora. Um sofrimento profundo sacode seus ombros e posso ver sob o tecido escuro do casaco a linha saliente e pontuda das vértebras, é como se sua aflição, seu esquecimento de si fossem tão grandes, na verdade, que ela não se preocupasse em expor nessa crista óssea a frágil intimidade do seu ser.

– Mas o que aconteceu? – pergunto.

Ela levanta um rosto marcado de desolação.

– Posso te ajudar? – pergunto, um pouco constrangida e amedrontada.

– Não foi nada – ela diz –, não é nada comigo.

– Como, não é nada com você? – pergunto.

Essa mulher e eu temos mais ou menos a mesma idade. Sento perto dela na *couchette*, sem saber o que fazer.

– É uma senhora – ela diz.

Um ricto de dor deforma sua boca.

– Ah – acrescenta –, é uma história horrível, não consigo me conformar.

Um calafrio percorre minhas costas quando, numa breve descrição, ela me faz compreender que se refere a Nathalie, de quem arrumou a cabine há pouco.

– Como ela era? – pergunto. – Era uma pessoa (engulo uma saliva nervosa) normal?

– Normal? Era, com certeza, mas – diz a mulher – dá para ser normal quando se sofreu tamanha desgraça? A senhora não sabe o que aconteceu com ela?

– Não, não – digo com uma voz forte.

Esboço então um movimento de me levantar, mas uma lassidão me retém, alguma coisa em mim de vencido e abandonado, de contrito e exausto, e baixo a cabeça, trêmula, *a nuca descoberta aceitando o golpe e o peso terrível do machado, o abalo terrível do fim certo.*

– Seu marido – diz a mulher esfregando as mãos uma contra a outra sobre as coxas apertadas – e seus dois filhos, ela me mostrou a foto, um menino, uma menina e o marido sorrindo, uma bela família, sabe?, e ele levou os filhos de férias para uma casa que haviam alugado, ela não estava porque devia se encontrar com eles mais tarde, pois trabalhava, e a casa pegou fogo em plena noite e o garoto se queimou mas escapou, então o marido quis buscar a menina no quarto e era tarde demais, os dois morreram queimados, o pai e a menina, pode imaginar? Queimados até morrer, a senhora entende? O garoto está no hospital, com queimaduras de terceiro grau, por isso ela está indo lá, para vê-lo. Eram quatro e agora são só dois, o garoto com queimaduras horríveis e ela, a mãe, completamente sozinha. Ela me contou isso sem chorar e, não sei por quê, eu é que choro... Não sei por quê...

Sinto-me obrigada a murmurar, num estado de tamanha devastação que todo o meu rosto está petrificado, o maxilar travado:

– Vai passar...

Minha voz é rouca, inaudível. A mulher deixa tombar a cabeça sobre o meu peito, arrasada de tanta melancolia. Posso ver, na raiz embranquecida do cabelo pintado de ruivo, a pele muito clara, azulada e glacial do couro cabeludo. Posso ver minha própria mão trêmula alisar desajeitadamente esse cabelo bicolor, massagear ainda mais desajeitadamente essa cabeça branca, lustrosa, fria como uma bela pedra polida. A mulher soluça suave, sem revolta. Com certeza ela ouve, penso, as batidas aceleradas do meu coração arrependido e confuso, ela as ouve, e o que será que pensa disso?

O balanço do barco imprime um ritmo regular à minha mão, que agora acaricia as têmporas úmidas desse rosto desconhecido. É a primeira vez depois de muito tempo que abraço alguém com simpatia e sem uma mistura de repulsa, como aconteceu com o Ange ferido.

Da última vez, não foram meu pai e minha mãe que apertei contra o peito, no dia em que deixei Aubiers, com toda a compaixão que me inspirava o fato de saber que eu jamais voltaria àquele lugar? E como ignoravam esse fato e eu já sabia, enganando-os, que nunca iria visitá-los e que eles não se atreveriam a se aventurar na cidade com seu semblante indeciso e sua fala trôpega para tentar me ver, sem sentir uma pena infinita deles?

26 Tarde demais

Primeiro é um velho de pijama que me abre a porta, antes que eu peça desculpas e bata na porta ao lado, onde um jovem me responde, e vou assim ao longo de todo o corredor da segunda classe, o que é bastante curioso, pois ali, numa dessas cabines, deveria estar Nathalie.

Quero agora dizer a ela que sei da sua desgraça e que lamento – parece que não vou suportar se não conseguir dizer isso. Essa necessidade impaciente, essa necessidade febril e violenta de ver imediatamente aquela que ofendi com meu silêncio, com minha aparente indiferença, me faz ir de uma ponta à outra do corredor mesmo depois de constatar que Nathalie não está lá.

Como ela pôde, eu me pergunto, continuar bondosa e prestativa, como pôde suportar me ver impassível diante do relato de sua história e ainda assim manter a ajuda e o apoio de sua determinação eficaz e pragmática? Eu, eu nunca teria... Meu Deus, o mínimo a fazer é cair a seus pés... Será que ela achou que não devia esperar nada de uma mulher como eu? Será que minha atitude insensível, ultrajante só vinha confirmar a ideia que ela faz das reações habituais desse tipo de pessoa, que mesmo assim ela gosta de proteger porque é caridosa, tolerante? Pouco importa, não é aceitável, não é admissível que ela esteja em algum lugar deste barco, dormindo ou acordada, na ignorância do que devo manifestar e fazer que ela saiba – que esteja vivendo e respirando, não longe daqui, com a cicatriz dessa imperdoável injúria...

E lembro algumas palavras que guardei no trem, quando ela me falou, lembro do fogo e das crianças. Balbucio a meia-voz: Meu Deus, meu Deus, tropeçando no tapete florido do corredor.

Onde estará e como estará ela neste momento? Será que não a vi – será que não a reconheci?

Avisto então na ponta do corredor, pegando a escada que desce à passarela entre os conveses, a camareira, aquela cujo rosto banhado de lágrimas se aninhou em meu peito agora há pouco. Chamo, corro até a escada. Num tom febril pergunto o número da cabine de Nathalie. E, como ela responde que é o 150, não me atrevo a contradizer. Embora não saiba mais exatamente quem abriu a porta do 150, estou certa de que não era Nathalie. Será que ela estaria com alguém?

Vou até essa porta outra vez. Bato com força. Silêncio. Será mesmo? Parece que ouço o roçar de alguma coisa, um ruído que alguém tenta abafar sem conseguir muito. Bato de novo, sussurro:

– Nathalie!

Encosto a orelha na porta. E percebo então profundamente o eco de outra orelha encostada do outro lado da porta na mesma altura que a minha, e ouço o que me parece ser uma expiração forçada e um suave gemido, um pranto retido com dificuldade, mas pode ser também o vento da noite, penso sem acreditar muito nisso, *assim como tentava me persuadir de que o vento me chamava e de que era o seu sopro que eu ouvia quando, há muito tempo, o telefone tocava e não havia ninguém na linha, nenhuma voz, mas uma respiração dissimulada, dolorida, envergonhada e em pânico, transida de acanhamento e aflição, à qual eu respondia com o silêncio ou algumas frases irônicas destinadas a disfarçar que eu não ignorava quem é que estava na verdade ali, incapaz de me dirigir a palavra mas sem conseguir resistir à necessidade de me ouvir, ainda que brevemente, e então não era o vento, mas o hálito do meu pai ou da minha mãe ou quem sabe dos dois juntos, e quão distintamente eu os via agarrados ao aparelho, cada um lançando ao outro olhares desesperados para encorajá-lo a pronunciar uma palavra que não vinha, se perdia e morria sem nascer nessa respiração cada vez mais tênue, ofegante, miserável,* mas deve ser o vento da noite, penso, me afastando da porta que Nathalie não vai abrir porque não quer se mostrar para mim esta noite. E volto para minha cabine num passo lento e arrastado, com a sensação de ter falhado desde sempre com todo mundo e em toda situação que me foi dado viver.

27 Então é ele, é o meu filho

Tento agora avistar Nathalie na multidão dos passageiros, procuro vê-la do alto da passarela sob o sol ainda opaco e branco, quase ardente, e no ar do começo da manhã vibra uma ameaça de calor infernal.

Eu, que estava morrendo de vontade de ver meu filho, torço agora para que ele esteja atrasado ou tenha mesmo esquecido ou desistido de vir me buscar no barco, de tanto que eu gostaria de, antes, rever Nathalie.

Como eu queria que fosse ela a me levar até a casa do meu filho, num carro alugado no qual eu não teria mais medo de ver seu rosto mudar, não teria mais medo de nada vindo dela, mas onde poderia me desculpar completamente, e ao mesmo tempo perguntar o que ela julga que sou – ou o que ela sabe que sou? E depois suplicar que me perdoe, a mim, que fiz tudo para não ouvir nada, e prometer que agora saberei ser melhor do que fui.

Mas talvez ela dissesse com um sorriso encantador e generoso: Ninguém espera de você nenhuma forma de humanidade.

Não, ela nunca diria uma coisas dessa – mas diria, quem sabe:

– Vá ver seus pais em Aubiers, que o seu novo projeto de delicadeza adquira já essa forma, a da visita que merecem essas pessoas que não lhe fizeram nenhum mal.

– Nenhum mal? – eu diria com uma voz rabugenta. – Mas não é um mal, e da espécie mais grave, ter querido me conservar na mediocridade de uma existência encerrada nos limites de um bairro, em ritos austeros, na incompreensível e obstinada desconfiança de tudo que não fazia parte de nossos costumes? Melhor morrer do que tornar a ver aqueles rostos que devem agora se assemelhar um pouco ao meu, já marcado pela idade, melhor morrer do que sentir emergir em mim a inevitável compaixão misturada com remorso e nostalgia diante da velhice abandonada e repudiada, pois os velhos de hábitos discretos, modestos, não têm todos um ar perdido ou suplicante capaz de atingir nosso coração, mesmo que nunca tenham agido de modo a ser dignos da nossa complacência?

Mas o fluxo de passageiros lentamente escoa e Nathalie não está entre eles.

Quase desesperada, desço por minha vez a passarela. Já sinto calor em minhas roupas escuras e coceira na cabeça.

Bastaram alguns minutos após a chegada do barco para que o céu pálido cedesse à irrupção de um azul tão forte que o pavimento do cais, os rostos e as fachadas brancas e amarelas atrás do porto parecem azulados, como se toda superfície estivesse condenada à absorção de tamanho vigor.

Será por isso que meus olhos também ardem? Na base da passarela, esbarro violentamente num homem. Minha cabeça bate em seu ombro, meus óculos voam para o chão. Ele dá um pequeno grito de dor, pois meus dentes bateram em sua clavícula. Exclamo:

– Cuidado para não pisar nos meus óculos!

Inclino-me para pegá-los e, ao levantar, meu olhar desliza pelos pés calçados de alpargatas brancas, pelas longas, glabras e curiosamente finas pernas bronzeadas do homem, que veste uma bermuda cáqui muito larga, sob a qual é fácil perceber uma cueca listrada rosa e branca e até mesmo, para meu grande constrangimento, os pelos escuros da virilha (e julgo então sentir um cálido perfume de asseio e intimidade), a lembrança muito antiga de duas perninhas esguias mas robustas prendendo-se em meus quadris e juntando-se em minhas costas com tal força que eu precisava ralhar com ele para que me soltasse e descesse ao chão, quando chegava no apartamento da Rue Fondaudège depois do trabalho e meu filho pulava em cima de mim como um macaquinho irrequieto – a lembrança brutalmente precisa daqueles membros tépidos e vigorosos, embora tão miúdos, me deixa trêmula, paralisada. Ah, como reconheço essas pernas de homem, fui eu quem as fiz.

Com uma das mãos recoloco os óculos, com a outra toco a coxa do meu filho. Ele dá um salto para trás.

– Ralph, sou eu – digo, levantando de vez.

Mas então a beleza do meu filho me aperta a garganta. Levo a mão ao peito, sufocada. Ele era um rapaz bonito, mas com um charme um pouco indolente e confuso, quase frouxo. E eis que aquele rapaz de atrativos dispersos, de qualidades sempre supostas mas raramente estabelecidas, transformou-se no arquétipo de homem magnífico, inacreditavelmente ainda mais belo que o pai, meu ex-marido, e com um tipo de esplendor de que eu sei que o Ange e eu teríamos escarnecido outrora, associando-o automaticamente a uma forma de imbecilidade, mas ou porque se trata do meu filho, ou porque a influência zombadora do Ange se atenua agora que estou longe dele, a beleza presente do Ralph me deslumbra, me intimida, e é também um profundo sofrimento para mim.

Ele me encara franzindo as sobrancelhas. Tirou os óculos escuros para me examinar mais minuciosamente. Um sorriso surpreso, confuso descobre seus dentes.

– Mamãe? É você?

– Não me reconhece? – digo com uma falsa presteza.

Ele não consegue impedir seu olhar de percorrer rapidamente toda a minha pessoa, como para tentar encontrar uma parte que confirme que sou realmente sua mãe do jeito como se lembra dela. Há muito, muito tempo não nos vemos. Quanto a mim, olho para ele sem disfarçar minha admiração nem a ponta de dor que sinto, e que imprime em minha boca um ricto desagradável.

Avanço, meio desajeitada, para beijá-lo. Ele dá um passo à frente, um pequeno passo reticente, e inclina a cabeça para deixar meus lábios tocarem sua face, sem que responda ao meu beijo. Esse homem que é o meu filho é certamente de uma perfeição física perturbadora, no entanto...

Um mal-estar indefinido me envolve, aderente, sutil, imperceptível, como se ao me aproximar do meu filho eu caísse numa imensa teia de aranha.

O que é que há de errado, penso, no seu aspecto?

Agora estamos só nós dois no cais. O reflexo do sol no pavimento branco me obriga a quase fechar os olhos, e sinto que minha carne se inquieta com o assalto feroz, persistente, desse calor tão forte. Minha respiração é curta, entrecortada.

O que é que há de errado na fisionomia do meu filho?

– Como engordou! – ele diz, brusco.

– E daí, isso te aborrece?

– Como médico, sim – ele diz.

– E como meu filho Ralph? – pergunto.

– Um pouco, também – ele responde com um sorriso embaraçado.

– Entrei na menopausa – digo –, mas há quem não creia em mim e imagine que estou grávida, é ridículo.

– É fácil saber – diz o meu filho.

Ele desvia os olhos, certamente desorientado pelo rumo íntimo que a conversa tomou.

Está usando uma camisa de linho branco muito justa, que comprime tanto seu tronco que os botões metálicos parecem prestes a saltar. Tudo isso, o aspecto fino e musculoso, a estatura não muito alta, a abundante cabeleira escura cacheada, os olhos castanhos com cílios longos e espessos, tudo isso eu lembro e reconheço. Mas e o resto? O que não consigo identificar com precisão, o que ainda não sei nomear mas que tem origem estranhamente no olhar do meu filho, o que será isso? É o Ralph e não é ele ao mesmo tempo, é um filho a quem teriam dado os olhos de um outro. E esse outro seria um homem friamente exaltado, animado de uma febre seca, de uma incomunicável paixão cujo excesso só se filtraria através de um olhar sectário, discreta mas implacavelmente sectário.

Nossa, é surpreendente, pois o que caracterizava a personalidade do meu filho, a ponto de ser irritante, não era o inverso do que percebo hoje, não era uma constante e fastidiosa ironia dirigida a tudo indistintamente, uma sistemática distância, galhofeira e frouxa, em relação a todo acontecimento? – como a expressão indiferente e vagamente irônica do seu rosto quando comunicou que estava terminando com Lanton, o jeito de me observar para perceber o primeiro sinal de consternação em mim ao anúncio dessa notícia (pois eu gostava tanto, tanto de Lanton) e para zombar de mim, maldoso, como se fosse grotesco e suspeito, e não notável e digno de reconhecimento, que uma mãe gostasse do namorado do filho mais que o próprio filho.

Nos olhos desse homem plantado agora sobre suas pernas raspadas, oferecendo bravamente o rosto ao sol terrível, não há mais sinal de malícia, mas uma severidade intransigente, quase uma brutalidade.

Abro minha bolsa e tiro a carta de Lanton.

– Olha – digo –, não posso esquecer, é de Lanton.

Ele pega sem nem um tremor. Amassa a carta e olha ao redor como se buscasse um cesto de lixo. Certamente por não vê-lo, enfia a carta amarrotada no bolso da bermuda.

– Você precisa responder – digo com ansiedade –, senão ele vai achar que não entreguei.

– Não faz mal – diz o meu filho.

– Mas se ele achar que não obedeci, vai se vingar no Ange – digo num murmúrio.

– Não acredite em tudo o que ele diz – retruca o meu filho.

E o tom é categórico, querendo dizer que o assunto está encerrado.

Ele pega minha mala. Nesse instante sua boca começa a tremer. Balbucia:

– Ah, mamãe...

Mas logo se recompõe. Aperta os lábios, me vira as costas e, com a mala na mão, começa a andar em direção ao estacionamento. Eu o vejo avançar rígido e com certa solenidade, ele, o meu filho, que arrastava os tênis mal levantando os pés, com as costas curvadas, o pescoço frouxo, pelas calçadas de Bordeaux, aonde o tédio o levava em caminhadas sem rumo. Como está ereto, como está rígido agora! Como este país árido o endureceu!

Sigo seus passos, sentindo o pavimento arder através da sola das minhas botas.

Um sujeito alto cujo rosto me lembra alguma coisa, com um boné americano de viseira transparente, vem em nossa direção, passa pelo meu filho sem olhar para ele. Para ao cruzar comigo. A pequena sombra da viseira dá à sua testa e à sua face um tom lilás. Como continuo a andar, ele dá um salto e se coloca bem à minha frente, obrigando-me a parar também. A apreensão me deixa as pernas bambas. Chamo com uma voz aguda:

– Ralph!

O sujeito ri, com escárnio e ódio. Sinto que seria meu dever saber quem ele é, que eu deveria saber isso e que saberia se não fosse tão covarde.

– Ralph!

Mas meu filho, já distante, não ouve.

– Ralph!

Agora não há cólera em minha voz, aquela cólera deslumbrante, inebriante, alimentada da própria energia, que se apoderava de todo o meu ser e me deixava depois desconcertada, quando meu filho demorava às vezes para soltar as perninhas firmemente atadas em minhas costas depois de ter se jogado nos meus braços, cólera que me deixava inconsciente da minha força e do exagero da minha reação, pois às vezes o rechaçava com tamanha brutalidade que ele caía de costas na entrada do apartamento. E algum dia deve ter batido a cabeça no chão de modo preocupante, isso aconteceu ao menos uma vez, dissolvendo em seguida minha cólera insensata, me fazendo cair junto dele para abraçá-lo e beijá-lo, infeliz, rogando interiormente que ele esquecesse essa cena e não falasse dela a ninguém, que não guardasse de sua mãe essa lembrança única.

O sujeito cospe a meus pés, uma cuspida seca e improdutiva. Arrota uma palavra que não compreendo, da qual só ouço o final: "dela". Solto uma exclamação de pavor. O homem me contorna e se afasta a grandes passadas, salta por cima de uma corrente que barra o acesso aos barcos e desaparece atrás de um contêiner.

Exatamente o que odiávamos e reprovávamos 28

Quando alcanço meu filho perto do carro dele, sinto que está impaciente, irritado. Não digo nada sobre o choque que acabo de sofrer. Ele me faz um sinal para que eu entre no banco de trás.

O carro do meu filho me parece muito luxuoso. É branco, enorme, aparentemente novo. Mal posso olhar para ele, de tanto que brilha ao sol. Abro a porta pesada, espessa, e me deixo cair, quase aspirada mesmo, no assento baixo e macio, de couro escuro.

O que já não dissemos, o Ange e eu, sobre essas pessoas que compram carrões, com que desprezo feroz, com que hos-

tilidade furiosa não os acusamos, nós, que cheios de orgulho e virtude comprimíamos nossos corpos volumosos no espaço reduzido do Twingo, satisfeitos de saber que teríamos recursos para comprar esse ou aquele modelo exibido nos outdoors da Avenue Victor-Hugo (e somente lá, pois não víamos televisão) que exaltavam suas qualidades de potência e conforto, e olhávamos o preço e exclamávamos que tolice desembolsar uma quantia como aquela por isso, e nos dava um certo prazer o fato de saber, e saber que o outro sabia, que nós também poderíamos, se quiséssemos, nos oferecer esse luxo estúpido, esse ornamento vulgar do nosso êxito tranquilo.

E eis que agora, penso terrivelmente embaraçada, o meu próprio filho sente necessidade de se mostrar nesse tipo de veículo obsceno.

Aqueles dois velhos, em Aubiers, que acontece de serem meus pais, como corriam para a janela quando seu ouvido exercitado indicava a chegada de um carrão no estacionamento do prédio! Como se alegravam, orgulhosos de receber os respingos dessa riqueza, quase honrados de morar onde um carro daqueles se dignava estacionar por dez minutos, e sem cobiça, nunca invejosos, submissos demais para isso. Se eu pudesse não pensar mais neles, se pudesse ejetá-los da minha memória.

– Muito prazer em te conhecer – ela diz com uma voz grave, harmoniosa.

Sentada na frente, ela me estende a mão entre os dois assentos.

– Mamãe, a Wilma – diz Ralph, lacônico.

Estendo uma mão pouco segura, que ela toca ligeiramente, sem apertar, e estremeço ao contato de uma pele cálida e suave, minha própria mão seca, gorducha e medrosa deve dar a impressão, penso, de tocar um lagarto.

– Fez boa viagem? – ela pergunta.

Mas já se desviou, indiferente à resposta e até ao fato de eu responder, assim fico em silêncio, sentindo, impotente e desolada, submergir minha capacidade de reflexão, julgamento e relativização de todas as coisas naquele fundo de admiração incondicional e lealdade dolorosa que me deixou em paz por tanto tempo, protegida pelo equilíbrio do Ange, que nada nem ninguém me forçavam a adorar.

Agora sou um corpo nu, vulnerável, lastimável, arrancado de sua concha ou de sua carapaça, e tão branco.

Não trabalho, estou sozinha. Nada pode me salvar mais do sentimento de minha própria nulidade. E basta, como bastava outrora, quando eu era jovem e desarmada, quando conheci, por exemplo, Gladys e Priscilla, as filhas do Ange, ou um certo tipo de mãe de aluno altiva e voluptuosa, cheia de soberba e inocência, basta que essa Wilma desconhecida, que não tem, que eu saiba, um motivo oficial para estar junto do meu filho como sua mulher, basta que ela se vire para mim com uma leve arrogância involuntária e me apresente o perfil do seu belo rosto bronzeado, tingido de um tom alaranjado lustroso que só se percebe em contraste com a pele fosca e mais clara do pescoço, sim, basta que essa mulher de uma elegância convencional mas impressionante, e de uma idade mais próxima da minha que da do meu filho, se manifeste subitamente, como a fusão numa pessoa visível de todos os seres invisíveis e supremos, para que eu renuncie a lutar contra a autoridade que lhe atribuo e por uma liberdade de espírito e uma independência de alma que eu achava que prezasse mais que tudo.

Ah, que fraqueza em mim, que fraqueza! Quem é essa Wilma, penso, e que relações devo manter com ela? Sendo a mãe do Ralph, devo exigir uma deferência especial?

Enquanto meu filho dirige o carro, mudo ligeiramente de posição no assento para ver melhor o perfil de Wilma. O ar-condicionado zumbe. Faz quase frio.

O que não dissemos, o Ange e eu, de carros com ar-condicionado e de quem os adquire? O que não dissemos do que me vai sendo revelado sobre a vida do meu filho?...

O cabelo dela, castanho-claro, quase do mesmo tom da pele, liso, brilhante, repousa cuidadosamente sobre os ombros. Uma fina penugem escura cobre o alto das bochechas. Os olhos negros como os do meu filho, realçados pela sombra e pelo rímel.

Para ir ao porto esperar a sogra de manhã cedo, essa mulher se maquiou completamente, os lábios grossos marcados de batom vermelho, brilhante. Ela veste o que parece ser um terninho de linho bege. Dou uma tossidinha e pergunto:

– Cadê a Yasmine?

Meu filho faz uma manobra delicada para pegar uma estrada poeirenta. Vejo que ele franze as sobrancelhas. Já a mulher sorri vagamente.

– O que foi que você disse? – pergunta o meu filho com uma violência contida.

– Perguntei da Yasmine, sua mulher – digo.

Sinto um sopro quente, um hálito pesado na orelha. Pelos roçam minha nuca. Viro a cabeça vigorosamente. Uma boca enorme de cachorro acaba de surgir na altura do meu rosto e parece ameaçar me morder se eu também abrir a boca. O cachorro na certa dormia no porta-malas – terá respondido a uma ordem muda do meu filho ao surgir assim no instante em que faço uma pergunta?

Encosto bem na janela, o mais longe possível desse animal monstruoso.

– Não sabia que gostava de cachorro – digo, meio ofegante.

– É um dogue de Bordeaux – diz o meu filho.

– O nome dele é Arno – diz Wilma.

– Ah, Arno – respondo, num escárnio imperceptível.

Que horror, que horror, pensávamos o Ange e eu, esses jovens burgueses que desfilam com os cães mais ferozes e assustadores, dando a eles um nome humano, que horror essa gente!

Casas inacabadas bordejam a estrada dos dois lados, com blocos de cimento atravessados por hastes metálicas enferrujadas. O sol vai alto agora, e julgo sentir, através do vidro, o cheiro do calor novo, esperançoso, da manhã. Inclino-me junto do meu filho, impregno sua nuca com a exalação tépida da minha boca, pois, penso, agora ele gosta de cachorros. Penso também, num lampejo, num fragmento de sonho: A nuca fresca do meu garotinho!

Murmuro:

– Então, e a Yasmine?

Meu filho bate com a mão espalmada no centro do volante. Exclama:

– Vai fechar a boca, não vai?

Eu não esperava tamanha agressividade. Por reação, lágrimas me vêm aos olhos, sem tristeza. Vejo a mão de Wilma pousar sobre a coxa nua do meu filho, apaziguadora, e, quando a retira, a marca dessa mão permanece, úmida sobre a pele dourada. Ela me lança um olhar neutro, diplomático, de quem avalia o estado das forças em confronto.

– Você é mal-educada – diz o meu filho entre dentes. – Você me envergonha, mãe. Como se atreve a fazer esse tipo de pergunta diante da Wilma? Isso não se faz, você sabe muito bem que não se faz.

– Deixa, não tem importância – murmura Wilma calmamente.

– Tem importância, sim – diz o meu filho com uma voz meio estridente.

– Desculpe, desculpe – digo, consternada.

Para me recompor, gostaria de pedir notícias da minha neta, mas ainda não consigo me decidir a pronunciar seu nome, Souhar, que soa aos meus ouvidos como provocação, deboche, indecência ou mesmo injúria biliosa. Wilma adivinhou meu pensamento?

– Vivemos em paz, o Ralph e eu – ela diz como que para pedir que eu não fale nada que possa alterar a estabilidade dessa existência.

– É – digo –, o pai do Ralph me disse que... nossa neta é um bebê muito tranquilo.

Minhas últimas palavras calam num silêncio pesado, são abocanhadas e engolidas por um mutismo nem sequer rompido pela respiração deles, desses dois estranhos sentados à minha frente, como se eles parassem de respirar a fim de nada compartilharmos, sobretudo o ar-condicionado do automóvel. E somente ronca e ressoa o meu próprio sopro, acompanhado das expirações curtas, úmidas e ofegantes do cachorro no porta-malas.

Pergunto, menos para saber a resposta do que para quebrar o ritmo que une minha respiração à do cachorro:

– Ela está bem, a pequena?

De novo o silêncio, incorruptível, acusador. Totalmente desamparada, viro meu rosto para o vidro da janela. O que foi que eu disse de errado? Estão zangados porque não digo: Souhar? Mas eles não podem ter notado isso o suficiente para logo se fecharem no silêncio que me opõem, ou então... ou então sabem de tudo, reconhecem tudo o que me aflige... é pouco provável, pouco provável...

O quatro por quatro abandona bruscamente a estrada ao longo da qual, para além das casas de veraneio novas ou abandonadas antes de ficar prontas, o mar imóvel e escuro parece proteger-se da luz e do azul do céu.

– Esse mar não cintila – digo.

Meu filho caçoa.

– É esse o estilo poético que ensinava a seus alunos? – diz com uma pesada ironia. – Não é de espantar que tenham te mandado embora!

– Achei – digo, exasperada –, achei que você tinha se tornado um homem gentil e decidido me amar apesar de tudo, como eu te amo apesar de tudo!

– É verdade – diz o meu filho, de repente calmo e suave, a despeito desse frenesi que parece possuí-lo, que torna sua voz vibrante, ardente.

Avançamos agora num caminho pedregoso, muito íngreme, que dá voltas e voltas em ângulos abruptos. Então meu filho mora na montanha, penso com um pouco de ansiedade.

À medida que o carro sobe, cada vez com mais dificuldade, entre os pequenos bosques de medronheiros e pinheiros baixos com troncos negros e ramos sem folhas, o mar, reduzido a uma mancha opaca, acaba por não se avistar mais. Passamos então para o outro lado da encosta, o lado sombrio, e o meu coração se encolhe em meu peito.

A sombra é imensa, e se estende por quilômetros ao redor, na floresta de pinheiros calcinados, no vale deserto, e lá no fundo o estreito riacho, dessa distância, parece imóvel, retido no gelo escuro. Meu filho desliga o ar-condicionado.

De repente faz frio. O silêncio me surpreende, até o cachorro parou de ofegar, como se economizasse forças. Meu filho liga o aquecimento. E continuamos subindo sempre e sem fim, em baixa velocidade, e parece então que me afasto do Ange e que o abandono de forma ainda mais segura, pois agora será uma viagem muito longa descer de volta até ele.

29 Eles são assim

Meu filho e aquela mulher, essa Wilma cuja idade, segurança e beleza me afetam mais do que ouso admitir (não tenho influência sobre ela, nenhuma autoridade possível nem sequer imaginável, e tampouco saberia tentar agradá-la como fiz com Lanton, que era jovem e vivia sem mãe, a dele tendo mudado tantas vezes de vida e de marido, e transferido tantas vezes seu afeto a filhos novos que a pequena parte que restou a Lanton perdera para ele todo o sabor), meu filho e Wilma moram numa ampla casa de pedra no flanco da montanha, na aldeia de San Augusto.

Devo descrever essa situação com a maior calma, pois não posso mudar nada. Mas não era isso que eu esperava encontrar, de jeito nenhum.

Meu maior receio era ter que enfrentar o nome da minha neta, não ter o menor pretexto para, de certo modo, preservá-lo em minha boca. Talvez eu temesse ainda mais *como reconhecer, como admitir isso?* ter de constatar, diante do rosto da criança, de seus olhos, cuja cor mais ou menos escura contrastaria com o branco da pele mais ou menos bonita, que meu filho havia prolongado a indignidade do nosso sangue.

Tinha sido impossível perguntar ao meu ex-marido, esse homem inocente e bom e sem malícia, com quem se parecia nossa neta desse ponto de vista, o único que me preocupava na verdade. Se eu tivesse perguntado, ele não teria entendido.

Nunca vejo televisão, eu disse a ele. Meu espírito não é como o seu, enevoado por essas besteiras, continuei. Fico sabendo de muita coisa pela tevê, ele respondeu, esse homem cândido. Poderia, teria o direito de me dizer: Nadia, você conhece e convive com o mal mais do que eu, a abstinência de tevê não a protegeu nem a salvou, não, não foi no grande fogo purificador que você se lançou ao se privar da tevê, mas talvez, não sei, num pântano lodoso. Quanto a mim, continuei sendo basicamente quem eu era apesar de gostar de tevê, ele poderia me dizer, o meu ex-marido de coração honesto.

Mas não pude me debruçar sobre o rostinho, como quer que ele seja, de Souhar.

– Cadê a sua filha? – perguntei ao Ralph assim que chegamos.

Uma tontura se apoderou de mim, me apoiei no carro para não cair. Demos tantas voltas que minha cabeça girava. Sentia náuseas. Meu filho murmurou algumas palavras ininteligíveis, a testa enrugada de raiva, uma raiva pronta a se despejar sobre sua pobre mãe mergulhada na ignorância e na incompreensão.

Outrora era eu que lhe metia medo com um simples franzir de sobrancelhas, era eu que o levava às lágrimas só de fazê-lo sentir que eu poderia ficar furiosa – em que momento, que idade ele tinha quando o medo mudou de lado? O menino que me amava tanto tinha medo de me ver de cara feia e não suportava que eu parecesse zangada com ele, depois o adolescente que ele se tornou mostrou uma suscetibilidade tão nebulosa que me habituei a pesar cada palavra que dizia a ele, mesmo assim sem nunca ter certeza de evitar seu descontentamento, e eu devia parecer então com alguns dos meus alunos que, quando os interrogo, se lançam perdidos no abismo, na certa rezando para que a queda tenha a lentidão flutuante e a eternidade dos sonhos, e que também meu rosto flutue inalterado na noite dos tempos, paciente e suave diante do rosto torturado de inquietude deles.

Encontrei coragem para perguntar outra vez:

– Ela não está?

– Não – respondeu o meu filho, seco.

A casa onde meu filho e essa Wilma moram domina o vale, de costas para o caminho, e é uma casa tão alta e austera, toda de pedra cinzenta, que se avista mesmo a vários quilômetros de distância.

– Que decepção – digo –, esperava conhecer enfim minha neta.

– Uma pena, mas é impossível – diz o meu filho.

Eu estava tão firmemente preparada para conhecer a criança que fico sinceramente desapontada e até triste mesmo com sua ausência, e não aliviada como achava que ficaria.

Busquei o olhar de Wilma, erguendo uma sobrancelha interrogadora, de surpresa. Mas ela desviou o olhar, como mulher discreta que não se envolve com o que não é da sua competência, e compreendi assim acertadamente que ela não é Yasmine, a mãe da criança. Pois, no carro, cheguei a pensar que essa Wilma talvez fosse Yasmine, quem sabe tivéssemos cometido um erro, o Ange e eu, ao pensar que meu filho se casara com uma moça chamada Yasmine, ou que ela pudesse ter mudado de nome, decidindo ser chamada de outro modo, *decisão que eu mesma não deixaria de tomar se o meu nome fosse Yasmine.*

Vai ver que é só isso, pensei, tão tranquilizada por essa ideia a ponto de quase rir.

Nunca vi nenhuma foto dessa Yasmine. Meu filho me informou bem por alto do seu casamento, num dia em que cruzei com ele na Rue Sainte-Catherine, recusando-se a dizer mais sobre a mulher do que seu nome, Yasmine (ou disse Wilma, na verdade?).

Ele não quis me falar da mulher sob o pretexto de que eu me apropriara, segundo seus termos, de Lanton quando os dois ainda viviam juntos – eu teria roubado Lanton dele, o teria mesmo corneado, ele disse, com Lanton. O que simbolicamente é pior, acrescentou bem na minha cara estupefata. E assim ele queria que eu deixasse Yasmine, sua mulher, em paz.

– Mas – protestei – o que eu poderia fazer à sua mulher, do que você tem medo?

Ele tinha medo... como posso dizer isso sem tremer?... tinha medo de que eu insuflasse em sua mulher vergonha e desprezo por si mesma, fingindo afeto e interesse por ela.

– Mas quando foi que fiz uma coisa dessa com alguém? – perguntei ainda, com os olhos transbordando de lágrimas desesperadas. – Quando foi que fiz uma coisa dessa?

Meu filho riu e foi embora, impiedoso, cheio de ódio. Como era possível ter inspirado tamanho ódio no meu próprio filho, o filho único que me amara tanto, era o que eu não podia compreender. Fiquei sabendo depois que ele partira para morar e trabalhar em San Augusto, levando consigo a esposa, Yasmine, e que passado algum tempo a menina nasceu.

– Está vendo? – disse o Ange quando recebemos o aviso do nascimento –, ele não tem mais rancor, está avisando que você é avó.

– É – eu disse, contente no início.

Mas então o nome do bebê me saltou aos olhos, e pensei que meu filho só me enviara esse aviso por um motivo: as seis letras do nome Souhar formam uma flecha que me transpassa o coração de um lado a outro.

E agora que estou na casa sombria do meu filho, pouco me importa esse nome terrível. Não me sinto à vontade. Onde estão a criança e sua mãe? Eu que estava tão apreensiva porque ia vê-las (embora ao mesmo tempo ferida por meu filho nunca ter me apresentado as duas), agora estou angustiada por elas.

A casa onde meu filho e essa Wilma moram parece ser a mais importante da aldeia, formada apenas de umas poucas construções modestas, cinzentas, espremidas umas contra as outras ao redor da igrejinha sem ornamentos. Afastada, mas próxima o suficiente para que os habitantes dessas pobres casas não ignorem nada do que se passa lá, a enorme moradia do meu filho tem três fileiras de janelas estreitas, do outro lado do caminho, e oculta completamente de seus vizinhos a vista para o vale, a menos que os esteja protegendo dessa perspectiva melancólica na qual o olhar mergulha e se perde – os bosques devastados por incêndios recorrentes, o riacho estático, a sombra fria espalhada em toda parte.

O calor ardente está todo concentrado na outra encosta, que dá para o mar. Dessa fornalha, da qual nada sentimos aqui, eleva-se uma bruma invisível que faz tremeluzir o ar até San Augusto. Wilma me diz que essa leve vibração da atmosfera permite ver miragens. Diz que às vezes se tem a impressão de que uma camada de água flutua acima da aldeia, e que se isso me acontecer, se eu julgar ver o reflexo de palmeiras nesse lago imaginário, devo simplesmente fechar os olhos, apagando assim a visão.

Meu filho tira o cachorro do porta-malas e o devolve à liberdade, nenhum dos dois gosta de manter o cão preso ou atado à coleira, me disseram o Ralph e essa Wilma.

– O Arno é um doce – disse o meu filho com uma voz meio ameaçadora, como que esperando que eu duvidasse ou que atiçasse o cachorro com a única finalidade de mostrar que ele é bravo.

Ele deve saber, porém, que não tenho o menor interesse por cachorro, que cachorro para mim não existe. Qualquer conversa sobre cachorro me aborrece profundamente. Mas, na hora de soltar o Arno, meu filho o retém num gesto de contrariedade e espanto. O cachorro quase pulou em cima de mim.

– É estranho – diz o meu filho. – Você tinha cachorro em casa?

– É lógico que não – respondo, ainda assustada com essa agressividade toda.

– Mas ele deve ter sentido o cheiro de um cachorro macho nas suas roupas – diz o meu filho, pensativo.

– Só pode ser isso – diz Wilma, seca.

– Não estou escondendo absolutamente nada de vocês – digo.

Descontentes os três, deixamos de lado a questão do cachorro e de seus sentimentos em relação a mim. Meu filho e essa Wilma parecem vexados, quase mortificados, de perceber que não sabiam bem qual fora o motivo do comportamento do Arno. Por esse melindre de orgulho e de afeição posso imaginar a dimensão da ternura que sentem pelo cachorro.

É que eles não têm uma criança para amar, ou será que a menininha não basta, é decepcionante, feia ou marcada, cheia de sinais repulsivos?

Wilma acaricia os largos flancos ruivos do cachorro, como para se desculpar de alguma coisa. Ajoelha diante dele, o rosto lindo bem junto da boca do animal, dizendo:

– Calma, meu lindo, calma.

E o cachorro lambe as faces, o nariz, a boca dessa mulher, dessa Wilma que mora com o meu filho e que, para me conhecer, se maquiou com esmero esta manhã. A língua comprida do cachorro tira parte do blush, do batom e até do rímel, fazendo-a rir com uma alegria meio forçada.

Meu filho também quer que o cachorro lamba todo o seu rosto. Os dois brincam de disputar o lugar junto da boca do animal, de lutar por essa bênção. Wilma levanta com o rosto lambuzado e penugento, orgulhosa, satisfeita. E há um desafio obscuro lançado a mim nessa maneira de exibir a nudez do rosto lambuzado de saliva do cachorro (dava para sentir o cheiro forte, rançoso, e pude imaginar o quanto devia estar grudenta sua pele), como se essa mulher refinada quisesse me desafiar a achá-la menos sedutora assim.

Eu me afasto, vou andando até a porta da casa do meu filho. Ele, *o meu garotinho que me amava tão desesperadamente, como ninguém mais me amou*, eu não tinha vontade nenhuma de ver levantar lambuzado de baba do cachorro, se exibindo nesse deleite repugnante. Meu Deus, eles devem ser muito solitários, penso ainda, para se entregarem assim tão humildes às carícias do Arno, carícias que na certa mendigaram.

Faz um frio seco e suave. Um vasto céu azul palpitante envolve a casa do meu filho, e atrás de nós, do outro lado do caminho, as casinhas apertadas junto da igreja, silenciosas, e que eu julgaria abandonadas se não visse, nas janelas, cortinas muito brancas.

Wilma tira da bolsa um molho de chaves para abrir a porta. Faz um sinal para que eu me afaste. Meu filho faz entrar primeiro o cachorro, puxando-o pela coleira. O cachorro, sabendo que estou atrás dele, vira a cabeça, rosna, se recusa a obedecer. Uma espuma furiosa sai de seus beiços negros e moles.

– Você deve mesmo estar com cheiro de outro cachorro, não pode ser outra coisa – exclama o meu filho com uma espécie de raiva.

– O Arno é muito dominador – diz Wilma.

– Talvez ele sinta que vocês não me acolhem de coração – digo, meio brincando.

– É, pode ser – diz o meu filho, sério, grave até, sem maldade nem intenção de ser cruel.

Percebo agitada que ele parece ter perdido a ironia, ele que era tão irônico a ponto de ser cansativo e difícil compreendê-lo, não dando para saber em certas situações se expressava voluntariamente o contrário do que queria dizer ou se devia ser levado ao pé da letra.

Hoje, em San Augusto, no território do meu filho, não duvido mais do sentido do que ele diz. A rigidez febril encravada em cada uma de suas palavras, como uma garra de literalidade absoluta, o afasta da lembrança que tenho dele mais do que se ele tivesse feito uma plástica no rosto. Olho então o seu rosto e não sei mais se o reconheço. Preferia, penso, que ele tivesse adquirido o sotaque forte e rude de San Augusto, em vez desse tom de solenidade e sinceridade, o mesmo que outrora ele nunca perdia a chance de ridicularizar quando julgava detectar em mim ou no Ange, numa afirmação qualquer que fizéssemos sobre o ensino. Ele me acusava de não entender nada de ensino médio, zombando do que chamava de meu ar perplexo diante dessa provocação.

Como é que o meu garoto tão doce, sensível e carinhoso se transformou naquele jovem que eu não amava mais?

Por outro lado, ele nunca mostrou impaciência com o meu ex-marido, seu pai, embora ele fosse incapaz de conceber o tipo de humor e a presença de espírito do nosso filho.

Pois o Ralph sentiu ou compreendeu que a bondade simples do pai implicava necessariamente que fosse surdo à zombaria, e respeitava isso infinitamente e talvez sentisse falta em si mesmo dessa forma de inocência, e talvez também guardasse rancor por eu o ter corrompido, é o que ele devia pensar, por uma capacidade de considerar as coisas a partir de diferentes ângulos, e todavia eu detestava seu gosto pelo sarcasmo e seu riso sem alegria, e passei a detestá-lo, a ele, quando abusava do escárnio.

Eu deveria ficar feliz de ver o meu filho livre dessa mania. Por que estou triste, inquieta? Porque ele continua impiedoso? Porque é inflexível, feroz, de um jeito que me parece ainda mais perigoso em relação a mim, apesar de sua aspiração extremada à mansidão? Eu gostaria de dizer: Você nunca será como seu pai, é tarde demais e você não foi feito assim. Ah, eu gostaria também de dizer, bem irritada: Então não vê aonde o coração confiante conduziu o coitado do seu pai? A viver à custa de Corinna Daoui, a ocupar um apartamento que não é dele, a arrumar um quarto ridículo para uma neta que ele só vê poucas vezes no ano, tudo isso sem se envergonhar, e sem se envergonhar também de oferecer ao mundo, em Bordeaux, um tipo de rosto que ele não consegue compreender que é odiado.

Meu filho desaparece na casa com Arno. Depois retorna, dizendo que prendeu o cachorro no consultório, e lembro então que ele é médico. Como nunca o vi praticar, costumo me esquecer um pouco disso.

Lembro dele só como estudante, em estudos tão longos que cheguei a pensar vagamente que eram um fim em si mesmo e nunca levariam a essa profissão, a medicina, que meu filho escolheu aconselhado por Lanton.

Wilma me faz entrar com um leve empurrão nas costas. O grande hall da casa é escuro e frio. Máscaras de madeira estão penduradas nas paredes de pedra, e há também peles estendidas em molduras e várias cabeças de javali empalhadas.

– Com a Wilma eu me tornei adepto da caça – diz o meu filho com um ligeiro ar de vaidade, enquanto contemplo as cabeças de javali e penso no que o Ange diria de tamanha matança.

Não há raça mais abominável que a dos caçadores, dizia o Ange.

– Então aprendeu a atirar? – pergunto com uma vozinha fraca.

Os dois viram para mim seus rostos iluminados.

Todos os caçadores deste país deveriam ser executados, dizia o Ange.

– Claro – diz o meu filho –, a Wilma me ensinou.

Os dois rostos emitem um brilho pálido no hall escuro, pois o desejo e o orgulho os iluminam a partir do interior, na certa ao rememorarem suas expedições no matagal, munidos das armas poderosas que vejo depois no quarto deles, atrás de um velho javali ou de uma fêmea de javali, enlouquecida, impelindo para a frente os filhotes, exalando os fortes eflúvios do terror até o focinho do Arno, e me pergunto, mais tarde, se esse pavor do animal é que dá o odor picante à carne preparada e servida em terrinas pelo meu filho. O pavor realça o aroma da carne?

Que surpresa, mais tarde, ver que o meu filho se tornou um excelente cozinheiro, um amante de carne vermelha, que ele tem mesmo, é inegável, um certo gosto pelo sangue.

Faço um esforço para admirar as máscaras e as cabeças, pois o meu filho e essa mulher são meus anfitriões.

– Muito bonito – murmuro, observando em seguida que isso dá prazer ao Ralph.

Ele não pôde deixar de sorrir, com seu sorriso antigo, ao mesmo tempo largo e hesitante, temeroso e feliz, seu sorriso de rapazinho.

Não era assim que ele sorria quando submetia à minha aprovação uma lição de casa, um desenho ou mesmo um presente feito especialmente para mim? Não era assim que ele sorria quando via que o julgamento da mamãe era favorável, como quando, por exemplo, me apresentou ao querido Lanton?

E então, de novo, seu rosto se imobiliza naquela austeridade ardente.

– Vou te mostrar a casa – diz Wilma.

– É – diz o meu filho –, mostra a casa pra ela.

Depois ele pede a Wilma que me examine assim que possível.

30 O que ela viu?

Estendida na maca do consultório de Wilma, penso no meu filho que não nos acompanhou na visita à casa, essa casa ampla e sombria demais onde ele mora com essa mulher não sei dizer desde quando – algumas semanas, alguns meses, mais de um ano?

Tive a impressão de que o meu filho nunca se aventura nos andares de cima, ainda mais escuros e frios que o térreo, divididos em quartos numerosos e vazios. O meu é mobiliado com uma cama, uma cômoda e uma cadeira. Uma colcha de chenile rosa cobre a cama, e meu mal-estar é tão forte ao ver esse tecido, com o qual não forraria sequer, penso, a casinha do cachorro, que não posso me impedir de corar.

Wilma notou.

– Isso já estava aí quando compramos a casa – ela disse. – Como não recebemos ninguém, não reformamos os quartos de cima.

Aproveitando a ausência do meu filho, perguntei a Wilma, num tom casual:

– Onde é o quarto da menina?

– Que menina? – disse Wilma sem refletir.

E seu rosto ficou rosado. Ela puxou minha mala do corredor para o quarto para evitar o meu olhar.

– Bom... – eu disse.

Mas então o maldito nome da criança, Souhar, se recusou obstinadamente a passar pelos meus lábios.

– Você sabe – eu disse, quase desesperada. – Por favor, não finja! A minha neta...

Estava decidido que eu seria punida sempre que parecesse me furtar a esse nome monstruoso?

– Fale disso com o Ralph – ela cortou.

Descemos a escadaria de pedra. No hall, Wilma abriu uma porta e me fez entrar no seu consultório.

– Você é clínica geral como o Ralph? – perguntei.

– Não – ela disse –, sou ginecologista.

Depois, com uma voz suave, profissional:

– Tire a roupa, mamãe, e deite. Volto logo.

Nunca vi, em Bordeaux, um consultório tão moderno e bem equipado como o de Wilma nessa humilde aldeia de San Augusto. Tudo é branco e púrpura, do tapete às poltronas. A mesa não é mais que uma longa chapa de vidro pousada sobre quatro hastes púrpuras. O computador, um Mac, é da mesma cor, como também o colchão da maca onde repouso, as luminárias e cada elemento da mobília.

As janelas do consultório dão, de um lado, para o vale profundo e escuro, e do outro para as casas ao redor da igreja. Não há cortinas. Erguendo um pouco a cabeça posso ver as janelas dos vizinhos, posso imaginar que eles também me veem e me observam estendida, nua, sobre a maca do consultório de Wilma, essa ginecologista que mora com o meu filho. Ou então as casas estão vazias e abandonadas e somos as únicas presenças humanas em San Augusto.

Wilma retorna vestindo um jaleco branco, o cabelo atado na nuca e o rosto delicado com a maquiagem cuidadosamente retocada. Estou muito constrangida de me apresentar assim a ela, na infelicidade de um corpo que negligenciei. Cubro os olhos com uma das mãos. Murmuro:

– Estou muito constrangida, sabe...

– Não precisa ficar – diz Wilma –, eu sou médica e isso basta.

– Eu era uma mulher bonita – digo, não conseguindo me impedir de falar –, mas não sei como aconteceu, vivi sem muito cuidado e o meu corpo escapuliu, por assim dizer, não me preocupei e ele levou sua própria vida, independente, claro que sob a minha observação diária, mas na verdade eu não via nada...

– Calma – diz Wilma com benevolência –, não é isso que estou examinando.

Viro a cabeça para o lado a fim de que ela não veja meus olhos molhados.

A casa está em completo silêncio. O que faz o meu filho? Espia-nos? De algum modo obscuro, parece que no consultório palpitam outras respirações além das nossas.

Essa mulher, Wilma, vai e vem, enfiando as luvas, preparando os instrumentos, e observo seus belos escarpins cor de ameixa, de salto médio, e, sob a saia violeta cortada pelo jaleco, as panturrilhas curiosamente fortes, os tornozelos maciços, detalhes que chamam a minha atenção numa mulher, de resto, bastante magra. Sussurro:

– Minha barriga não está muito inchada?

– Vamos ver – murmura Wilma.

A voz dela parece alterada pelo pressentimento. Fixo os dois pés nos estribos da mesa ginecológica ao sentir a carne das coxas se agitar e tremer. Embora eu não tenha a pele clara, as marcas de varizes são bem visíveis.

Wilma afasta com suavidade minhas coxas, enfia lentamente o espéculo em minha vagina.

– Está muito frio – digo com um pequeno sobressalto.

Wilma não responde. Levanto um pouco a cabeça e nossos olhares se cruzam, o dela cheio de pânico e perplexidade.

Ela se levanta de repente do banquinho de exame. Põe as mãos no fundo dos bolsos, vai até a janela que dá para a rua. Depois retorna, volta a sentar, olha de novo no espéculo. Ao girar uma rosca, aumenta o grau de abertura. Solto um gemido. Ela logo gira a rosca no sentido contrário.

– Então – pergunto –, o que está vendo?

Ela não responde. Repito a pergunta. Silêncio obstinado.

Passo meu olhar por cima dos seus ombros, na direção da janela onde uma pombinha branca ocupa agora a borda externa, apoiada numa só pata, inquieta mas concentrada, como se me observasse com seu olho implacável. Pergunto:

– Vocês têm pombos?

Wilma permanece um instante sem compreender, depois olha por cima do ombro.

– Tenho – ela diz, como que aliviada por mudar de assunto –, mas não dá tempo de nos ocuparmos deles, nem recolhemos os ovos. Poderá fazer isso, se quiser.

– Nunca fiz isso – digo, um pouco vexada – e também não sei se terei tempo. Preciso voltar a trabalhar, encontrar uma escola aqui.

– Não vai ser possível com o que tem na barriga – exclama Wilma num tom de estranha aflição.

Ela retira o espéculo sem suavidade, joga-o num pequeno balde metálico, afasta o banquinho de um jeito brusco. Levanta, arranca as luvas quase com raiva.

– Com quem você fez isso, mamãe? O que é que você fez da sua vida?

Não sem dificuldade, levanto e sento na mesa ginecológica, as pernas pendendo acima do piso quadriculado branco e púrpura. Assustada, começo a tremer.

– Então… Diga o que eu tenho – peço com uma voz estridente.

E acrescento, afobada:

– E do que sou culpada também.

Os olhos castanhos de Wilma parecem se enternecer sob o efeito de uma espécie de piedade. Para ganhar tempo, ela retira o elástico que prendia o cabelo com um gesto lento, suave.

– Afinal, não tenho culpa – digo – de estar na menopausa.

– Ah, mamãe, não é nada disso, não mesmo – ela diz.

– Então por que não menstruo mais?

Ela balança a cabeça, desamparada.

– Em todo caso – diz –, você não está doente. Só tem… uma coisa que não se parece com nada conhecido.

De repente fico com medo que ela fale mais. Salto desajeitada da mesa ginecológica. Sinto o que está na minha barriga surpreendido por esse movimento, sinto-o balançar acima da virilha e depois se imobilizar.

Torno a me vestir, apressada. Wilma retira o jaleco, sob o qual está usando uma malha angorá violeta. Acima dos seios a pele fosca é um pouco flácida, enquanto o rosto está muito tenso. *Essa mulher que mora com o meu filho talvez seja mais velha que eu.*

Sem olhar para ela, fechando com dificuldade o botão da calça, pergunto:

– A minha barriga vai aumentar muito ainda?

– Vai – diz Wilma –, acho que isso é só o começo.

– Não dá para interromper tudo?

– Não é uma situação normal, mamãe. Não posso correr esse risco. Vamos ver.

– Mas – murmuro – será que é alguma coisa... diabólica?
– É – diz Wilma.

Para disfarçar seu horror, ela dá uma risadinha forçada, como se ainda fosse possível dar um tom divertido a nossas palavras, como se esse fingimento fosse necessário, não para nos enganarmos, mas para podermos continuar juntas sem que o estupor nos derrube, sem que o pasmo nos deixe de queixo caído.

Faço então uma última pergunta a essa ginecologista que mora na casa do meu filho e que talvez, penso, de certo modo mantenha o meu filho cativo.

– Isso que eu tenho pode ter sido provocado pela comida?

Ela levanta uma sobrancelha, surpresa.

– De jeito nenhum – diz –, não tem nenhuma relação com a comida.

Come-se mal na casa do meu filho 31

Jantamos os três na cinzenta e fria sala de jantar que o meu filho e essa mulher transformaram numa espécie de exposição permanente de suas façanhas armadas. Nas paredes de pedra há apenas fotografias emolduradas mostrando ou um ou o outro em traje de caçador, segurando pelas patas um faisão ou um grou, ou esmagando com uma pesada bota militar o peito ensanguentado de um javali, de um cabrito-montês, e sempre exibindo aquele sorriso marcial de quem não mata por interesse ou prazer, mas na convicção de agir pelo bem comum. O sorriso de Wilma é explícito, definido, sem nenhum pesar ou constrangimento, mas os belos lábios do meu filho parecem se afastar de um jeito meio forçado, imobilizados numa hesitação imperceptível, na sombra de um tremor.

Estamos sentados em volta da mesa de carvalho. Todos os móveis dessa sala são marrons e pesados. O cachorro Arno late no consultório do meu filho, do qual só uma porta nos separa.

– Ele costuma ficar conosco, não entende o que está acontecendo – diz o meu filho, aborrecido e inquieto.

– Você fala desse cachorro como se fosse seu filho – digo.

O rosto do meu filho se contrai, se fecha. A noite é negra nas janelas estreitas. O silêncio é absoluto entre os latidos.

Meu filho pôs na mesa um prato cheio de uma carne escura, com um molho espesso cor de vinho, e me serve com abundância, dizendo, não sem corar, que passou longas horas cozinhando essa caça – ah, como estou orgulhosa de poder apreciar o que ele preparou. *Como posso desfazer hoje o que formei durante vinte anos, como livrar o meu filho dessa espera ansiosa e irascível do julgamento da mãe? – não se importe com minhas sentenças, eu gostaria de lhe dizer, elas não valem mais que qualquer outra.*

Meu filho serve Wilma ainda mais copiosamente que a mim, mas a ele mesmo com parcimônia.

– Você me criticou por estar gorda – digo em voz alta para encobrir os latidos do cachorro –, mas não vou emagrecer se me fizer comer assim!

Meu filho olha para mim. Vejo compaixão nos seus olhos.

Ele murmura:

– A Wilma me explicou, agora já sei por que me pareceu tão gorda, desculpe.

Sacudo a mão na direção dele, agitada, querendo evitar esse assunto. Não quero nem pensar no que tenho dentro de mim.

Começo a comer. O sabor forte e estranho da carne, do molho, me surpreende e logo me esgota. Um cansaço se apodera do meu maxilar, de repente é intoleravelmente penoso ter de mastigar, ao mesmo tempo que me concentro no sabor a fim de encontrar as palavras para fazer um comentário. Eu me contento em dizer ao meu filho que está muito bom.

Na verdade não está bom, é muito forte, agressivo, fibroso. Será que ele quer me submeter a uma espécie de prova?

Meu filho me lança um olhar desconfiado e depois, como sustento com firmeza e amabilidade o seu olhar, todo o seu gracioso rosto se acende de contentamento, *e reencontro a criança que amei ainda viva sob os traços do adulto amargo e nervoso, amargo e vingativo, tão estranho e desagradável, tão diferente de Lanton, por quem senti uma afinidade desde o primeiro encontro e que amei, sim, mais que ao meu filho, a ponto de que sua morte teria me desesperado e a morte do meu filho não, e esta talvez tivesse secretamente até mesmo me aliviado, livrando minha existência desse fardo que tornou nossa ligação amarga e nervosa, e nenhum nome como Souhar teria abalado minha tranquilidade; mas se posso reencontrar a criança que amei, quando o rosto do meu filho se acende como uma lâmpada, será que não posso também aprender a amar um pouco o adulto de agora, cuja amargura e rancor dissimulam a criança que amei, que amei de fato, que amei como deveria amar?...*

Pouso o garfo, enxugo os lábios. Minha barriga está agitada. Isso não dá para ninguém ver, pois a mesa esconde.

– Ralph!

Meu filho leva um susto. O cachorro para de latir e o silêncio nos envolve.

– Você precisa responder à carta do Lanton – digo –, é muito importante.

– Sabe o que ele está me pedindo? – diz Ralph, glacial.

– Não.

– Então como você pode exigir que eu responda se não sabe de nada?

Ele afasta o prato com mau humor. Wilma estende o braço, acaricia sua cabeça. Para se acalmar, meu filho inspira profundamente.

– Tudo o que sei – digo com dificuldade – é que você vai pôr a vida do Ange em perigo se não responder ao Lanton.

Ele levanta, furioso.

– Que merda! – grita o meu filho. – Você ainda fica protegendo!

– Não é ele que estou protegendo – digo –, é o Ange.

– O Ange acabou – diz o meu filho.

Ele volta a sentar bem devagar. Fecho os olhos, meus ouvidos zumbem. Meu filho murmura, despejando de repente toda a sua raiva:

– Ele quer que eu volte para Bordeaux, quer que a gente volte a morar junto.

– É – digo, muito abatida –, ele ainda te ama.

Começo a chorar.

– E o meu pobre Ange, então?

– De todo modo, parece que ele está condenado – diz o meu filho.

Pergunto:

– Quem te disse isso?

– O Richard Victor Noget – diz o meu filho.

– É ele que está matando o Ange – digo.

– Não, acho que não – diz o meu filho. – Acho que é você, mamãe.

A raiva seca os meus olhos. Exclamo:

– Nunca, está me ouvindo?, nunca fiz nenhum mal ao Ange!

– Você não percebeu – diz o meu filho num tom conciliador que me assusta ainda mais –, mas levou o Ange para onde não devia. No começo, não havia razão para que o Ange tivesse nenhum problema, ele era inocente.

Volta-se para Wilma, como para explicar a situação a alguém que não pode entender totalmente:

– O marido da minha mãe, o Ange, é bem-nascido, recebeu uma boa educação, nunca se sentiu indigno.

– É verdade – digo. – E daí?

– Ele não devia ter se casado com você – diz o meu filho –, a não ser que fosse viver longe de Bordeaux.

– O Ange nunca sairia de Bordeaux – digo.

– Pois então, agora ele nunca mais vai sair da sua cidade querida – diz o meu filho com uma tristeza áspera.

Na minha confusão, repito inutilmente:

– O Lanton... Ele ainda te ama...

Depois nos calamos e é tamanho o silêncio que quase lamento o cachorro não ter recomeçado a latir.

Meu filho levanta, fazendo ranger os pés da sua cadeira no piso de lajota, para ir buscar a sobremesa, uma musse de chocolate. Ele ainda está usando bermuda, embora tenha esfriado. Suas pernas finas e lisas parecem as de um adolescente, e vacilam um pouco.

Ponho a mão sobre a minha barriga, sentindo que ela se agitar, tem vida própria, caótica. Não sinto mais fome, qualquer comida me dá nojo. Mas a esperança atormentada, quase odiosa, domina outra vez os olhos do meu filho quando ele põe diante de mim um pote cheio de musse de chocolate e, para apaziguá-lo, finjo que estou gostando. Cada bocada é um suplício. Não tenho mais fome, no entanto engulo uma colherada e mais outra que empurro na garganta até a náusea – a musse não quer descer... Consigo mesmo assim engolir. As duas colheradas já me parecem enormes, insuperáveis...

Meu filho me observa, feliz de me ver comer.

E essa coisa em mim, será que se beneficia de cada colherada?

– Você devia ter deixado o Ange em paz – diz o meu filho de repente –, não devia ter pulado em cima dele como fez.

– Pulado em cima? – digo.

– Não devia...

Meu filho busca a palavra, depois dá uma risada curta e seca.

– ... ter seduzido, feito casar. Ele não estaria nesse estado se você não o tivesse agarrado à unha.

– Você ainda me reprova, com essa idade – digo –, por ter abandonado seu pai!

– Não falo do coitado do meu pai – diz o meu filho, calmo –, mas do seu marido, você está entendendo muito bem.

Em minha raiva, diante da serenidade do meu filho, raspo o pote para fazer alguma coisa, agora não quero desperdiçar nada da enorme porção de musse de chocolate. Estou empanturrada, a ponto de explodir.

Com que aspecto será que essa coisa sairia, qual seria a sua natureza, e o seu grau de monstruosidade?

– Vim até a sua casa achando que a alimentação seria mais leve, mais equilibrada – digo num tom de lamúria.

– Não se preocupe com isso, mamãe – diz Wilma. – Nós vamos cuidar de você.

Há um fundo de verdade na acusação do meu filho? Por que é preciso, penso com angústia, trazer à tona histórias passadas, antigos remorsos e velhas queixas? Não é possível, depois de anos de comportamento perfeito, ganhar o indulto do esquecimento total? Como pode o meu filho ainda conservar num canto da memória a suspeita – que teve na época porque estava zangado comigo e depois me jogou na cara porque eu estava me divorciando do pai dele e ele achava isso injusto de que só me interessei pelo Ange para ascender socialmente e para me lavar do meu sangue?

Ah, eu gostaria de dizer a ele, essas mortificações repugnantes nas quais você chafurda!

– E a sua filha? E a mãe dela, Yasmine – digo –, por que não estão aqui, hein?

Sinto que um ricto de maldade me escapa. Não estou segura do meu desafio e minha voz é trêmula. Meu filho conserva um silêncio de desprezo, não vira sequer a cabeça para mim.

Mas ele não estava presente quando pus em ação, é verdade, as clássicas manobras de abordagem de um homem cobiçado, quando passei a girar em volta do Ange até prendê-lo na rede de charme cuidadosamente preparada, meu filho não estava presente nessa época, e o que ele pode saber do que eu sentia, do amor que eu tinha por aquele homem, meu colega, que eu queria e havia jurado conquistar? Você não o amava, diria o meu filho, mas o que ele sabe disso? Você não o amava, diria o meu filho, presunçoso, só queria esquecer de onde veio e as pessoas com quem se parece – mas o que pode um filho saber dos sentimentos da mãe por outro homem que não o seu pai?

– Você não sabe nada do amor – digo –, você, que abandonou o Lanton...

– Não me fale mais desse canalha – diz o meu filho com violência.

Wilma abandona a sala. Retorna pouco depois trazendo uma longa e pesada caixa metálica que põe na extremidade da mesa. Diz ao meu filho que a encomenda chegou esta manhã e que é exatamente o que eles haviam imaginado.

Meu filho solta uma exclamação de alegria, como a que teve, lembro sem querer, na manhã de um dos muitos Natais que passamos na Rue Fondaudège, e, enquanto esse grito feliz do nosso filho punha nos lábios do meu ex-marido um doce e terno sorriso, eu só conseguia fazer uma careta, com um ciúme incompreensível daquele menino mimado no entanto por mim mesma, pensando: Nunca tive Natais assim, e desejando quase vê-lo decepcionado como fiquei tantas vezes na sua idade diante de um único presente simples e mal escolhido.

Com cuidado Wilma tira da caixa várias peças de metal que monta para formar uma arma de caça. Ela estende a arma ao meu filho, que a sopesa e acaricia. Como ele está feliz!

Ele mira o meu peito, de brincadeira. E, de brincadeira, levanto as mãos.

– Piedade! – digo.

Certamente não pus gracejo suficiente no tom. Meu filho, confuso, baixa a arma.

32 O que há entre eles?

Passo uma primeira noite bastante dolorosa na casa do meu filho.

Como se o exame de Wilma tivesse dado uma súbita segurança, e mesmo audácia, ao fenômeno que me habita (a menos que a carne da janta o tenha feito crescer de vez, penso), todo o meu corpo é sacudido por espasmos e pelo que imagino serem garras interiores, ferozes, furiosas.

– Uma ninhada de gatos presa num saco – digo a Wilma quando, não aguentando mais, decido sair da cama no meio da noite para pedir ajuda ou consolo.

Bati na porta do seu quarto e Wilma abriu muito depressa, ainda vestida. Uma lamparina ilumina suavemente o lugar. Percebo atrás de Wilma várias armas de metal brilhante, penduradas nas paredes. A cabeça do meu filho desponta nos lençóis, imóvel. Ele dorme.

– Por enquanto não posso te dar nada – sussurra Wilma –, preciso pensar num tratamento especial para você, mamãe.

– Mas não consigo pregar o olho – digo.

Ela levanta os ombros, cheia de uma simpatia impotente. Depois desvia o olhar. Olhamos juntas a cabeleira desgrenhada do meu filho pousada como que escrupulosamente sobre o travesseiro – nem um sopro a faz tremer. Por que, penso, tenho a impressão de que essa mulher o vigia como um carcereiro?

– O tal Lanton – murmura Wilma –, o Ralph não para de pensar nele, diz o nome dele quando sonha.

E acrescenta, pensativa, entristecida:

– O Ralph também ainda o ama, é evidente...

– O Lanton tem muito poder em Bordeaux – digo. – Se quiser fazer mal ao Ange, é fácil para ele.

– Mas o que se pode fazer quanto a isso, não é? – diz Wilma, rude. – Boa noite, mamãe, tente dormir assim mesmo.

Uma sombra felpuda se põe a rosnar da cama onde o meu filho dorme feito pedra. O cachorro Arno salta no chão, suas unhas raspam a madeira. Wilma fecha a porta.

É ela mesma, essa mulher intimidadora, que sugere ao meu filho que eu o acompanhe na sua visita aos doentes. Meu filho consente, de boa vontade.

A manhã é clara e glacial. Para enfrentar o frio e as longas horas por vir, meu filho diz que é preciso comer carne no café da manhã. Propõe uma tigela de lebre com pistaches. Vendo que Wilma se serve de uma boa porção e que na mesa não há outra coisa senão um bule de café e pão, aceito o que meu filho me oferece com um sorriso sedutor. É de novo uma comida forte, um pouco picante, mas a satisfação tranquila e não mais temerosa que relaxa o rosto do meu filho enquanto como, forçando-me o apetite e o prazer, parece compensar o esforço que faço para engolir carne selvagem de manhã cedo.

Wilma volta a se servir, ávida, come quase com gula – e devora a lebre sem pão, intercalando as garfadas com longos goles de café preto.

Espero que não seja com sua filha, a pequenina, que nos regalamos desse modo, eu gostaria de dizer ao meu filho brincando.

Mas não digo nada. Percebo que a voracidade de Wilma o deixa pouco à vontade diante de mim. No entanto ela está elegante e bela, muito fina num penhoar de seda malva, e parece não sentir frio. Quando ela me sugere que acompanhe o Ralph na visita aos doentes, é com uma voz doce mas imperiosa.

Ela quer que haja sempre alguém de guarda junto dele?

No hall, o Ralph põe sobre meus ombros um casaco de pele.

– Você não está bem agasalhada – ele diz.

Afasto instintivamente o casaco, que desliza até o chão.

– Desculpe – digo –, mas detesto pelo de animal!

Ele pega o casaco, alisa, como se o acariciasse.

– Mas vai ter que se acostumar – diz.

– Como assim? – pergunto.

Ele não responde, se afasta em direção à porta. Carrega sua maleta de médico e veste um longo casaco de couro bordô. Pergunto:

– A Wilma te disse o que viu com o espéculo, não é?

Ele balança a cabeça, intratável, querendo dizer que não vai responder.

– Vamos, mamãe, vamos logo – diz em seguida, de um jeito tão ameno (e a palavra "mamãe", pronunciada quase com ternura) que meus lábios começam a tremer, prontos para gaguejar alguma coisa que no entanto não vem, cujo sentido e intenção eu mesma ignoro.

Na calçada diante da casa, algumas mulheres esperam, agrupadas no ar frio, cintilante. São todas baixinhas como eu, morenas, com os mesmos olhos puxados de Wilma, que sobem, muito negros, até as têmporas. Elas me lançam olhares de curiosidade, rindo entre si.

Num murmúrio pergunto ao meu filho quem são.

– Pacientes da Wilma – ele diz.

Acrescenta que moram nas casinhas amontoadas ao redor da igreja, do outro lado da estrada.

– Você vai ter oportunidade de ver – diz meu filho –, elas fazem máscaras de couro, como as que temos lá em casa, no hall.

Pergunto de que me serviria uma máscara. Meu filho hesita. Estende o braço, abre a porta do carro. Depois olha, pela primeira vez, parece, bem nos meus olhos.

– Você pode mandar reproduzir o rosto de uma pessoa querida – ele diz. – Assim essa pessoa estará com você, na parede, vendo você ir e vir.

Meu filho põe a maleta no porta-malas e se instala ao volante. Viro as costas para ele e ando a passos rápidos até a casa. As mulheres me acompanham com os olhos, divertindo-se, será que por verem flutuar as abas do meu colete que agora não consigo mais abotoar na barriga? Ouço meu filho me chamar. Grito sem me virar:

– Um minuto, já volto!

Entro na casa. Com o coração apertado, *meu coração não mais tão velho, meu coração marcado de uma nova juventude e batendo como um bobo em uníssono com algum coração inumano*, me aproximo das duas máscaras que já tinha visto no hall diante das cabeças de javali empalhadas. São feitas de couro fino, liso, de um castanho claro. Uma representa um rosto de mulher, a outra o de uma menininha. O primeiro é grave e melancólico – boca torta e olhos negros cheios de uma vaga tristeza. O segundo, o da criança, embora semelhante ao outro na fisionomia e na forma, é sorridente, alegre.

– Então elas estão aí, penso – mas só aí?

Um leve ruído desvia minha atenção para a escada. Wilma, imóvel num degrau de baixo, me observa, os braços cruzados sobre o jaleco de ginecologista. Como suas panturrilhas são volumosas para uma silhueta tão delgada!, penso maquinalmente. Ela parece contrariada, tensa. Com um movimento ligeiro do punho, parece expulsar minha presença, apagá-la da realidade.

– Vai fazer o Ralph se atrasar – ela diz. – Devia estar com ele!

– Ele não pode ficar sozinho um pouco? – pergunto.

– Geralmente sou eu que o acompanho – diz Wilma.

Compreendo então que é isso que a irrita, eu ter deixado o meu filho sozinho na rua, e não eu ter ficado olhando as máscaras.

Volto a sair da casa. *Ontem, quando Wilma mostrou meu quarto e depois quando me examinou, o Ralph não estava sozinho? Não, não, estava com o cachorro, o Arno é que estava de olho nele.*

Sinto um alívio frouxo: o meu filho está ali, me espera no carro, com o motor ligado. Devo ajudá-lo a escapar do controle de Wilma, devo querer não o encontrar me esperando docilmente? Ah, penso, não sei, não sei nada do que o meu filho quer no que diz respeito a isso.

Entro no carro ao seu lado, me instalo no assento com um discreto cheiro de animal selvagem. Meu filho logo dá a partida. Uma veiazinha pulsa nervosa em sua têmpora.

– A Wilma gosta muito de carne – digo.

O Ralph imediatamente exclama:

– Não fala da Wilma, não quero que comece a criticá-la. A Wilma te acolheu, você não tem nenhum direito aqui, mamãe!

– Não estou criticando ninguém – digo –, só reparei que essa mulher gosta de carne como... como um animal carnívoro.

– Nem mais uma palavra! – grita o meu filho.

Ele começa a suar de repente. Diminui o aquecimento. Murmuro:

– Parece que você tem medo.

Descemos lentamente em direção ao mar, deixando atrás a sombra fria, a luminosidade glacial do céu, as casinhas medrosas, cinzentas, amontoadas junto à igreja.

Sinto aos poucos o calor cada vez mais intenso no metal invadir o interior do carro. Meu filho estaciona no acostamento, livra-se do cinto de segurança, tira o casaco sem sair do assento, com os gestos precisos de quem os executa diariamente na mesma ordem.

– Eu queria saber – digo – se é mesmo verdade que você foi a Bordeaux este ano e esteve com o Ange.

– É – diz o meu filho. – Foi ele que te disse?

– Não. Ele não me disse nada.

A humilhação e o sofrimento me esmagam. Eu me sinto amargurada e boba, injustiçada. *No entanto, o Ange e eu não escondíamos nada um do outro – ah, será que o amei desde o início como eu dizia, como posso ter certeza? e o teria amado se ele não me tivesse dado a oportunidade de uma vida bordelesa boa, respeitável e altiva, como posso ter certeza?*

Meu filho para o carro no estacionamento de um hospital, numa cidadezinha à beira-mar, de casas brancas e baixas, com palmeiras tão altas que os troncos magros lutam sem parar contra o vento. Um sopro ardente nos fustiga o rosto assim que abrimos as portas. Meu filho está de bermuda e camisa havaiana. Hesito em tirar meu colete.

Estou marcada, penso, com os estigmas evidentes de uma ignomínia, ainda que ela não tenha nome. Deixo enfim meu colete no carro. Alcanço o meu filho no hospital, depois o acompanho até o andar das crianças, onde, ele me diz, há um pequeno paciente que ele visita todo dia. Ele abre a porta de um quarto, me faz entrar.

Então, da cadeira onde está sentada, de onde não se levanta, Nathalie me sorri, ou melhor, seus lábios brancos, rachados, se afastam em sinal de um reconhecimento amistoso que apaga quase em seguida o sofrimento.

A forma confusa de um corpo de criança coberto de ataduras me aparece de lado, num canto do meu campo de visão – ah, ainda não estou preparada para olhar.

Meu filho aperta as mãos de Nathalie entre as suas.

– Então, amiguinho, como é que está se sentindo hoje? – ele pergunta, revirando-se para a cama (e tão flagrante é sua ternura ao se inclinar sobre a criança que ele parece ser o pai).

Nathalie passa uma das mãos na própria testa, afastando o cabelo pálido. Como a criança não responde, ela murmura que não está muito bem. Depois volta para mim seu olhar transparente, de bordas avermelhadas. A aflição imprime um ricto à sua boca, como uma expressão de sarcasmo. Atravesso devagar a distância de três passos que me separa da cadeira onde ela está sentada, de onde ela parece incapaz de levantar, pregada pelo cansaço, tristeza ou apreensão (não desviar os olhos da criança a impedirá de morrer?), e igualmente devagar, com dificuldade, ajoelho diante dela e pouso a testa sobre suas coxas.

Depois de alguns segundos me levanto, apoiando desta vez as mãos sobre as coxas magras de Nathalie para ajudar. Pressionei com muita força seu músculo? Ela faz uma careta de dor.

Recuo até a porta, prestando muita atenção para não olhar na direção da cama.

Meu filho, embaraçado, finge não me ver. Fala com a criança com uma animação cheia de consolo, no entanto ele me viu prosternada e sentiu um incômodo, talvez mesmo uma vergonha irritada ao me ver assim. Murmuro até logo e saio em seguida. A porta bate às minhas costas fazendo vibrar todas as outras.

Uma barriguinha de ouro, uma barriguinha de prata **33**

De volta ao estacionamento, junto do carro do meu filho, vejo que não poderei esperar em tamanho calor.

Contorno o hospital e entro numa rua sombreada, de altos muros caiados de casas cujos pátios e jardins não se veem. As poucas mulheres que encontro são baixas e morenas. Elas me saúdam com um sinal de cabeça reservado mas benévolo, às vezes com uma palavra que não compreendo, mas numa língua próxima da minha, como se o calor e o peso do ar tivessem dilatado os sons, aberto as vogais, retardado o ritmo da minha língua.

No instante em que passo diante de uma porta entreaberta, alguma coisa me detém – uma longínqua melodia, um canto agudo que uma parte do meu ser julga reconhecer, a outra não se lembrando de nada e me instigando a prosseguir o caminho, de modo que meus pés hesitam, batendo um no outro.

Presto atenção, o frescor da sala para a qual essa porta se abre está impregnado de um aroma que não me é desconhecido – ou é?

Eu me sinto estremecer, percorrida de uma transpiração fria. Quero me afastar e no entanto fico, à espreita.

A canção me chega mais nítida, e a voz, de uma mulher muito velha, voz enfraquecida mas ainda corajosa, obstinada – eu conheço, é sim, eu conheço, assim como estas palavras:

Vem dançar, minha barriguinha de ouro,
Vem dançar,
Deus não tem quem o iguale,
Vem dançar ao som do balafom,
Pombinha branca, vem dançar!

Não repeti essas palavras?, não as repeti desajeitadamente, seguindo quem as cantava com essa voz que ouço de novo, embora a idade a tenha enfraquecido e desafinado – essa voz paciente e alegre, e tenaz por baixo dessa aparente humildade?

Vem dançar, minha barriguinha de prata!

Não, não há nenhuma canção que eu conheça tão bem, tão profundamente quanto essa, mesmo que tenha esquecido, mesmo que tenha cuidadosamente evitado cantar para quem quer que seja. A voz se interrompe com brusquidão, como se soubesse estar sendo escutada às escondidas.

Volto a andar na rua tépida e suave, aterrorizada com a ideia de que passos vão ressoar atrás de mim e uma mão deformada, mas ainda vigorosa, vai agarrar meu ombro, e, com essa voz de acento forte, em minha língua ou numa outra que procurei esquecer mas que vou reconhecer contra a vontade, a velha dirá:

– É você, Nadia? Como engordou!

E o que eu responderia? Fingir espanto, negar ser Nadia, com aquele tom um pouco áspero e precipitado que sei adotar sem esforço, com algumas palavras rebuscadas, preciosas, que essa velha iletrada não vai compreender e que a farão recuar como quem leva um tiro no peito?

Mas é absurdo, penso, não pode ser ela, não pode ser a minha mãe.

Vem dançar com a que está sozinha,
Tão frágil, vou dançar,
Deus não tem quem o iguale!

Depois que chegaram em Bordeaux, meus pais nunca abandonaram a Cité des Aubiers,* onde meu pai tinha um emprego de auxiliar de jardineiro, os dois perfeitamente unidos em sua pusilanimidade, esgueirando-se junto aos muros como quem é procurado por um crime terrível, comportando-se em tudo como culpados – é concebível que essas criaturas medrosas, que poderiam ser acusadas de qualquer delito sem pensar em se defenderem (e teriam estendido os punhos às algemas para facilitar a tarefa, desculpando-se por causar algum transtorno), é concebível que estejam aí, tão longe de casa, cantarolando tranquilamente *Minha barriguinha de ouro*, e na intenção de quem, em favor de que ouvidos, de que cabecinha de criança na qual se incrustarão para sempre essas palavras que julguei erradamente banidas da minha memória, *Vem dançar pombinha negra ao som do balafom*?

É absurdo, absurdo, penso.

* Marca urbanística da França contemporânea, as *cités* são grandes conjuntos habitacionais na periferia, com população operária ou desempregada, muitas vezes de origem estrangeira. [N. E.]

Nenhum passo apressado alcançou o meu, nenhuma mão pousou no meu ombro. A angústia ainda me pesa, porém, concretizando-se numa necessidade urgente de esvaziar os intestinos.

– Mas onde, onde, por favor? – não posso deixar de murmurar.

Avanço em passos curtos, contraídos, temendo o horrível desastre.

Retorna à casa da barriguinha de ouro, suplica que te deixem utilizar o banheiro, e se tua velha mãe estiver lá, ela não te recusará esse favor...

A rua desemboca na avenida em frente ao mar. O vento tórrido carrega areia que fustiga a pele, espicaça os olhos.

Perdida, a ponto de me entregar (e quase desejando, no meu esgotamento, o jorro quente contra o qual não se pode mais nada), entro num bar na esquina. E são quase lágrimas de gratidão que me vêm aos olhos quando me vejo na intimidade do banheiro, sentada, recompensada e honrada de novo.

Tranquilas vozes de homens murmuram na sala do bar. Às vezes se destacam num tom mais alto, num riso breve, numa exclamação. Ainda instalada no assento, me inclino para a porta. Alguém conta uma piada, nessa língua que não consigo entender. Risos a acolhem, indulgentes, amistosos – depois o mesmo homem fala de novo.

E essa voz metálica, eu a reconheço, embora tenha uma alegria nova que nunca ouvi... livre do seu tremor... da sua excessiva, doentia modéstia... E esse homem parece estar se divertindo, o que seria muito extraordinário...

Um novo acesso de diarreia me joga de volta ao assento de onde começava a me levantar.

É realmente ele, como duvidar ainda? Foi com aquela irrisória aposentadoria de auxiliar de jardineiro que eles vieram se estabelecer aqui?

Pouso a testa contra a porta, fecho os olhos. Estremeço de frio. Minha barriga inchada repousa sobre os joelhos, esperando sua hora.

Dos crimes que cometi, qual exatamente está sendo punido por essa coisa, essa abominação escondida?

Pouco depois estou de volta à ruazinha, andando devagar no sentido contrário, resignada a passar de novo em frente à casa da barriguinha de ouro onde certamente acaba de entrar, penso, o homem da voz bem timbrada que é o meu pai, meu velho pai, que não vi mais na sala do café quando saí do banheiro.

Deve ser meio-dia. O cheiro de carne refogada no alho e na cebola invadiu a rua.

Com que pressa, com que felicidade e alegre tranquilidade de consciência esses eflúvios me faziam subir a escada quando, criança, voltava da escola para almoçar, e como os evitei depois, procurando cozinhar de tal maneira que nunca os pudesse reconhecer, dando meia-volta com desgosto se o acaso de um passeio me levasse diante de uma porta, de uma janela pelas quais parecesse sair esse cheiro, ou a aparência ou os vestígios desse cheiro!

A fome, uma terrível fome seca minha boca. A casa dos meus pais está muito próxima agora. Posso ver a porta aberta. Não diminuo a marcha. Mas um ofuscamento altera minha visão e, por certo, o calor do meio-dia é forte e violento como o sol do meio-dia, mas sei muito bem que não é isso que me cega.

Paro, é hora de ver corretamente de novo. Depois me aproximo da parede oposta à da casa dos meus pais, a fim de me distanciar ao máximo quando passar diante da porta, e esse momento acontece, aquele em que estou bem defronte à porta aberta da nova casa dos meus velhos e pobres pais que declarei mortos ao Ange, sem pestanejar nem tremer, mesmo sabendo que não era verdade, sabendo também, e não podendo ignorar, que meu silêncio e minha tácita negação e meu ódio mudo e injustificado antecipariam o momento da sua morte real, da sua morte da qual cedo ou tarde eu ficaria sabendo incidentalmente, mas que não poderia anunciar ao Ange, e que seria então, no esconderijo miserável do meu coração, uma vergonha secreta.

Mergulho o olhar na casa dos meus pais. E aceito e estou pronta, se um deles cruzar o olhar com o meu, a transpor o intervalo que me afasta da porta.

E entrarei singela e os saudarei como se nada tivesse acontecido, tudo de um jeito conveniente e sem emoções que perturbariam nós três.

Dali onde estou, do outro lado da rua estreita, a peça parece escura em contraste com a luz forte de fora. Distingo uma mesa, um armário, uma pia de cozinha.

Meu filho está sentado na ponta da mesa, diante de um prato cheio. Ele aproxima uma colher da boca de uma menininha instalada no seu cadeirão. Ela abre a boca, torna a fechar e o meu filho dá uma risada. Ele volta a colher para sua própria boca, pega entre os lábios um pedacinho do que a colher contém, depois a estende de novo à criança, que come em seguida.

Diante deles, dois velhos estão sentados, um homem e uma mulher, e mesmo assim, de costas, reconheço meu pai e minha mãe. Estão sentados à mesa e seus braços se tocam. O cabelo do meu pai é branco, ralo. Um lenço amarelo cobre os da minha mãe.

De repente meu filho ergue os olhos e, por alguns segundos, nos olhamos. O brilho de alegria que o animava se demora nos olhos, nos lábios entreabertos do meu filho, mas vai se extinguindo aos poucos quando ele toma consciência de que estou ali e de que o vi.

O que fiz desse rapaz? **34**

Volto apressada até o estacionamento do hospital. O carro do meu filho continua estacionado ali, debaixo do sol.

Alguém corre atrás de mim – é ele, o meu filho. Sem uma palavra entramos no carro, cada um no seu lugar. Está tão quente que não consigo deixar de gemer.

Sinto que o meu filho está zangado, e não, como achei que estaria, embaraçado. Sinto também que a irritação crônica que há muito tempo ele provoca em mim, desde que terminou com Lanton ou talvez até antes e desde sempre (*pois não cheguei a repelir com uma brutalidade excessiva o seu abraço, o abraço do garoto que ele era na Rue Fondaudège, tão ansioso e carinhoso, fazendo-o cair de costas e bater com a cabeça no chão? E, depois de levantá-lo, mais angustiada por mim do que por ele, não cheguei a pedir com insistência que não dissesse nada a ninguém? É, como posso negar?, eu estava exasperada por ele me obrigar a agir assim, a perder o controle e a fazer dele meu cúmplice no segredo, pois tudo nele me irritava secretamente*), essa irritação não habita mais em mim.

Gostaria de pôr a mão em sua coxa e dizer isso, mas seria confessar minha raiva passada; assim, sem me atrever, me calo, imóvel junto dele, e o rancor e a contrariedade mergulham no silêncio.

Ele retoma a estrada da montanha. A sombra benfazeja nos envolve. Pergunto, num murmúrio:

– Por que fez eles virem para cá?

Meu filho rosna:

– Quem?

– Os seus avós – digo.

– Porque estavam morrendo de infelicidade na sua horrível periferia, foi por isso – diz o meu filho com dureza.

– Mas você não os conhecia – digo –, nunca o levei à casa deles quando era pequeno.

– E daí? – grita o meu filho. – Mesmo assim são meus avós, não são? Aliás, esse é o problema, eu não os ter conhecido antes por sua causa, é difícil ficar à vontade e ser natural quando nos conhecemos tão tarde.

Ele para bruscamente o carro no mesmo lugar onde há pouco tirou o casaco de couro. E torna a vestir o casaco e abotoar, enquanto, com um desembaraço que espanta até a mim mesma, pergunto:

– A menina é Souhar?

– É – resfolega o meu filho.

– Ela mora com eles?

– Mora.

– Ela é graciosa – digo –, tem o cabelo bonito.

Meu filho voltou a dar a partida no carro e retomamos a subida na estrada deserta, silenciosa, que nos mergulha aos poucos num inverno hostil. Seu queixo ficou duro, os lábios estão como que enrolados dentro da boca. Ele não dirá mais nada.

A ele eu nunca disse que os meus pais haviam morrido, simplesmente o mantive na ignorância da sua existência, jamais pronunciando o nome deles, jamais evocando minha infância em Aubiers, para que ele entendesse e aceitasse desde pequeno que qualquer pergunta a esse respeito era estritamente proibida; e eu não esperava incutir nele a ideia de que até mesmo qualquer pensamento a esse respeito era igualmente proibido?

– Você nunca soube – diz de repente o meu filho, amargo –, mas quando fiz vinte anos fui visitá-los, naquele lugar horroroso onde você os deixou à míngua.

– Então tinha o endereço – digo, num lamento.

– Foi o papai que me deu – diz meu filho –, o coitado do papai.

Eu não ignorava na época a fraqueza e as premonições do pai do meu filho, não, não as ignorava – mantinha sob controle esse homem vulnerável demais aos sentimentos, aos presságios, suspeitando que ele aproveitaria a menor ocasião para infringir a regra segundo a qual não devíamos de jeito nenhum falar dos meus pais ao nosso filho, mas eu conhecia suas dúvidas e seus medos, sabia o que ele pensava: que algum dia uma providência qualquer vingaria os meus pais de terem sido tratados sem a menor reverência, sem a menor piedade.

De novo meu filho para o carro, leva as mãos ao rosto, ouço-o suspirar. Foi porque pensou no pai, no meu ex-marido? Ou por causa da alusão a Souhar?

Uma onda de ternura pelo meu filho me sobe ao rosto, deixando minhas faces quentes e úmidas.

Acho que posso agora pronunciar o nome da sua filha, eu gostaria de dizer a ele, Souhar, Souhar!

Num gesto rápido, roço a mão em sua nuca.

– Vi o seu pai recentemente – digo –, ele está bem.

Meu filho sacode a cabeça negativamente, enxuga os olhos, dá a partida outra vez.

– Queria trazê-lo para cá também – diz –, mas ele não quer.

– Ele instalou uma mulher horrível no meu antigo escritório – digo sem querer, e me arrependo em seguida.

– Eu sei – diz o meu filho com uma voz suave –, ele não quer abandoná-la, diz que deve muito a ela.

Não posso deixar de rir com sarcasmo. Mas essa reação também logo me envergonha.

– Se você pudesse responder ao Lanton! – digo.

Meu filho bate no volante com as unhas. Entre as duas abas do casaco de couro vejo saltitar sua coxa, nua, dourada, muito lisa e fina, como se uma juventude imperecível – penso – conservasse na parte inferior do corpo dele o aspecto dos seus quinze anos, enquanto, em compensação, uma maturidade excessiva enche seu olhar dessa gravidade exaltada, dessa ausência de humor que me fizeram duvidar, ontem, que esse homem fosse realmente o meu filho, um fanático.

Mas por qual causa, por qual fé? A realização de sua própria perfeição moral? Ah, eu diria a ele, você não é naturalmente bom como o seu pai, do que adianta isso? É sofrimento e artifício demais para uma alma como a sua.

– Nunca – diz o meu filho –, nunca vou responder ao Lanton.

35 Ele vai dar uma conferência

Meu filho e eu almoçamos com Wilma (duas perdizes assadas acompanhadas de couve e cenoura, vegetais nos quais Wilma não toca, alegando não estar mais com fome porque comeu perdiz demais, mas é claro que essa mulher só aprecia ou só suporta mesmo a carne), e quando Wilma me pergunta, como que casualmente, se passei toda a manhã em companhia do Ralph, não é difícil mentir, respondendo que sim.

Meu filho não corrige. Wilma, satisfeita, tranquilizada, sugere que façamos a mesma coisa amanhã de manhã.

Apesar da fome, eu me obrigo a me servir só de uma coxa de perdiz e uma porção de cenouras. Como o meu filho é bem frugal, o resto da carne fica por conta de Wilma, que a engole com um prazer tão evidente que, ao olhar para ela, é preciso desviar os olhos.

Depois do almoço, os dois vão fazer a sesta. Às quatro da tarde, eles dizem, recomeçam as consultas.

Saio da casa. Mesmo a esta hora do dia o caminho ainda é frio, úmido, embora o céu esteja claro acima dos telhados. Começo a subir o caminho, contornando o grupo de casas, avançando entre duas fileiras de pinheiros de início baixos e mirrados, depois cada vez mais altos, espessos e vigorosos à medida que vou seguindo, e assim logo me vejo no frescor de uma abóbada azulada na qual nada se mexe nem murmura.

Depois de muitas curvas inexplicáveis, nada fazendo supor por que o caminho precisou dar voltas aqui e não ali nessa infinidade de pinheiros semelhantes, chego de repente numa vasta clareira.

Gritos de crianças começam a ressoar de todo lado. Uma construção de arquitetura moderna, madeira, vidro e alumínio, exibe no fundo da clareira suas formas redondas, sinuosas. Na frente, um belo pátio lajeado é invadido agora por uma porção de crianças.

Eu me aproximo, já atormentada de saudade e inveja. Prendo os dedos na grade. Os altos pinheiros cinza-azulados rodeiam a escola à distância. As crianças, todas usando jaqueta com capuz, correm e saltam na semiclaridade, na sombra eterna e polar dessa encosta montanhosa, mas o céu é alto, luminoso.

Logo sinto que essa é uma escola boa e honesta, na qual nada de mau pode me acontecer. Como eu gostaria, penso, de trabalhar aqui!

A alegria calma que transparece no rosto sombreado das crianças, suas brincadeiras tranquilas me asseguram que ali eu encontraria meu justo lugar, e ferem meu coração com as doces ferroadas da melancolia.

Eu me afasto da grade e entro no pátio. O círculo dos professores logo se abre quando chego perto. Eles se voltam para mim, curiosos e doces, o rosto moreno, profundo, e parecem se inclinar, para mim que sou pequena, como grandes pinheiros benevolentes.

Ah, penso, de início estupefata, sou um deles!

Depois minha surpresa se desvanece, também meu constrangimento, minha timidez, e sinto como é natural e irrefutável, de fato, minha semelhança com esses desconhecidos que agora me sorriem com um ar interrogador, paciente, confiantes na minha honestidade e no meu direito de atravessar o pátio dessa escola.

– Gostaria de falar com a diretora – digo depois de cumprimentar todos.

Eles me respondem na minha língua, de um modo cortês, com um sotaque que reconheço, que era o sotaque do meu pai e da minha mãe e que outrora desprezei violentamente.

Tenho um sobressalto interior, por reflexo. Por reflexo também, um imperceptível sentimento de desprezo põe nos meus lábios, eu sinto, um sorrisinho frio, logo apagado, e agradeço cordialmente, rogando dentro de mim que em breve possa fazer parte desse grupo cujo sotaque, penso, eu talvez adotaria sem nem perceber.

Vou até a porta que me indicaram, no alpendre. Assim que bato, uma voz clara me diz, em francês, para entrar, e é o rosto de Noget que aparece diante de mim no momento em que entreabro a porta.

Assustada, recuo, puxando a porta de volta. A voz, do outro lado, se surpreende. Empurro de novo a porta.

– Por favor, entre – diz a diretora.

É uma mulher jovem, amável, sorridente. Um tremor constante em sua boca larga, curvada, me lembra Corinna Daoui na época da nossa juventude em Aubiers, e também uma leve bruma de sofrimento, a emanação de uma antiga ou vaga tristeza nos olhos negros, apesar do sorriso.

Está sentada atrás da mesa. Acima dela, em frente à porta, há um cartaz pregado com percevejos que mostra o rosto de Noget – barba cortada e bem cuidada, cabelo grisalho, penteado para trás, as faces encovadas, talvez discretamente realçadas de rosa. Leio abaixo: RICHARD VICTOR NOGET, 29 DE AGOSTO, 20 HORAS, SALÃO DE FESTAS.

– Noget vai vir aqui? – pergunto, atordoada.

A diretora se vira para o cartaz.

– Vai – ela diz –, é uma grande honra, não é?

– Mas por que ele vem? – pergunto.

– Bom, afinal...

Ela também está surpresa e me olha com uma amável circunspecção.

– É o Noget, isso basta, não basta? – ela diz.

– Como assim?

– A senhora não vê televisão? – ela pergunta com uma voz de repente quase desconcertada.

– Não – digo –, meu marido e eu não temos televisão.

Seu olhar ainda ameno, mas cauteloso, um pouco mais distante, passa do meu rosto para o meu peito e a minha barriga, onde se demora, pensativo, antes de voltar aos meus olhos. Com um gesto amplo, ela aponta uma biblioteca junto à parede.

– Devo ter as obras completas dele – ela diz.

Eu me aproximo e retiro um dos livros.

– Esse – diz a diretora – é seu primeiro tratado sobre educação, vou pedir que ele me escreva uma dedicatória.

Folheio, lendo algumas frases aqui e ali. Parece então que ouço a voz do Ange: "A sala de aula não deve de jeito nenhum ser um útero reconfortante, mas o lugar de uma severidade bem dosada e de uma justiça implacável. Meus irmãos, o que fizemos das nossas crianças? Não é o leite que devemos dar, basta que ele tenha sido dado em abundância nos primeiros anos, não é o leite suave mas, de certo modo, o que lhe é oposto, o sangue, metálico, desagradável e sublime".

É, é exatamente assim que o Ange gostava de se expressar e que me contrariava tanto que passei a me fazer de surda quando ele falava, olhando para ele de um jeito velado, cantarolando dentro de mim (vem dançar, minha barriguinha de prata!) para me distrair e não ouvir mais.

Deixo escapar um risinho de incredulidade, à medida que, virando as páginas, constato a evidência: esse assunto é exatamente o mesmo dos artigos que o Ange conseguiu, não sem dificuldade e obstinado orgulho, publicar em algumas revistas, artigos que não pude então deixar de ler, pois ele ficaria muito ofendido se eu não lesse. Julgo inclusive reconhecer trechos de frases, expressões, quase um sopro, é como se eu ouvisse o Ange respirar!

Recoloco o livro na estante, viro para a diretora. Animada de um resto de esperança, pergunto:

– Conhece o Ange Lacordeyre?

– Não – ela diz.

– Ele escreveu artigos sobre esses assuntos, ele...

– O Richard Victor Noget é muitas vezes copiado – interrompe a diretora, sorrindo com uma leve arrogância –, mas seu estilo é pessoal e se reconhece logo. De todo modo, há plagiadores muito bons, é verdade.

– De quando é o seu primeiro livro?

– Cerca de vinte anos – diz a diretora.

O Ange não escreveu nada tão antigo, mas se plagiou Noget não teriam descoberto? E é impossível que dois espíritos pensem em termos idênticos a mesma coisa com algum tempo de intervalo?

O recreio termina, ouço tocar a sineta. A diretora, atenciosa, lança um olhar furtivo ao seu relógio de pulso. Pronuncia algumas palavras nessa língua que não conheço, ou que talvez conheci e desaprendi de tanto maldizer. Ao ver que não entendo ela se perturba um pouco, como se de súbito se inquietasse por ter me abordado antes como semelhante, como se eu pudesse ser uma inimiga oculta sob um rosto amigo.

– Preciso voltar ao trabalho – ela diz com um sorriso de desculpa.

– Claro, tudo bem – digo.

Junto as mãos sobre o peito.

– Será que não haveria – digo num tom mais suplicante e desesperado do que gostaria – alguma coisa que eu pudesse fazer na sua escola? Sou professora, dou aula há muito tempo!

Ela fica imóvel, confusa, constrangida. Não consegue impedir que seus olhos percorram mais uma vez, muito rápido, toda a minha pessoa.

Responde devagar:

– Desculpe, não temos nenhuma vaga.

E balança a cabeça, como que para dissuadir qualquer insistência. Mesmo assim retomo, imploro:

– Eu me contentaria em vigiar a hora do recreio e o almoço na cantina.

– Mas a senhora aparentemente só fala francês – diz a diretora, muito polida e delicada. – Isso não convém para as nossas crianças.

– Eu sou perfeitamente capaz de aprender a sua língua – digo.

Ela suspira, ergue os ombros. Levanta, dando a entender que é melhor eu ir embora. Ah, não estou com vontade nenhuma de ir embora.

Na verdade eu conheço a língua de vocês, eu gostaria de exclamar, na verdade finjo não conhecer, mas não há nenhuma língua que eu conheça tão intimamente como essa – me deixa ficar, por favor!

De fato, não estou com vontade nenhuma de ir embora. Como me sinto à vontade e segura nessa clareira rodeada de pinheiros azuis imóveis, atentos, sob o olhar amistoso e a proteção de professores semelhantes a altos pinheiros compassivos! Essa coisa que se mexe e conspira na minha barriga, será que ela não acabaria depondo as armas numa atmosfera tão desprovida de fantasias perniciosas?

A diretora põe as mãos nas minhas omoplatas, me empurrando suavemente para fora da sala. Agora o pátio está vazio, silencioso. Só um leve burburinho de vozes, vindo das classes de portas fechadas, parece mover um pouco o ar límpido, como que petrificado de pureza.

Só me resta sair da escola, me afastar da clareira. Viro-me uma última vez antes de mergulhar no caminho de volta. A diretora me acompanha da grade com os olhos. Ela ergue a mão, acena devagar.

36 Na Rue Esprit-des-Lois, bebem e riem

Ao retornar à casa do meu filho, eu me atrevo a pegar o telefone da base na sala de jantar. Digito o número da minha casa em Bordeaux.

Na casa do meu filho há um ar estagnado, mas aqui é a morte, a opressão e o medo que imobilizam a atmosfera, é o excesso, penso num pressentimento, de carnes cortadas, picadas, esquartejadas. Parece que ouço Arno resfolegar atrás da porta do consultório.

O telefone chama repetidamente. Quando atendem, fico muda, estrangulada de emoção.

– É você, Nadia? – diz a voz de Noget.

– Como está o Ange? – pergunto em voz baixa. – Meu Deus, meu Deus... será que posso falar com ele?

Noget não responde. Não ouço mais nada, como se ele tivesse posto a mão sobre o fone. Exclamo:

– Senhor Noget?

– Estou aqui – ele diz. – Acho que não vai dar, Nadia. Não posso chamar o Ange.

Ouço então ruídos de copos batendo em gargalos de garrafas, gargalhadas.

– Mas como está o Ange? – pergunto febril.

– Muito mal – diz Noget.

Ele parece distante, aborrecido, como se me julgasse importuna naquele momento.

– Está fazendo uma festa na minha casa, senhor Noget?

– Ah, na sua casa... Escuta, Nadia, vou passar você para um dos meus convidados, tenho quiches e pastéis no forno, além dos famosos croissants de queijo...

E depõe brutalmente o aparelho (em cima da minha mesinha de mármore?), chama alguém.

– Alô? – diz a voz do meu ex-marido, o pai do meu filho. – Quem é?

Está bêbado, com toda a certeza, num estado de alegria que me gela o coração.

– Sou eu, a Nadia – digo com a voz contraída.

– Ah, é você? *Hello, hello!*

Ele ri. Percebo nitidamente atrás dele a voz rude, grosseira de Corinna Daoui. Pergunto, entre insistente e humilde:

– Diga, como vai o Ange?!

– Quem?

– O Ange, o Ange, o meu marido!

– O seu marido sou eu! Sou eu, meu amor!

Ri ainda mais, sem crueldade, quase gentil. Então a ligação é cortada – ele desligou? Ou foi Noget?

Arno começa a latir. Deixo rapidamente a sala, corro a me refugiar no jardim, atrás da casa. Está abandonado, plantado quase unicamente de castanheiros. A escuridão é tanta que as árvores, a terra e alguns arbustos selvagens, tudo parece negro. O terreno, muito inclinado, fica no flanco da montanha. Dou alguns passos, com os pés de atravessado para não escorregar. Não paro de bater contra o que julgo a princípio serem seixos, jogando-os para a frente, vendo rolar formas claras. Caio sentada no chão, frouxa.

Fico um instante ali. Meus dedos remexem maquinalmente a terra. Pego então um desses seixos – não é seixo, é um osso. Depois outro, e mais outro – são muitos ossos, ossadas de todos os tamanhos. Não posso conter um gemido de susto e surpresa. Levanto depressa, sacudo a poeira da roupa. Então eles mataram, penso, muitos animais, muitos animais...

Começo a subir de volta para a casa. Os ossos rolam sob meus pés, sob minhas mãos que buscam apoio – despencam em direção ao vale, aos pinheiros carbonizados, ao riacho de águas adormecidas e escuras.

Nessa segunda noite na casa do meu filho, levanto de novo. Contrações quase insuportáveis me impedem de dormir. Não aguentando mais, vou até o quarto do meu filho e de Wilma. Quando estou para bater na porta, suspendo o gesto. Percebo um ruído, o de uma respiração profunda, sobre-humana. É Arno que respira assim, tão poderosamente que vibrações fazem tremer a porta? O Arno, penso, não é um cachorro tão grande que... Há nessa respiração uma quietude bruta, uma selvagem e paciente segurança, e o orgulho tranquilo, embora vigilante, de quem pôs sua pesada pata sobre um peito vencido.

Afasto-me o mais discretamente possível, temendo mais que tudo, agora, ver a porta se entreabrir. De novo no meu quarto, chaveio a porta atrás de mim. Depois abro a janela, ávida de ar fresco. Uma lua branca ilumina fria o jardim. Penso na pequena escola da clareira, me perguntando se os alunos dormem lá, se passam lá a totalidade da sua existência de crianças. Tomara, penso, que não voltem para a aldeia! A saudade violenta de não estar nesse lugar, na clareira láctea, à sombra cordial dos pinheiros, me tortura. Como eu cuidaria bem dessas crianças, de onde quer que tenham vindo!

Fui sempre justa e hospitaleira com aqueles entre os meus alunos, muito raros no bairro onde eu lecionava, que me lembravam Aubiers? Fui sempre correta com as meninas que se pareciam mais ou menos com aquela que fui? Na verdade não fui justa, nem hospitaleira, nem correta com essas crianças, me revelei dura e distante, até mesmo sarcástica, desejando no fundo de mim sua eliminação, seu voo para longe da minha querida escola; não me aconteceu de imaginá-las como pombos nos quais se pode atirar impunemente, por serem numerosos, sujos e supérfluos?

Agora, penso, como eu cuidaria bem dessas crianças!

37 Sua velha filha, eles ainda querem cuidar dela

O começo da manhã na casa do meu filho transcorre como no dia anterior.

– A senhora vai acompanhar o Ralph em suas visitas, mamãe – diz Wilma.

– Vou – digo, muito satisfeita.

E o meu filho se submete, sem desprazer, enquanto Wilma corta em seu prato grossas fatias de patê de pato que leva à boca com os dedos, tremendo um pouco no que sei ser agora um desejo selvagem, um feroz apetite que ela não controla.

Torno a descer ao litoral no carro do meu filho. Pouco conversamos, todavia já o sinto habituado à minha presença, sinto que ele esquece de algum modo que tem a seu lado a mãe que lhe inspirou tanta raiva e rancor. Mas eu, eu não esqueço que tenho ao meu lado o meu filho.

Estou muito feliz de estar na estrada com você, diria a ele se não temesse ainda sua reação. Era você que respirava com tanta força esta noite?, gostaria de perguntar. Ou que esperava, aterrorizado sob o lençol, que aquela mulher enfim adormecesse?

Ele estaciona o carro perto do hospital. Vai visitar o filho de Nathalie.

– Vou esperar aqui – digo –, não estou com vontade de subir.

Ele me olha fixo, depois se afasta sem uma palavra, com grandes passadas em direção à entrada do hospital, deixando bater a maleta de médico contra a barriga da perna como fazia outrora com a pasta escolar. Sem me preocupar em ter certeza de que ele não me veja (pois o meu filho sabe para onde meus passos vão me levar, sabe perfeitamente e talvez até se alegre com isso), caminho em seguida até a ruazinha.

Vou passar de novo diante da casa dos meus pais, penso, mas não vou entrar, ainda não. Sinto as faces e a testa quentes. Assim que entro na rua tão agradavelmente ventilada, as palavras e a melodia de uma nova canção começam a subir no ar suave, cambiante.

Vou dar à luz,
Vou dar à luz,
A criança chora,
Ah, vai chorar por muito tempo?

Reconheço mais uma vez a voz da minha mãe, embora a idade a tenha tornado muito aguda. Essa voz ridícula de velhinha é obstinada, esvoaça na rua e cobre os rumores de televisão ou de conversa que se elevam acima dos muros das outras casas.

Vou dar à luz e sofro,
Ah, mamãe, como sofro,
A criança não vai parar de chorar?

Eu nunca tinha ouvido essa canção antes. Mas, penso quase irritada, será uma canção apropriada para os ouvidos de uma menininha?

A voz da minha mãe, voz de sineta no pescoço da vaca, insistente, me atrai sem eu querer. Eu me aproximo da casa. A porta está toda aberta. Agora minha mãe parece cantar o mais forte que pode. Com as pernas bambas, entro na casa dos meus pais.

Minha mãe para de cantar. Está de pé junto da pia, muito pequena e miúda na cozinha arejada. O cabelo branco está preso num coque atrás da nuca. Usa um vestido longo, de algodão bege ornado de arabescos.

A criança, Souhar, com os dedos presos às grades de um cercadinho, pousa em mim um olhar ligeiramente indiferente, superior. Depois volta os olhos para minha mãe, na certa para observá-la e conformar sua reação à dela. Minha mãe parece embaraçada, na expectativa – de quê, meu Deus?

– Pois não? – ela pergunta enfim na sua língua.

Engulo em seco. Digo, num murmúrio:

– Sou eu, a sua filha.

– Qual? – pergunta a minha mãe em francês, depois de um tempo.

– Nadia – digo.

– Nadia? – repete a minha mãe.

Ela passa as mãos no cabelo, como para escondê-lo, como se uma filha não devesse ver o cabelo da velha mãe abandonada. Lança um olhar a Souhar, um olhar aflito. A criança fica inquieta ao vê-la assim desamparada, seu queixo treme. Então a minha mãe faz um esforço e sorri para tranquilizá-la, e Souhar, desconfiada, parece espreitar o instante em que esse falso sorriso se desmanchará, mas minha mãe resiste bravamente.

– Não está me reconhecendo? – pergunto.

– Estou sim, estou, eu te reconheço – diz a minha mãe.

– Não – digo –, dá para ver que não me reconhece.

E eis então que eu, que passei trinta e cinco anos da minha vida lutando para que os membros da minha família, se por acaso cruzasse com eles na cidade, fossem incapazes de reconhecer meu rosto e minhas maneiras, pelo menos não o bastante para se atreverem a me abordar, eu, que combati em mim todo traço visível da minha educação para que não se imprimisse nas minhas feições nem no meu modo de falar ou de me comportar, e a prova mais gloriosa desses esforços, a que mais teria me encantado, sendo precisamente que, ao encontrar essa velha mulher, nada em mim evocasse sua lembrança materna, eis que agora estou obscuramente decepcionada, quase chocada.

– Sente aqui, Nadia – diz a minha mãe.

Ela pronuncia o meu nome como para não correr o risco de esquecê-lo. Sento numa cadeira, diante da mesa. Minha mãe levanta Souhar, aperta-a contra si e também senta, com a criança sobre os joelhos. Mais para falar alguma coisa que por vontade de saber, pergunto:

– Sabe onde ela está, a mãe da menina? Yasmine?

Minha mãe começa a tremer no corpo inteiro, da cabeça aos pés calçados de sandálias de plástico, que de repente escuto baterem no piso de lajota. Seus olhos logo se enchem de lágrimas. Ela se levanta, passa para outro cômodo. Quando retorna, a criança não está mais nos seus braços e minha mãe murmura que a pôs no berço. Ela volta a sentar.

– Você viu a mulher, lá na montanha? – ela cochicha.

– Wilma? Vi.

– Foi ela que pegou Yasmine – diz a minha mãe baixinho, a voz sibilante, dolorosa.

Repito:

– Pegou?

Mas a minha mãe aperta os lábios para se impedir de falar. Com um movimento rápido, finge lançar alguma coisa da boca.

– Você não deve comer carne lá – ela murmura bem depressa. – Se te oferecerem, recuse. Não comeu carne, não é?

– Não – digo, confusa, pois sinto que teria de deixar imediatamente a casa dos meus pais se dissesse a verdade.

Minha mãe estende a mão, acaricia a minha.

– Acho que agora estou te reconhecendo bem – ela diz –, embora tenha engordado muito. O que aconteceu para engordar assim?

– É a menopausa – digo.

– É – diz a minha mãe –, isso acontece, minha filha.

Os passos do meu pai ressoam diante da porta. Ao ouvir nossas vozes, ele hesita em entrar.

– É Nadia que está aqui – diz a minha mãe na sua língua, com uma voz alegre –, sua filha Nadia, ela voltou.

Meu pai dá um grito.

Um pouco mais tarde, na calma da cozinha como que devolvida a si mesma, e enquanto Souhar ainda dorme, minha mãe me confia:

– O Ralph trouxe a menina para cá para que essa mulher não a pegue também, ele tinha medo.

Meu pai concorda com grandes movimentos do queixo. Ele me dirige olhares ainda tímidos, mas cheios de alegria.

– É, é mesmo – diz o meu pai –, ele tinha medo pela menina.

– Essa mulher – diz a minha mãe – o enfeitiçou.

No seu tom não há ódio nem revolta, mas a aceitação da fatalidade, a constatação de laços que não se podem desfazer. Surpreendo então o olhar do meu pai na minha têmpora – ardente, feliz. Então ele ainda ama, penso, essa mulher nem um pouco graciosa que me tornei, ele ainda me ama...

– Não volte para lá – acrescenta a minha mãe – ou ela também vai pegar você.

– É, não volte – suplica o meu pai –, não volte para lá!

– Fique aqui, temos um quarto para você – diz a minha mãe.

Digo num sopro:

– Mas não sentem rancor?

Ele me olham sem compreender, sorrindo vagamente, não conhecem o sentido dessa palavra.

– Coitado do meu filho, coitado do Ralph – digo ainda –, então devo deixar ele sozinho naquela casa, com ela?...

– Não se pode nada contra essas coisas – diz a minha mãe.

Todos curados **38**

Noget me reconhece imediatamente na multidão que veio ouvi-lo no salão de festas e é a mim que se dirige, embora seus olhinhos rápidos voem acima de todos no momento em que ele inicia, em termos claros, incisivos, sua conferência.

Está limpo e bem-vestido, de terno e gravata, mas sua carne paradoxal, confusa, o impede de parecer elegante ou mesmo verdadeiramente decente. Entro depois na fila dos leitores que aguardam um autógrafo. Sentado atrás de uma mesa, ele me recebe com um sorriso malicioso. Eu me inclino junto dele, bem perto do seu ouvido.

– Senhor Noget, estou preparada para ouvi-lo... Diga... O Ange está morto?

– Morto? – ele exclama, fingindo indignação.

E dá uma risada debochada.

– Nadia, Nadia! Acho que o Ange nunca esteve tão bem de saúde.

– É verdade?

O alívio quase me faz vacilar. Noget remexe numa sacola colocada a seus pés. Tira dali uma carteira e, de dentro dela, uma foto.

– Olha – ele diz –, este é o Ange com sua nova companheira, faz mais ou menos uns quinze dias, estávamos todos no restaurante.

O homem que vejo na foto não se parece nem um pouco com o Ange. Por outro lado, reconheço imediatamente a mulher, é Corinna Daoui. Estão bem juntos um do outro, sorridentes, alegres.

– Esse não é o Ange – digo, incrédula.

– É, sim! – diz Noget. – Olhe melhor.

Aproximo a foto dos olhos. A testa, o nariz reto, a boca – é, pode ser o Ange, mais magro, rejuvenescido, mas poderia também não ser ele.

– Estou muito contente que ele tenha se restabelecido – digo, devolvendo a foto a Noget.

– Foi só você não estar mais lá – diz Noget, frio.

Atrás de mim os leitores estão impacientes. Quando vou me afastar, Noget me pega pelo braço e força uma aproximação.

– Então, Nadia – ele sussurra –, sua barriga diminuiu, o meu filho nasceu?

– É claro que não – digo –, é a menopausa.

Dou uma risada nervosa, incomodada de evocar esse assunto com ele.

– Você teve sorte – ele diz.

Depois me solta e faz um sinal para que eu me afaste, dando lugar aos que esperam atrás de mim.

Saio do salão de festas, dou alguns passos na calçada. Um sujeito alto esbarra no meu ombro.

– Desculpe – ele diz.

Está com um boné americano na cabeça. Seu olhar, na sombra alaranjada da viseira, se abisma por um breve instante no meu. Depois ele desaparece com pressa, como que temendo que eu queira retê-lo.

De volta à casa dos meus pais, encontro o meu filho, que veio fazer sua visita diária a Souhar. Encantada de vê-lo, a pequena cobre suas faces de beijos, enquanto ele a acaricia e cantarola doçuras em seu ouvido. Meu pai e minha mãe estão presentes, sentados um perto do outro, meio encolhidos, cansados.

Quando o meu filho se afasta do ombro de Souhar, vejo seu rosto coberto de lágrimas.

– O papai está morto – ele diz.

Abalada, pergunto, meio zonza:

– O papai?

Acompanho o meu filho de volta até o carro. No momento em que se instala dentro do automóvel, ele diz:

– Foi o Lanton, o seu querido Lanton, que me avisou, ele telefonou.

– Viu só? – digo.

– Estou certo de que, de uma maneira ou de outra, ele matou o papai – diz o Ralph. – Parecia tão triunfante.

Ele bate a porta. Faz, como de costume, um pequeno sinal com a mão. Vejo que enxuga os olhos quando o carro se afasta, distingo ainda a parte de trás da sua cabeça, a nuca fina através do vidro, e a distância acentua a impressão que o meu filho sempre me deu de ser, nesse carro tão grande, não um adulto mas um rapaz que finge ser adulto, e isso me dá pena e me aperta como todo dia o coração – meu coração afável e doce, meu velho coração apaziguado.

Volto devagar para a casa dos meus pais. Posso sentir, através da sola das sandálias, o calor denso do chão. E já escuto a voz trêmula e aguda da minha mãe cantando para Souhar.

A miséria saiu, saiu de mim,
Posso dançar agora.
A miséria foi embora bem depressa,
Posso dançar!

Minha mãe, essa velha mulher obstinada, prepara todo dia um prato de sêmola na manteiga, frango assado ou peixe frito acompanhado de berinjelas ou tomates. Absorvo essa comida sem reserva nem temor de nenhuma espécie, com gratidão. E quando, ao entrar na cozinha, aspiro o aroma da manteiga derretendo na sêmola tostada, não posso deixar de pensar que é essa sêmola esmigalhada toda manhã por dedos honestos que contribuiu para expulsar da minha barriga o que havia se apoderado dela.

Pois, penso, essa coisa negra e lustrosa, fugidia, que vi deslizar no soalho do meu quarto uma noite quando tirava a roupa para me deitar, de onde poderia ter saído senão do meu corpo? Uma coisa negra, lustrosa, fugidia, que deixou no soalho um leve rastro de sangue em direção à porta.

Se, penso, eu fosse obrigada a evocá-la o mais precisamente possível, se não tivesse escolha senão falar dela e descrevê-la, é a imagem de uma enguia que me viria à mente para comparar essa coisa negra, lustrosa, fugidia, a um objeto conhecido – uma enguia curta e gorda, embora não esteja excluído que essa coisa fosse peluda, um pelo colado e alisado pela umidade, pelo sangue e pela baba.

Ela deixou, essa coisa inapreensível, um leve rastro em direção à porta.

Imediatamente esfreguei o soalho com uma esponja. E a menos que os meus pais, que nessa hora ainda viam na tevê um de seus programas preferidos – em que pessoas desesperadas procuram reencontrar familiares misteriosamente desaparecidos –, tenham voltado os olhos para essa coisa negra fugidia quando ela certamente atravessou a cozinha, ninguém a viu, ninguém poderia depois fazer a menor ligação entre mim e ela e querer, por exemplo, relacioná-la a mim.

Meus pais riem com gosto, como crianças, diante da televisão. Acontece também de ficarem profundamente comovidos. Queriam que eu visse com eles esse programa – mas como eu poderia fazer isso?

– Meu marido e eu não tínhamos televisão – quase cheguei a dizer, com um pouco de agressividade arrogante.

Felizmente as palavras não transpuseram meus lábios.

Depois do almoço, aproveitando a sesta, telefono para Lanton. O som da sua voz me lança em tamanha desordem que, no primeiro momento, não consigo falar.

– Alô, alô! – ele diz, irritado.

Murmuro enfim:

– Lanton...

– É você, Nadia – ele diz com uma voz subitamente baixa, perturbada.

Não respondo nada. Ouço-o respirar com dificuldade, acelerado.

– Você me faz muita falta – ele diz então –, muita. Acho, você sabe... (Ele se força a rir um pouco, para disfarçar seu embaraço.) Acho que, de certo modo, não consigo viver sem você – ele diz. – Não consigo viver bem sem você.

– Lanton – digo com dificuldade –, você fez algum mal ao pai do Ralph, o meu ex-marido? É o que o Ralph está pensando. Isso é verdade, Lanton?

– Aquele miserável – diz Lanton – se atreveu a me procurar outra vez por causa daquela história de carteira de identidade, eu o mandei pastar, nada mais.

– Pastar – digo –, o que isso significa, Lanton?

– Não quero falar desse sujeito, por favor, não me obrigue – diz Lanton, quase ofegante. – Nadia?

– Adeus, meu querido Lanton – digo.

Depois de desligar, fico um longo momento incapaz de me mexer, prostrada sobre o banquinho dos meus pais, junto do telefone.

Quando a sesta deles termina, levo Souhar para passear de carrinho no calçadão da praia. Enquanto caminho, cantarolo seu nome, Souhar, pequena Souhar, você quer ser uma barriguinha de ouro ou uma barriguinha de prata? Inclinada para a frente e de costas para mim, atenta, a criança me faz entender mesmo assim, balançando a cabeça e os ombros, que essas palavras a alegram, embora ainda não possa compreender.

Ela estende então o braço e me mostra um espetáculo que a diverte. Um homem e uma mulher correm de mãos dadas na praia, saltando e pulando como cabritos. No entanto já têm certa idade, como se pode observar à distância pelo cabelo grisalho do homem e pela magreza nodosa da mulher. Eles se atiram e rolam na areia, levantam, tão felizes que parecem desmiolados. Vêm na nossa direção, e Souhar e eu ficamos olhando, paradas, imóveis.

Eu conheço esses dois. Ah, penso, conheço muito bem.

O homem é o Ange e a mulher, usando um vestido curto turquesa, é a Corinna Daoui. O Ange veste um casaco de linho sobre uma camiseta branca. Tem o rosto fresco e saudável, está bronzeado como um veranista. Corinna também perdeu aquela tez cinza-azulada que décadas de pobreza e cigarros lhe trouxeram.

Nem surpresos nem agitados por me encontrarem, eles me beijam, um de cada vez, beijos sonoros na face, como uma família. Balanço de um pé para o outro, agarrada na alça do carrinho. Eles me perguntam ao mesmo tempo, rindo logo após terem falado juntos:

– Então, o que anda fazendo?

Eu me furto à pergunta com um gesto evasivo e um sorriso forçado. Mergulho os olhos nos do Ange – mas eles não contêm nenhuma mensagem sub-reptícia e só me devolvem uma expressão de bem-estar e absoluta paz na consciência.

– Vamos beber alguma coisa – diz Corinna.

– É, vamos – diz Ange –, ou então um cafezinho.

– Não posso – digo –, preciso levar minha neta para casa.

Corinna se extasia então com a beleza da menina, com o frisado maravilhoso do seu cabelo preto. Com uma voz surda, digo ao Ange:

– Você está curado?

Ele me encara com um olhar vago, ligeiramente perplexo, como se buscasse na memória a que se refere a minha pergunta.

– Ah, é – diz finalmente –, estou, claro!

E levanta a camiseta, põe o dedo numa cicatriz rosada na altura do fígado.

– A Corinna nunca teve vergonha de nada – ele diz, tranquilo, ao baixar a camiseta, parecendo assim querer responder à minha pergunta.

Corinna o abraça, beija-o no pescoço.

– E... o trabalho? – pergunto ainda, oprimida.

– Retomei minhas aulas – diz o Ange – e a Corinna também vai trabalhar na escola, ajudará os alunos com dificuldades de aprendizagem.

– Voltamos depois de amanhã – diz Corinna. – Tem certeza de que não quer beber alguma coisa com a gente?

Balanço a cabeça, impotente. Corinna pega minha mão, aperta sobre o seu coração. O Ange me dá um beijinho impessoal no canto da boca. Sorridentes, cordiais, os dois se afastam, abraçados pela cintura.

Prossigo meu caminho, empurrando Souhar na direção de casa.

A voz da minha mãe nos acolhe assim que entramos na rua, sua voz de guizo lançada no ar ameno, palpitante.

Mamãe, quantos problemas,
Alguns sabem das coisas,
Eu não sei de nada,
Quantos problemas, mamãe!

Capa: intervenção em foto de Michael Wolf / Laif / Other Images Press

Publicado com apoio do ministério francês da Cultura – Centre National du Livre. Ouvrage publié avec le concours du Ministère Français chargé de la Culture – Centre National du Livre

Coordenação editorial PAULO WERNECK
Assistente editorial LUCIANA ARAUJO
Preparação DENISE PESSOA
Projeto gráfico GABRIELA CASTRO
Revisão FLAVIA LAGO, ISABEL JORGE CURY e RAUL DREWNICK
Tratamento de imagem WAGNER FERNANDES
Produção gráfica ALINE VALLI

Nesta edição, respeitou-se o novo Acordo Ortográfico da Língua Portuguesa

Dados Internacionais de Catalogação na Publicação (CIP)
(Câmara Brasileira do Livro, SP, Brasil)

NDiaye, Marie [1967-]
Coração apertado
Título original: *Mon cœur à l'étroit*
Tradução: Paulo Neves
São Paulo: Cosac Naify, 2010.
272 pp.

ISBN 978-85-7503-883-3

1. Ficção francesa I. Título.

10-13338 CDD-843

Índices para catálogo sistemático:
1. Ficção: Literatura francesa 843

COSAC NAIFY
Rua General Jardim, 770, 2º andar
01223-010 São Paulo SP
Tel [55 11] 3218 1444
www.cosacnaify.com.br

Atendimento ao professor
[55 11] 3218 1473

fontes SABON e MUSEO
papel PAPERFECT 104 G/M²
impressão GEOGRÁFICA
tiragem 3 000